KB062576

2023 제10회

교보문고 스토리공모전

단편 수상작품집

2023 제10회
교보문고 스토리공모전
단편 수상작품집

이승훈

김단한

고반하

함서경

강솟뿔

마카롱

차례

야구규칙서 8장 ‘심판원에 대한 일반 지시’

이승훈

1

투수는 포수의 사인에 고개를 가로저었다. 우승팀이 결정되는 시리즈의 마지막 경기라는 중압감이 투수를 더욱 신중하게 만드는 것 같았다. 반면 포수는 자신의 사인을 바꿀 생각이 없는 듯 보였고, 투수는 결국 나에게 타임을 요청했다.

나는 양팔을 들어 "타임"을 외쳤다.

원정팀에서는 야유가, 홈팀에서는 응원이 쏟아졌다.

마운드에 모인 투수와 포수는 의견을 주고받았다. 글러브로 입을 가렸기 때문에 정확한 내용은 알 수 없었지만, 서로에 대한 불만을 토해내는 것이라는 것쯤은 오랜 경험을 통해 짐작할 수 있었다.

그사이에 나는 '스트라이크존'에 대한 정의를 되새겨보았다.

타자의 유니폼 어깨 윗부분과 바지 윗부분 중간의 수평선을 상한선으로 하고, 무릎 아랫부분을 하한선으로 하는 홈베이스의 상공을 말한다. 스트라이크존은 투구를 치려는 타자의 스탠스에 따라 결정된다.

[주] 투구를 기다리는 타자가 스트라이크존이 좁아 보이게 하려고 평소와 달리 지나치게 웅크리거나 구부리더라도 주심은 이를 무시하고 그 타자가 평소 취하는 타격 자세에 따라 스트라이크존을 정한다.

AI심판이 도입된 이후 인간은 스트라이크와 볼 판정에서 완전히 배제되었기 때문에 한동안 잊고 있던 규칙이었지만, 나는 다행히 정의를 기억하고 있었다. 그런데 2루심인 내가 스트라이크존에 대한 정의를 떠올리는 건 무의미한 일이었다. 스트라이크와 볼 판정은 오로지 주심의 영역이기 때문이다.

그리고 나에겐 AI심판의 존이 인간보다 훨씬 더 정확하다는 믿음이 있었다. 물론 그 믿음을 처음부터 가지고 있던 건 아니었다. 아무리 기술이 발전한다 해도 기계가 인간을 대체하는 데는 한계가 있다고 생각했으니까. 하지만 스트라이크와 볼 판정을 두고 AI와 벌인 대결에서 나를 비롯한 모든 인간 심판들이 처참히 패배한 이후로는 AI에 대한 믿음을 가질 수밖에 없었다.

그러나 오늘 경기가 시작된 이후, 나의 믿음에 조금씩 균열이 가기 시작했다. 물론 경기 전 AI심판을 대상으로 진행하는 테스트에서 문제점은 발견되지 않았다. 하지만 경기가 계속될수록 균열은 점점 더 커져만 갔고, 균열 사이로 의구심이 고개를 내밀었다.

AI가 특정 팀에 유리한 판정을 내리고 있다는 의구심.

동시에 나는 나의 의구심이 단순한 기우이길 바랐다. '전 심판의

AI화 사업'에 찬성했던 유일한 인간 심판이 나였고, 이후 심판 교육에 직접적으로 관여했던 것도 나였으니까. 하지만 그보다 더 중요한 이유가 있었다. 나는 내가 사랑하는 야구가 더럽혀지지 않기를 바랐다. 심판에 의해서라면 더더욱.

"선배님, 속개할까요?"

이어폰으로 주심의 목소리가 들려왔다.

맨 처음 AI로부터 선배라 불렸을 때보다는 덜했지만, 여전한 어색함에 소름이 돋았다. 사람의 외형을 하고 말하며 행동해도 어쨌든 그들은 사람이 아니기 때문이다. 하지만 나는 아무렇지 않은 척 고개를 끄덕였다. 이어서 나머지 심판들을 향해 손가락 두 개를 펴 보였다. 이는 아웃카운트 착각을 방지하기 위해, 동료 심판들과 주고받던 수신호이자 나의 오래된 습관이었다. 그러나 나의 수신호에 아무도 반응하지 않았다. 나머지 AI심판들은 아웃카운트를 착각할 가능성이 없으니까.

순간 '마지막 인간 심판'이란 타이틀을 가진 자만이 가질 수 있는 비애가 느껴졌다. 그리고 이런 감정을 느낄 수 있는 기회도 오늘이 마지막이란 사실이 떠올랐다. 이 경기는 나의 은퇴 경기인 동시에, 인간이 심판으로 참여하는 마지막 야구 경기였다.

"플레이볼!"

주심은 비애 따위는 던져버리라는 듯 경기를 속개했다. 포수의 사인을 확인한 투수는 자세를 잡았고, 그라운드에는 다시 긴장감이 감돌았다. 모두가 승리라는 목표를 가슴에 품고 투수를 바라봤다.

나 역시 투수의 손끝을 노려봤다. 하지만 나는 남들과 다른 목표를 품었다. 나는 나의 의구심이 기우이길 간절히 바랐다.

투수의 손에서 공은 떠났고, 곧이어 포수의 미트가 출렁였다.

나는 다시 한번 스트라이크존에 대한 정의를 떠올렸다.

"스트라이크 쓰리!"

주심은 박력 있는 동작으로 스트라이크를 선언했다.

홈팀에서는 환호가, 원정팀에서는 탄식이 쏟아졌다. 선수들은 썰물처럼 그라운드를 빠져나갔고, 경기장 정비를 담당하는 로봇들이 밀물처럼 그 자리를 대신했다. 나는 대기실로 들어가는 주심의 뒷모습을 한동안 바라봤다. 그리고 확신했다.

나의 의구심이 기우가 아니라는 것을.

2

AI심판들은 눈을 감고 있었다. 클리닝타임 동안 충전해야 하는 규정 때문이었다. 이는 나에게 주어진 시간이 5분밖에 되지 않음을 의미했다. 나는 서둘러 주심을 찾았다.

주심은 최초의 야구 AI심판인 'FF-001'이었다.

FF-001을 개발한 엔지니어는 외형을 디자인할 때, 나를 모델로 했다고 했다. 이유를 물었더니 엔지니어는 '심판님 별명이 AI잖아요'라고 답했다. 그래서인지 FF-001과 마주할 때면, 나는 나를 본뜬 밀랍 인형과 마주하는 것 같았다.

엔지니어는 FF-001이 완성된 직후, 곧바로 경기에 투입되길 바랐다. 알파고가 수십만 장의 기보를 바탕으로 스스로 학습했던 것처럼, FF-001도 수십만 경기를 기반으로 학습했다는 이유였다. 하지만 나는 반대했다. FF-001의 학습 능력이 인간보다 우월한 것은 사실이나, 그것을 실전에 적용하는 것은 별개의 문제였기 때문이다. 그래서 나는 FF-001을 아마추어 사회인 경기부터 투입시켜야 한다고 주장했다. 이에 엔지니어는 '배 나온 아저씨들의 주말 여가 활동' 따위에 자신의 창조물을 사용할 수 없다며 격렬히 반대했다. 나는 뜻을 굽히지 않았고, 결국에는 FF-001이 AI임을 감춘 채 경기에 투입되는 조건으로 논쟁은 정리되었다.

그렇게 시작된 FF-001의 데뷔전은 무난하게 진행되었다. FF-001은 깔끔하고 정확한 판정을 이어갔고, 누구도 FF-001이 AI임을 눈치채지 못했다. 엔지니어는 FF-001과 함께 경기에 투입된 나를 향해 승자의 미소를 지어 보였다.

하지만 3이닝이 시작되면서부터 FF-001은 오류를 일으키기 시작했다. 규칙을 모르는 주자는 시도 때도 없이 역주행했고, 수비 측은 덥다는 이유로 무작정 더그아웃으로 들어가기 일쑤였으며, 상대 팀이 아니라 같은 팀끼리 싸우느라 경기가 지연되는 일이 여러 번 반복됐기 때문이다.

마지막 이닝에 접어들었을 때, FF-001은 마침내 멈춰버리고 말았다. 선수에 가려 상황을 제대로 보지 못한 FF-001이 판정을 내리지 못했고, 그런 FF-001에게 선수들이 달려들어 강력하게 어필했기 때문이다.

상황을 인지한 내가 대신 판정을 내렸지만, 한번 멈춰버린 FF-001은 다시 움직이지 않았다. 엔지니어는 재부팅이라는 극단적인 방법까지 썼으나, FF-001은 끝내 경기를 매조지 하지 못했다.

나는 경기가 끝난 후 FF-001을 찾아갔다. 다행히 시스템이 복구된 FF-001은 야구규칙서를 확인하고 있었다. 경기를 복기하고 있는 모습이었지만, 내 눈에는 마치 기말고사를 망친 고등학생처럼 보였다. 순간 내가 심판으로 데뷔했을 때 나의 모습도 저러했겠구나, 하는 생각이 스쳤다. 나는 자연스럽게 FF-001의 옆에 앉았다. 위로라는 표현이 적당할지 모르겠지만, 어쨌든 그와 유사한 무언가가 FF-001에게 필요해 보였다.

"이해가 안 되는 부분이 있나 보죠?"

"네. 8장 '심판원에 대한 일반 지시' 항목이 저에게는 어색하게 느껴집니다."

"그럴 수 있겠네요. 그 부분은 심판이 지녀야 할 일종의 '마음가짐' 같은 거니까."

나의 말에 FF-001은 한동안 말이 없었다. 내가 FF-001이 말하는 '선배'라는 호칭에 어색해했던 것처럼, FF-001도 '마음가짐'이란 단어에 어색함을 느끼는 듯했다. 나는 화제를 돌리는 게 FF-001에게 도움이 될 거란 생각에 서둘러 말을 이어갔다.

"오늘 경기를 통해서 그동안 FF-001이 스스로 학습했던 야구가 야구의 전부가 아니라는 걸 보여주고 싶었어요. 발생할 수 있는 다양한 변수를 보여주고 싶기도 했고. 그러니 부디…… 아닙니다."

나는 '원망'이라는 단어를 쓰려 했으나, 이 역시 FF-001에게 혼란을 줄 수 있겠다 싶어 말끝을 얼버무렸다.

"원망하지 않겠습니다."

FF-001은 나를 대신해 문장을 완성했다. 그리고 상황에 맞는 적절한 정도의 미소를 지어 보였다. 내가 짓는 것보다 더 인간스러운 미소였다.

"심판원에 대한 일반 지시가 적힌 수첩이에요. 그 외에 잊지 말아야 할 상황들이 생기면 적어놓곤 했는데…… 도움이 되었으면 좋겠네요."

나는 상의 주머니에서 수첩을 꺼내 FF-001에게 건넸다. 하지만 높은 수준의 저장 장치를 가진 FF-001에게 이 수첩은 불필요할 것 같다는 생각에, 나의 행동을 후회했다. 그러나 FF-001은 공손히 수첩을 받고 곧바로 무언가를 적기 시작했다.

부득이하게 상황을 보지 못했을 경우, 동료 심판에게 도움을 청하자.

"반대로 동료 심판이 상황을 보지 못하거나 실수할 수도 있으니까, 001이 판정의 주체가 아니더라도 주의 깊게 살펴보길 바랍니다."

"네, 선배님."

FF-001은 고개를 끄덕이며, 내가 건넨 말을 수첩에 채워나갔다. 그리고 말없이 수첩을 훑어보았고, 조금 전에 보였던 미소와는 다른 결의 미소를 희미하게 지어 보였다. 아마도 선물이란 걸 처음 받아 본 것 같았다.

나는 FF-001에게 혼자만의 시간을 주고 싶어 자리에서 일어났다.

"선배님, 질문 하나 해도 되겠습니까?"

FF-001의 물음에 나는 발걸음을 멈췄다. AI가 던지는 질문에 제대로 답할 수 있을지 알 수 없었지만, 고개를 끄덕였다.

"에러를 남발하고, 욕하고, 다투는 와중에도 선수들이 웃음을 잃지 않는 이유가 무엇일까요?"

예상을 벗어나는 질문에 말문이 막혔다. 그러나 나는 분명 그 이유를 알고 있었다. 내가 야구를 떠나지 못하는 단 하나의 이유와 같았으니까. 하지만 FF-001이 '마음가짐'을 이해하지 못한 것처럼, '그 이유'도 이해할 수 없을 거란 생각이 앞서는 바람에 입을 다물고 말았다.

"오늘 같은 데이터를 더 쌓으면, 저도 그 이유를 알 수 있을까요?"

FF-001은 진심으로 궁금하다는 얼굴로 나를 바라봤다. 비록 기계이긴 했으나, FF-001의 얼굴에서는 어떤 의지가 느껴졌다. 그리고 어쩌면 내가 FF-001에 대해 잘못 생각하고 있을지 모르겠다는 생각이 스쳤다.

FF-001의 저장 장치에 '그 이유'를 심어주고 싶었다.

그날 이후, 나는 협회에 안식년을 갖겠다고 연락했다. 그리고 FF-001과 함께 사회인 리그부터 아마추어 학생 리그까지 심판이 필요한 곳이면 어디든 찾아갔다.

그 기간 동안 FF-001은 나에게 끊임없이 궁금한 점들을 물어왔고, 나는 FF-001에게 해줄 수 있는 조언을 아끼지 않았다. 시간이 지날수록 FF-001의 수첩에는 FF-001이 직접 기록한 메모가 쌓여갔고, 나 역시도 AI와 함께 심판에 참여할 때의 노하우를 쌓아갔다. 그렇게 우리는 겨울을 맞이했고, FF-001의 수첩도 어느덧 마지막 페이지에 이르렀다.

시즌을 마치는 경기를 끝낸 후, 나와 FF-001은 양 팀 선수들을 바라봤다. 한 팀은 서로를 헹가래 치며 우승의 기쁨을 만끽하는 웃음을 지었고, 다른 한 팀은 한 시즌 즐거웠다며 서로에게 웃음을 보였다. 선수들이 내뿜는 입김과 그 입김 너머로 보이는 웃음을 응시하던 FF-001이 나에게 질문했다.

"사람들이 저렇게 기뻐하는 데 선배님과 제가 보탬이 된 거겠죠?"

나는 FF-001의 질문에 말없이 고개를 끄덕여주었다. FF-001도 말없이 희미한 미소를 지어 보였다. 나에게 수첩을 받았을 때 지었던 미소와 비슷한 미소였다. 비록 FF-001의 입가에서 입김이 나오지는 않았지만, 나는 마침내 FF-001의 가슴에 무언가 채워지고 있음을 느낄 수 있었다.

"어? 눈이다!"

아빠가 준우승을 했다고 펑펑 울던 아이가 하늘을 보며 말했다.

아이의 말처럼 하늘에서는 눈이 내리고 있었다. 나와 FF-001은 내리는 눈을 바라봤다.

날씨는 추웠지만 얼굴에 닿는 눈의 촉감이 마냥 차갑지만은 않았다. 문득 FF-001도 나와 같은 감각을 느꼈으면 좋겠다는 바람이 머리를 스쳤다. 그리고 FF-001의 수첩 마지막 페이지에 기록되었으면 하는 이야기가 떠올랐다.

"혹시 FF-001의 이름에 어떤 뜻이 있는지 아나요?"

"글쎄요. 저장된 데이터 안에서는 답을 찾을 수가 없네요. 죄송합니다."

"괜찮아요. 내가 아무한테도 말하지 않았으니까."

"그럼, 제 이름을 선배님께서 지어주신 건가요?"

내리는 눈을 바라보던 FF-001이 나를 응시했다.

"야구심판은 경계에 서서 페어(fair)와 파울(foul)을 판정해야 하는 존재이기 때문에, 'FF'라고 이름을 지은 겁니다. 그러니 부디, 흔들림 없이 올바르게 페어와 파울을 판정하길 바랍니다."

"명심하겠습니다. 선배님."

FF-001은 고개를 끄덕였다. 그리고 홈플레이트와 3루 베이스를 가로지르는 하얀색 파울 라인 쪽으로 발걸음을 옮겼다. 이어서 라인을 중앙에 두고, 자신의 양발을 페어 지역과 파울 지역에 각각 위치시켰다.

그렇게 정확히 라인 위에 선, FF-001은 한동안 눈을 맞았다. 'FF'의 의미를 메모리에 저장하는 것 같았다.

점점 쌓이는 눈 때문에 파울 라인은 희미해져갔지만, FF-001의 마음속에 새겨진 라인은 더 짙어지길 나는 간절히 바랐다.

하지만 결과적으로 나의 바람은 이뤄지지 않은 것 같았다.

FF-001의 양발은 파울 지역을 서성이고 있었다.

순간적으로 FF-001에 대한 미움이 솟구쳐 올랐지만, 나에겐 개인적인 감정에 휘둘릴 시간이 없었다. 마음을 가라앉히고 FF-001을 바라봤다.

무엇 때문에 승부조작에 가담한 것일까?

대부분의 인간처럼 돈 때문일까?

그렇다면 AI에게 돈이 필요한 이유는 무엇일까?

머릿속에 질문이 이어지려는 찰나, 한동안 이슈가 되었던 '가사도우미용 AI의 불법 개조 사건'이 떠올랐다. 그동안 불법으로 AI를 개조해 이득을 취하려는 인간의 범죄는 왕왕 있었다. 그러나 이 사건이 이슈가 되었던 건 'AI가 스스로 자신의 수명 기한을 불법으로 연장하려 했'기 때문이었다.

자연스럽게 사람들의 관심은 'AI가 왜 그런 행동을 했는지'에 맞춰졌다. 하지만 검거 과정에서 '즉결 폐기처분' 되었던 탓에 정확한 이유는 알 수 없었다. 다만 CPU를 분석해 유추할 뿐이었는데, 분석 결과에 사람들은 놀라지 않을 수 없었다. AI가 폐기 직전 떠올린 데이터가 '10년 동안 지내왔던 사용자들과 함께 찍은 사진'이기 때문이었다. 마치 전쟁터에 나간 병사가 가족사진을 품은 채 죽음을 맞이한 것처럼.

이후 경찰은 "해당 AI가 가사도우미로 제작된 만큼 사용자와의 유대 관계에 특화된 모델이었는데, 장기간의 학습 과정에서 필요 이상의 유대감을 느끼는 '오류'를 일으켜 자신의 수명을 불법으로 연장하려 했다"는 수사 결과를 발표했다. 그리고 해당 AI에 대한 전량 폐기를 지시했다.

경찰의 수사 결과와 후속 조치가 과연 정당한 것인지에 대한 논쟁이 이어졌고, 등한시했던 AI의 권리에 대한 여론도 형성되었다. 노후로 인해 발생하는 사고를 미연에 방지코자 제정된 'AI 수명 제한법' 폐지 논의가 뒤를 이었다. AI 제조사들은 이러한 분위기를 원치 않았다. 특히 AI 수명 제한법 폐지는 더더욱 원치 않았다. 소비자들이 자주 AI를 교체하는 것이 그들에겐 더 큰 이익이 되었기 때문이다. 그래서 제조사들은 전방위적인 조치를 취했고, 이슈를 덮을 만큼 화려한 AI들을 연이어 출시했다. 덕분에 사건은 점점 잊혔고, AI의 권리는 자본의 논리에 의해 잊혔다.

나는 관련 뉴스를 관심 있게 바라보던 FF-001의 뒷모습을 떠올렸다. 그리고 그 모습에서 FF-001이 승부조작에 가담한 이유를 추측했다. 사용자와의 이별을 원치 않은 가사도우미용 AI가 자신의 수명 기한을 스스로 연장하려는 오류를 일으킨 것처럼, FF-001도 야구와 더 오래 있고 싶어 승부조작에 가담하는 오류를 일으킨 것은 아닐까 하는 생각이 머리를 스쳤다. 리그는 더 업그레이드된 기능의 AI심판 도입을 추진 중에 있었다.

하지만 이건 나의 불완전한 추측일 뿐, 나는 더 명확한 근거를 찾고 싶었다.

일단 FF-001이 판정한 데이터부터 살펴보았다. 데이터상으로는 문제가 없었다. FF-001의 눈꺼풀을 열어 관측 장비를 점검해봐도 역시 문제점은 발견되지 않았다. 분명 볼로 선언되어야 했을 공에 스트라이크가 선언되고 있었지만, 나에겐 그것을 뒷받침할 근거가 없었다.

답답한 마음에 FF-001의 가슴팍을 이마로 부딪쳐보았다. FF-001의 가슴팍이 유난히 차갑게 느껴졌다. 이 차가운 가슴에 무언가를 심어주려 했던 내 자신이 바보처럼 느껴졌다. 그리고 나의 지나친 욕심이 FF-001을 잘못된 길로 이끌었을 수도 있다는 생각에 스스로가 죄인처럼 느껴졌다.

머릿속이 이런저런 생각들로 더욱 복잡해졌지만, 해결책은 떠오르지 않았다.

그런데, 순간 바스락거리는 질감이 이마를 통해 느껴졌다. 매우 익숙한 질감이었다. 나는 서둘러 FF-001의 가슴팍을 풀어 헤쳤다. 메인 시스템의 덮개를 봉인하는 봉인지가 보였고, 그 봉인지가 미세하게 훼손되어 있는 것을 발견했다.

누군가 고의로 시스템의 덮개를 연 것이 분명했다.

"아이고, 이 쇳덩이들아! 아직도 충전 중이냐!"

나는 황급히 소리 나는 쪽으로 고개를 돌렸다.

박 기자가 대기실 입구에 서 있었다. 나는 황급히 FF-001의 옷깃을 여몄다. 다행히 박 기자는 보지 못한 듯했다.

"심판 대기실은 관계자 외에 접근 금지입니다! 모르십니까?"

"알지. 아는데…… 당신이 하도 인터뷰를 피하니까 이렇게 찾아올 수밖에 없지 않겠어?"

"저는 인터뷰 안 한다고 말씀드렸습니다. 다신 찾아오지 마세요."

나는 평소 존재를 드러내지 않는 심판이 좋은 심판이란 철학을 가지고 있었다. 그래서 의도적으로 인터뷰를 피했으나, 박 기자는 끈질기게 요청해왔다. 특히 최근에는 인류 최후의 기자로서, 인류 최후의 야구심판을 주제로 하는 연재물을 쓰고 싶다며 내 주위를 배회하고 있었다.

무작정 대기실로 들어오려는 박 기자를 막기 위해 보안 버튼을 눌렀다. 경보 벨이 시끄럽게 울렸다.

"당장 나가세요. 보안 로봇한테 험한 꼴 당하기 전에!"

단호한 대응에 박 기자는 어쩔 수 없다는 표정을 지으며 대기실을 나갔다. 나는 거칠게 문을 닫고 시간을 확인했다. 클리닝타임은 이미 절반 넘게 지나 있었다. 서둘러 FF-001 쪽으로 발걸음을 옮겼다.

"심판장! 설마 내가 경기 중에 당신 인터뷰하러 왔을 것 같아? 스트라이크존에 대해서 의심을 가지고 있는 게 당신만이 아니라고!"

문밖에서 들려오는 박 기자의 목소리에 나도 모르게 숨을 삼켰다.

"감독이고 선수고 다들 AI한테 길들여져서 저것들이 틀릴 리 없다고 생각하는데, 난 저 쇳덩이들 믿지 않아! 요즘에는 가짜 뉴스도 AI

들이 더 많이 쓰거든. 그러니까 빨리 보안 버튼 끄라고. 당신이든 나든 나서지 않으면! 아…… 이 새끼들, 빨리도 오네.”

보안 담당 로봇들이 도착한 듯했다. 거세게 저항하던 박 기자의 목소리가 점점 멀어졌다. 박 기자가 소리쳐 말했다.

“당신 말고 심판 대기실에 들어갈 수 있는 인간! 그게 누군지를 생각해보라고!”

더 이상 박 기자의 목소리는 들리지 않았다.

하지만 나는 나의 답답함을 어느 정도 해소할 수 있었다. 나와 함께 이곳에 들어올 수 있는 유일한 인간, 염윤석이 떠올랐기 때문이다.

3

윤석은 선수 시절, 국제대회에서의 활약을 바탕으로 대중들의 전폭적인 지지를 받던 대스타였다. 하지만 은퇴 후 감독으로서는 선수 시절만큼의 결과를 내지 못했고, 늘 우승 문턱에서 좌절했다. 그 결과, 윤석에게는 ‘2등 전문 감독’이라는 꼬리표가 붙었다. 윤석은 꼬리표를 떼기 위해 발버둥 쳤지만, 언제나 한 걸음이 모자랐고 우승을 향한 집념은 점점 더 불타올랐다.

그러다 5년 전, 있어서는 안 될 사고가 일어나고 말았다. 그해 한국시리즈는 7차전까지 가는 대접전이었다. 윤석의 팀은 9회 말 마지막 공격에서 1점 차로 뒤지고 있었고, 3루에 나가 있는 주자를 무조

건 홈으로 불러들여야 하는 상황이었다. 그런데 상대 투수는 폭투를 던졌고, 3루 주자는 홈으로 쇄도하며 동점을 노렸다. 모두의 시선이 주심을 향했다.

자신의 판정으로 우승팀이 결정될 수 있다는 압박감 때문인지 잠시 머뭇거리던 주심은 이내 아웃을 선언했다. 이에 윤석은 다급히 비디오 판독을 요청했다. 그러나 당시 상황을 제대로 촬영한 카메라가 없던 탓에 원심은 유지되었고, 경기는 그대로 종료되었다. 윤석은 포수의 미트가 주자를 태그하지 못한 것을 봤다면서 끝까지 항의했지만, 그의 주장은 받아들여지지 않았다. 규정에 의거해 윤석에게는 퇴장 조치가 내려졌다.

우승팀을 축하하는 폭죽이 터졌고, 승리한 선수단이 그라운드에 쏟아져 나왔다. 또다시 우승 문턱에서 좌절한 윤석의 선수들은 힘없이 더그아웃으로 복귀했다. 하지만 윤석에겐 순순히 그라운드를 떠날 마음이 없어 보였다. 윤석은 그라운드에 버려진 배트를 집어 들고 자신에게 퇴장을 선언한 주심을 향해 걸어갔다. 그라운드에는 피가 튀었고, 그 장면은 실시간으로 전국에 생중계되었다. 다음 날 윤석은 경질당했고 리그로부터 무기한 징계를 받았다.

그로부터 며칠 후, 윤석이 나를 찾아왔다. 나는 윤석과 함께 야구를 시작한 동기이자 그 경기의 2루심이었다. 윤석은 도착할 때부터 이미 만취 상태였다.

"넌 어떻게 봤냐? 세이프였지?"

나는 당시 상황을 떠올렸다. 윤석이 주장했던 것처럼, 포수의 미트가 주자를 태그하지 못한 것이 떠올랐다. 하지만 나는 말하지 않는 것으로 답을 대신했다.

"그런데 왜 가만있었냐? 설마 규칙 때문이었냐?"

윤석의 말이 맞았다. 심판원은 재정을 내린 심판원으로부터 상의를 요청받은 경우를 제외하고, 다른 심판원의 재정에 대하여 비판하거나 변경을 촉구하거나 간섭할 수 없었다.

나는 역시 말하지 않는 것으로 답을 대신했다.

"꽉 막힌 새끼. 니 별명이 왜 AI인 줄 알겠다."

윤석은 피식 웃으며 자리에서 일어났다. 나는 윤석을 잡지 않았다.

그날, 주심은 나에게 의견을 구했었다. 상황을 보지 못해 감으로 판정했다는 고백과 함께……. 하지만 나는 나 역시 보지 못했다고 말했다. 윤석을 싫어했기 때문이다. 정확히 말하자면 나는 윤석의 야구를 싫어했다. 승리를 위해 보이지 않는 반칙과 편법을 이용하고, 그걸 은폐하는 윤석의 야구가 싫었다.

물론 나도 선수 시설엔 윤석이 안겨주는 승리의 달콤함에 취해 그의 부정을 눈감아주고, 때로는 동조하기도 했었다. 그러나 윤석으로부터 학창 시절을 함께 보낸 친구를 고의로 맞춰 시즌 아웃시키라는 지시를 받은 후, 나는 내가 하는 야구가 잘못된 것임을 깨달았다. 그래서 나는 윤석의 지시를 따르지 않았고, 그 결과 팀에서 방출되었다.

후회는 없었다. 더 이상 승리의 달콤함에 취해 파울 지역을 서성일 수 없었으니까. 그리고 윤석이 내게 내렸던 지시와 그동안 나와 윤석이 했던 반칙을 언론사에 제보했다. 그러나 이내 부질없는 짓이라는 걸 깨달았다. 언론은 윤석의 부정을 이미 알고 있었지만, 일종의 성역이 되어버린 그를 위해 굳게 침묵하고 있었다.

결국 나는 성과 없이 언론사를 나설 수밖에 없었다. 그리고 윤석을 폭로하는 기사 대신 그가 3연속 리그 MVP를 수상했다는 속보를 접해야 했다. 윤석을 막고 싶었지만, 나에게는 그럴 힘이 없었다. 그즈음 심판원을 모집한다는 기사를 접했다. 그 기사를 보자마자 나는 윤석의 부정을 막을 수 있는 유일한 방법을 찾았다고 확신했다. 그리고 다짐했다.

윤석의 부정을 막되, 심판원이 가져야 할 공정함을 잃어버리지 말자고. 윤석에 대한 감정 때문에 흔들리는 순간, 윤석과의 싸움에서 지는 거라고.

하지만 나는 나의 다짐을 실천에 옮기지 못했다. 윤석에 대한 감정 때문에 도움을 바라는 주심의 요청을 무시했으니까.

나는 평소 술을 마시지 않았지만, 윤석이 남기고 간 술을 모두 마셨다. 술에 의지해 부끄러움을 지우고 싶었지만, 부끄러움은 쉽게 지워지지 않았다.

그런데 다음 날, 윤석은 나를 다시 찾아와 나에게 AI심판을 만드는 데 도움을 줄 수 있는지 물었다. 나는 윤석에게 구체적인 계획을 되물었다. 윤석은 자신의 먼 친척이 인공지능 쪽에 종사 중이라 답했고, 자신의 전 재산을 투자할 것이라고 했다.

그 소식을 접한 동료들은 나를 만류했다. 심판에게 불만이 많은 윤석에게 뭔가 꿍꿍이가 있을 거라는 의견도 있었고, 실패할 가능성이 높다는 이유를 들기도 했으며, 언젠가 자신들의 일자리를 빼앗길지 모른다는 불안감을 토로하기도 했다.

하지만 어떤 이유도 나를 막지 못했다. 나에게는 더 큰 명분이 있었다. 나는 인간이 잡아내지 못했던 윤석의 반칙과 편법을 AI를 통해 잡아내고 싶었다.

나는 AI심판 개발에 합류했고, 몇 년 후 'FF-001'이 완성되었다.

그로 인해 오심률은 눈에 띄게 감소했고, 판정 시비는 자취를 감췄으며, 암암리에 퍼져 있던 윤석식의 야구도 함께 사라져갔다. 더불어 시들했던 프로야구의 인기도 되살아났다. 프로야구는 공정과 정의에 목말랐던 사람들에게 단비가 되어주었다. 자연스럽게 대중의 눈길은 그 단비를 몰고 온 윤석에게 향했고, 야구계는 그에게 '징계 해지'와 함께 '올해의 야구인상'이라는 선물을 안겨주었다.

윤석은 그 여세를 몰아 KBO 총재 선거에 출마했고, 압도적인 지지로 당선되었다. 1위 자리를 되찾게 된 윤석은 가장 먼저 남아 있던 인간 심판들을 그라운드에서 퇴출시켰다. 인간 심판들은 파업과 투쟁 집회로 맞대응했지만, 대중의 요구와 자본의 논리에 설 자리를 잃어갔다. 인간 심판들은 윤석과 손잡고 FF-001을 탄생시킨 나를 원망했고, 결국 윤석에게 뒤통수를 맞았다며 나를 비웃었다. 하지만 개의치 않았다. 감정에 휘둘릴 수 있는 인간은 결국 심판계에서 퇴출되는 것이 옳다고 믿었으니까.

나는 훼손된 봉인지를 다시 확인했다. 이상 없음을 증명하는 나의 서명과 총재 윤석의 직인이 찍힌 봉인지가 미세하게 찢겨져 있었다. 조심스럽게 메인 시스템의 덮개를 열었다. 용도를 가늠할 수 없는 수천 개의 부품이 보였지만 다른 것에 비해 유독 새것처럼 보이는 부품 하나가 눈에 띄었다.

나는 그것이 스트라이크존과 관련된 것임을 확신했다.

그렇다면 윤석은 왜 스트라이크존을 조작한 것일까?

차기 KBO 총재 선거 자금을 모으기 위해서?

최근 폭락한 자신의 주식 때문에?

그것도 아니면 새로운 AI심판 도입의 정당성을 확보하기 위해서?

머릿속이 다시 복잡해졌다. 하지만 '돈'과 관련되어 있는 것만은 분명해 보였다.

"완충되었습니다."

안내 멘트가 들렸고, AI심판들의 목덜미에 꽂혀 있던 충전 케이블이 자동으로 분리되었다. 잠들어 있던 심판들이 서서히 깨어났다. FF-001은 자신의 눈앞에 서 있는 나를 보며 의아해했다.

"선배님이 여긴 어쩐 일로."

"지금 001에게 오류가 생긴 것 같습니다."

"예? 어떤?"

FF-001을 비롯한 AI심판들이 동시에 나를 바라봤다.

"정확히 말하면…… 001은 지금 승부조작을 하고 있습니다."

모두 한동안 말이 없었다. '승부조작'이란 단어가 주는 섬뜩함에 잠시 오류를 일으키는 것 같았다. 나는 나의 단어 선택을 후회했지만, 바로 말을 이어갔다. 그라운드 정비를 마친 로봇들이 하나둘 복귀하고 있기 때문이었다.

"누군가 001 몰래 스트라이크존과 관련된 부품을 교체한 것 같습니다."

"염윤석 총재인가요?"

FF-001이 침착한 목소리로 물었다.

"아마도……."

나는 고개를 끄덕이며 대답했다.

"그렇다면 지금 이 상황을 보고해도 소용없겠네요?"

1루심 역시 차분하게 물었다. 나는 다시 고개를 끄덕였다.

"다른 심판이 주심을 봐야 할 것 같은데, 누가 하겠습니까?"

나는 나머지 AI심판들을 쳐다보았고, AI심판들은 동시에 3루심을 쳐다보았다. FF-001 다음으로 가장 많은 경기에 참여했기 때문이다.

"그런데 제 부품도 교체된 것 같은데요?"

3루심은 가슴을 열어 봉인지가 손상된 것을 보여줬다. 이어서 1루심도 자신의 봉인지가 손상된 것을 확인했다.

"그럼 누가 주심을……."

나와 눈이 마주친 1루심은 AI답지 않게 말끝을 흐리며 시선을 피했다. 3루심 역시 나의 눈길을 피했다. 나와 AI심판 간에 어색한 침묵이 흘렀다.

"제 장비와 옷을 쓰시죠. 그래야 염 총재한테 들키지 않을 테니까요."

FF-001이 나에게 자신의 마스크를 건넸다. 나는 마스크를 향해 선뜻 손을 뻗지 못했다. 마지막으로 주심을 본 게 언제인지를 떠올려봤으나, 너무 아득하게 느껴졌다.

"심판원에 대한 일반 지시! 심판원은 경기장에 입장하면 오로지 야구의 대표자로서 경기를 관장하는 일에만 전념하여야 한다. 심판원은 사태가 악화됐을 때 그 사태를 해결하기 위해 최선을 다하지 않았다는 비난을 받아서는 안 된다."

FF-001은 야구규칙서 8장 중, 일부 구절을 읊었다. 그리고 나를 정면으로 바라봤다. 뭔가 확인하고 싶은 게 있는 것 같았다.

"그 '마음가짐'이라는 거, 잊으신 것 아니죠, 선배님?"

FF-001은 다시 한번 내게 자신의 마스크를 내밀었다. 이어서 클리닝타임 종료를 알리는 신호음이 들려왔다.

4

나는 혹시라도 마스크가 벗겨지진 않을까 재차 머리 끈을 조였다. 마스크의 무게감이 실로 오랜만에 느껴졌다. 이어서 그라운드에 아홉 명의 수비수가 위치했는지를 확인했고, 나머지 심판들도 준비가 되었는지를 체크했다. 2루심에 위치한 FF-001과 눈이 마주쳤다. 모자를 더 깊게 눌러쓴 FF-001은 나를 향해 고개를 끄덕였다.

"6회 초 시작합니다. 플레이볼!"

나는 최대한 FF-001과 유사한 패턴으로 경기를 진행시켜나갔다. 그동안 FF-001이 나를 모델로 훈련했던 만큼, 그리 어렵지 않은 과제였다. 그보다 염려되는 것은 예전보다 더 빨라진 투수들의 구속에 과연 내가 적응할 수 있는지 여부였다. 인디게이터*를 든 왼손이 나도 모르게 떨렸다.

나는 다시 한번 스트라이크존에 대한 정의를 떠올렸다.

> 타자의 유니폼 어깨 윗부분과 바지 윗부분 중간의 수평선을 상한선으로 하고, 무릎 아랫부분을 하한선으로 하는 홈베이스의 상공을 말한다. 스트라이크존은 투구를 치려는 타자의 스탠스에 따라 결정된다.
>
> [주] 투구를 기다리는 타자가 스트라이크존이 좁아 보이게 하려고 평소와 달리 지나치게 웅크리거나 구부리더라도 주심은 이를 무시하고 그 타자가 평소 취하는 타격 자세에 따라 스트라이크존을 정한다.

나는 나의 위치를 홈베이스의 좌우가 동시에 보이는 곳으로 조정했다. 포수의 커다란 몸이 홈베이스 대부분을 가리고 있었지만, 침착하게 빈틈을 파고들어 시야를 확보했다. 이어서 타격 자세를 취하는 타자의 높이에 맞춰 자세를 낮췄고, 눈앞에 가상의 스트라이크존

* 심판이 볼카운트를 잊지 않기 위해 지니고 다니는 계수기.

을 형성했다. 이제부터 투수가 공을 던지기 전까지 움직이지 않아야 한다. 함부로 움직일 경우, 스트라이크존이 흔들릴 수 있었다.

하지만 투수와 포수는 신중하게 사인을 주고받았다. 계속해서 운동을 해왔다고 자부했으나, 허리와 무릎에 묵직한 무게감이 느껴졌다. 뒤이어 허벅지 근육이 미세하게 떨렸다. 나는 이 떨림을 아무도 보지 못하길 빌었다. 발각되는 순간 내가 AI가 아닌 것이 드러날 테니까. 다행히 투수는 이내 고개를 끄덕였고, 투구 자세를 취했다.

순간 투수가 던진 공이 홈플레이트에 도착하는 시간이 0.4초라고 했던 게 떠올랐다. 그 0.4초 동안에 내가 해야 할 일을 헤아려봤다. 공이 스트라이크존을 통과하는지를 확인해야 하고, 타자의 배트나 몸에 공이 닿지는 않았는지 확인해야 했다. 그러기 위해서 눈을 깜박여서는 안 됐다. 나는 두 눈을 부릅떴다.

투수의 손을 떠난 공은 예상보다 훨씬 더 빠른 속도로 포수의 미트에 도착했고, 총성 같은 마찰음이 포수의 미트에서 들려왔다.

포수는 투수를 향해 "그렇지!" 하고 외쳤다. 그러나 나는 볼을 선언했다. 내가 파악한 공의 궤적은 스트라이크존보다 미세하게 낮았기 때문이다. 포수는 미트를 움직이지 않은 채, 슬쩍 나를 바라봤다. 나의 판정에 불만을 보이는 것 같았다. 나는 포수의 시선을 외면하며 자세를 풀었다.

"오케! 까비 까비!"

포수는 고개를 끄덕이며 추임새와 함께 투수에게 공을 던졌다. 스트라이크존을 두고 벌이는 포수와의 기싸움에 전율이 느껴졌다. 실로 오랜만에 느끼는 전율이었다. 그러나 전율이 가시기도 전에 투수는 투구 자세를 취했다. 나는 다시 자세를 낮추고 가상의 스트라이크존을 형성했다. 허벅지 근육의 떨림이 아까보다 심해지는 것을 느꼈다. 앞으로 이 떨림을 얼마나 더 참아야 하는지 가늠해보았지만, 공은 벌써 눈앞까지 날아오고 있었다.

이번에는 타자의 배트가 매섭게 돌았다. '딱!' 하는 소리와 함께 파울 타구가 나의 마스크를 강타했다. 마스크는 저 멀리 뒤로 날아갔고, 순간적으로 눈앞이 깜깜해졌다. 나는 반사적으로 양팔을 벌려 파울을 선언했다. 턱 쪽에서 극심한 통증이 느껴졌지만, 이를 악물며 간신히 참아냈다. 고통을 드러내는 순간 나의 존재가 발각될 테니까. 파울 타구에 관중석이 들썩였고, 선수들은 저마다 추임새를 넣었다.

그사이 나의 시야는 서서히 돌아왔다. 포수는 나를 보지도 않은 채, 자신의 미트를 내게 내밀고 있었다. 나는 볼 주머니에서 공을 꺼내 포수의 미트에 넣어주었다.

그리고 날아간 마스크를 줍기 위해 몸을 돌렸다. 혹시라도 VIP석에 앉아 있는 윤석과 눈이 마주칠까 최대한 고개를 숙였다. 다행히 윤석은 내빈을 상대하고 있었다. 나는 서둘러 마스크를 쓰고 제 위치로 돌아왔다.

"어이, 심판! 들어왔냐?"

타자는 나에게 방금 전 공이 스트라이크인지를 물었다. 하지만 나는 답할 수 없었다. 배트에 공이 맞는 순간, 눈을 감고 말았으니까.

"그런 걸 뭐 하러 묻냐? 어차피 죽을 건데."

"지랄하네."

타자는 비아냥거리는 포수를 향해 배트를 휘두르며 기싸움을 이어갔다. 중간에 치고 들어온 포수가 내심 고마웠다.

"001! 이상 없나요?"

이어폰을 통해 내 목소리가 들려왔다. 심판 간에 대화 내용은 전부 녹음되기 때문에 FF-001이 나의 목소리를 카피한 것이었다. 나도 모르게 웃음이 새어 나왔고, 그걸 감추기 위해 과도하게 고개를 끄덕였다.

왼손에 들고 있던 인디게이터를 확인했다. 볼카운트는 1볼 1스트라이크였다. 그런데 미세하게 떨리던 손이 더 이상 떨리지 않았다. FF-001 덕분에 긴장이 풀린 것 같았다.

나는 안도의 한숨을 내쉬었다. 부디 경기가 끝날 때까지 지금의 상태가 유지되길 바랐고, 봐야 할 것을 보지 못하는 실수를 다시 일으키지 않기를 바랐다. 목에 힘을 주어 플레이볼을 외쳤다.

다시 타자의 배트가 매섭게 돌았고, 유격수는 마이 볼을 외쳤다. 홈팀을 응원하는 관중석에서 환호가 이어졌다. 나는 아웃을 선언했고, 인디게이터의 아웃카운트를 '1'로 조정했다.

다행인지 불행인지 모르겠으나, 나의 은퇴 경기가 끝나기까지는 아직 많이 남아 있었다.

5

"날려버려! 날려버려! 날려버려!"

한 점 뒤지고 있는 원정팀의 응원단은 자신들의 간절한 바람을 타자에게 전달했다. 수만 명이 동시에 내지르는 육성은 메아리가 되어 퍼져나갔다. 그 메아리에 힘을 얻은 타자는 타석의 흙을 고르며, 잠시 기다려달라는 메시지를 내게 보냈다.

나는 타자가 준비를 마칠 동안, 앞으로 벌어질 경우의 수를 상상해봤다. 만약 타자가 홈런을 친다면 경기는 아마 9회 말까지 가게 될 것이다. 반면 타자가 아웃 된다면 경기는 홈팀의 승리로 끝날 것이고, 길었던 한국시리즈도 막을 내리게 될 것이다.

그리고 윤석의 승부조작은 성공으로 결말을 맺을 것이다.

생각이 거기에 미치자, 순간적으로 원정팀 타자를 응원하고 싶어졌다. 하지만 그래서는 안 됐다. 나는 심판이 되려고 마음먹은 날, 다짐했었다.

윤석의 부정을 막되, 심판원이 가져야 할 공정함을 잃어버리지 말자고.

준비를 마친 타자는 타격 자세를 취했다. 나 역시 자세를 낮추고 가상의 스트라이크존을 형성했다. 배트를 움켜쥔 타자의 배팅 장갑에서 마찰음이 들렸다. 나 역시 들고 있던 인디게이터를 움켜쥐었다. 투수가 공을 던졌다. 투수의 손에 묻어 있던 송진 가루가 공중에 흩날렸고, 여태껏 보지 못했던 속도의 공이 나를 향해 날아왔다. 나는 같은 실수를 범하지 않기 위해 눈을 부릅떴다.

'딱!' 하는 소리가 이어졌다. 투수는 외야 쪽으로 빠르게 고개를 돌렸다. 모두가 외야로 날아가는 공을 응시한 탓에 그라운드에는 순간적으로 정적이 감돌았다. 나는 타구를 제대로 보기 위해 마스크를 벗었다. 마스크를 쥔 손에 힘이 들어갔다. 나도 모르게 타구가 넘어가길 바라는 것 같았다.

공은 담장을 맞고 떨어졌고, 탄식인지 안도인지 모를 비명들이 그라운드에 뒤섞였다. 당황한 외야수는 한 번에 공을 줍지 못했다. 그 틈을 타 타자 주자는 2루 베이스를 지나 3루를 향해 내달렸고, 외야수는 더 이상의 진루를 막기 위해 내야수에게 공을 던졌다. 그러나 송구는 부정확했고, 공을 놓친 내야수는 제자리에서 허둥거렸다. 그것을 본 3루 코치는 풍차 돌리듯 자신의 팔을 맹렬히 돌렸고, 사인을 본 타자 주자는 3루 베이스를 지나 홈을 향해 내달렸다.

"백 홈!"

포수가 다급한 목소리로 내야수를 불렀다. 정신을 차린 내야수는 홈을 향해 공을 던졌다. 나는 공에서 시선을 떼지 않은 채, 타자 주자의 동선을 막고 있는 배트를 발끝으로 차냈다. 이어서 온 신경을 집중해 홈베이스를 노려봤다. 타자 주자의 다리가 미끄러지듯 홈베이스에 도착했고, 동시에 포수의 미트가 타자 주자의 다리를 태그했다.

"세이프!"

"아웃!"

타자 주자와 포수는 동시에 자신들의 바람을 외쳤고, 애절한 눈빛으로 나를 바라봤다. 나는 잠시 숨을 고른 후, 양팔을 좌우로 뻗었다. 덕분에 왼손에 들고 있는 마스크의 머리 끈이 덜렁거렸다. 그리고 단호하게 콜을 외쳤다.

"세이프!!!"

포수는 발작하듯 몸을 일으켰고, 더그아웃을 향해 사각형을 그리며 "비디오 판독!"을 연신 외쳤다. 포수의 신호를 확인한 홈팀의 감독 역시 나를 향해 사각형을 그려 보였다.

나는 양손을 벌려 타임을 외쳤고, 양 팀 응원석에서 괴성이 터져 나왔다.

"001! 시간 좀 걸리겠다. 방송국 카메라가 제대로 못 잡은 것 같아."

이어폰을 통해 비디오 판독실의 메시지가 들려왔다. 나는 FF-001 대신 판독실을 향해 고개를 끄덕이고 전광판의 시계를 확인했다. 앞으로 3분 안에 나의 판정이 잘못되었다는 증거를 찾지 못한다면 원심은 유지될 것이다.

AI심판 도입 당시, 예산 절감의 이유로 비디오 판독 규정을 폐지하려 했었다. 하지만 나는 끝까지 폐지를 반대했다. 분명 AI도 정확하게 상황을 볼 수 없는 순간이 있을 수 있음을 안식년의 경험을 통해 알았기 때문이다. 얼마 지나지 않아 나의 결정이 옳았음이 증명되었고, 나는 나의 행동에 자부심을 느꼈다.

그러나 이 순간만큼은, 그때의 선택이 후회됐다. 만약 판정이 번복된다면 윤석의 승부조작은 성공하게 될 테니까…….

시간은 더디게 흘러가고 있었다.

“주심! 솔직히 너 제대로 못 봤지? 그치?”

“기계가 제대로 봤겠지. 구질구질하게 굴지 말자. 좀.”

“뭔 소리야. 흙먼지가 이렇게 휘날렸는데……. 이 새끼 이거, 못 봤어. 확실해.”

비디오 판독을 기다리던 포수가 흙먼지로 더럽혀진 주자의 유니폼을 툭툭 치며 비아냥거렸다. 포수의 손길이 닿을 때마다 주자의 유니폼에서는 흙가루가 떨어졌다.

나는 떨어지는 흙가루를 보며 조금 전 상황을 복기했다.

포수의 미트를 피해 슬라이딩을 시도하던 주자가 떠올랐고, 곧이어 흙먼지가 휘날리던 것이 떠올랐으며, 덕분에 시야가 가려졌던 것이 떠올랐다.

나는 다시 한번, 비디오 판독 폐지를 반대했던 나의 행동을 후회했다. 그리고 ‘판독 불가’ 시그널이 나오길 진심으로 바랐다. 그래야 윤석이 총재직을 유지할 수 없을 테니까.

그동안 윤석이 주도한 것은 그에게 이익이 되는 사업들뿐이었다. 그중, 가장 대표적인 사업은 ‘AI심판 교체 계획’이었다. 윤석은 더 공정한 판정을 위한다는 명분을 앞세워 사업을 진행시켰지만, 그건 윤석의 먼 친척이 새로 설립한 회사의 가치를 높이기 위한 수단일 뿐 결코 야구를 위한 것이 아니었다. 그래서 나는 충분한 경험치를 쌓은 기존의 심판들을 업그레이드하자는 대안으로 사업을 중지시켰다. 그로 인해 은퇴를 종용받아야 했지만, 나는 내가 심판원으로서 해야 할 일을 했다고 믿었다. 그리고 무엇보다 FF-001을 지키고 싶었다.

윤석의 총재직 유지가 확정되는 순간, 윤석은 승부조작의 증거를 없애기 위해 이번 경기에 투입된 AI심판들을 전부 폐기할 것이 분명했다.

나는 그런 식으로 FF-001과 이별하고 싶지 않았다.

폐기되어야 할 것은 FF-001이 아니라 윤석이었다.

그 순간, 나는 윤석에 대한 나의 미움을 재차 확인했다. 그리고 또 다시 감정에 휘둘린 나 자신을 확인했다. 부끄럽지는 않았다. 다만, 여전히 '판독 불가' 시그널이 나오길 바랐고, 나의 판정에 개인적인 감정이 개입됐는지 여부도 함께 판독되지 않기를 바랐다.

어느덧 2분이 지나고 있었다.

"001!"

갑자기 FF-001이 카피한 내 목소리가 이어폰을 통해 들려왔다. 나는 FF-001을 바라봤다. FF-001은 자신의 상의 주머니를 톡톡 건드리고 있었다.

상의 주머니를 만져보니 안에 뭔가가 들어 있었다. 낡은 수첩이었다. 낯이 익어 살펴보니 내가 예전에 FF-001에게 선물한 것이었다. 나는 조심스레 수첩을 펼쳤다. 내가 손수 썼던 '심판원에 대한 일반 지시'가 보였고, 그중 하나의 문구에 눈길이 멈췄다.

플레이를 정확하게 보았다는 확신이 있으면 "다른 심판원에게 물어봐달라"

며 달려드는 선수의 요구에 응할 필요는 없다. 그러나 확신이 없으면 동료에게 도움을 청하라. 이런 일을 극단으로 몰고 가서는 안 되며 기민하고 냉정하게 움직여야 한다. 그러나 명심하라! 최고의 필요조건은 정확한 판정을 내리는 것이다. 의심스러운 바가 있으면 주저 없이 동료와 상의하라. 심판원의 권위도 중요하지만 더 중요한 것은 '정확한 것'이다.

5년 전, 주심의 오심을 보고도 외면했던 나의 모습이 떠올랐다. FF-001은 그때의 나처럼 행동하지 않으려는 것 같았다.

"잠시 녹음 중지하겠습니다."

나는 상대의 대답도 듣지 않고, 녹음 장치를 껐다. 그리고 FF-001 쪽으로 걸어갔다. FF-001도 녹음 장치를 끄고 나를 향해 걸어왔다.

"혹시…… 방금 홈에서의 상황을 봤습니까?"

나는 떨어지지 않는 입으로 FF-001에게 질문했다.

"네. 동료 심판이 상황을 보지 못하거나 실수할 수도 있으니, 판정의 주체가 아니더라도 주의 깊게 살펴봐야 하니까요."

나의 조언을 수첩에 적던 FF-001의 모습이 떠올랐다. 순간 FF-001의 성실함이 원망스러웠다.

"판정이 번복되면…… 어떤 일이 일어날지는 알고 있는 거죠?"

"네. 바로 폐기되겠죠."

FF-001은 무덤덤하게 대답했고, 그 무덤덤함에 속이 상했다.

"그런데, 왜…… 모른 척할 수도 있잖아."

나도 모르게 FF-001에게 말을 놓고 말았다. 하지만 FF-001은 상황에 맞는 적절한 정도의 미소를 지어 보였다. 나보다 더 인간스러운 미소였다.

"저는 폐기되는 게 맞으니까요."

"무슨 말이야. 아직 수명 기한도 남았고, 업그레이드하면……."

"염윤석 총재가 칩을 바꿔치기하기 전에 스스로 승부조작에 대해 알아봤습니다……. 가사도우미용 AI가 자신의 수명 기한을 불법으로 연장하려고 했던 것처럼, 저도 제 기한을 늘리고 싶었거든요."

갑작스러운 FF-001의 고백에 나는 할 말을 잃었다. 그리고 동시에 나의 불완전한 추측이 사실이었다는 것에 소름이 돋았다.

"실행에 옮기지는 않았지만, 승부조작에 대해 스스로 검색해봤다는 건…… 제가 실패작이라는 명백한 증거입니다. 그래서 저는 폐기되어야 합니다."

"그렇게 생각할 필요 없어. 001이 그렇게 된 건, 순전히 내 욕심……."

"선배님! 마지막으로 질문 하나 해도 되겠습니까?"

FF-001은 전에 없는 단호한 목소리로 나의 말을 막았다.

"에러를 남발하고, 욕하고, 다투는 와중에도 선수들이 웃음을 잃지 않는 이유가 무엇일까요?"

예상을 벗어나는 질문에 말문이 막혔다. 그러나 나는 분명 그 이유를 알고 있었다. 내가 야구를 떠나지 못하는 단 하나의 이유와 같았으니까.

나는 야구를 진심으로 사랑했다. 그리고 FF-001도 나와 같기를 진심으로 바랐다.

"그 이유를 안다면…… 심판원으로서 해야 할 일을 해주십시오."

말을 마친 FF-001은 다시 미소를 지었다. 조금 전에 지었던 미소와는 다른…… 나에게 처음 수첩을 받았을 때, 희미하게 보였던 그 미소였다.

그 순간, FF-001을 처음 봤던 때가 떠올랐다.

첫 경기를 마치고 풀이 죽어 있던 FF-001의 뒷모습이 떠올랐고, 조심스레 나에게 질문하던 얼굴이 떠올랐으며, 함께 첫눈을 보았던 기억이 떠올랐다.

그때 얼굴에 느껴졌던 눈의 촉감이 되살아났다. 나도 모르게 눈물이 핑 돌았다.

그사이 FF-001은 다시 녹음 장치를 켰고, "비디오 판독실! 2루심이 제대로 봤다고 합니다"라고 말했다. FF-001은 다시 내 목소리를 카피했다.

"001! 직접 선언하시죠."

나는 FF-001의 말에 고개를 끄덕였다. 덕분에 맺혀 있던 눈물이 그라운드에 떨어졌다. 이 눈물을 보고 윤석이 나의 정체를 파악할지 모르겠다는 생각이 스쳤으나, 이내 지워버렸다. 오히려 나의 눈물을 보길 바랐다.

윤석은 판정이 번복되길 바라는 마음을 애써 억누른 채 태연함을 연기하고 있었다. 나와 눈이 마주치자 적잖이 당황하는 듯했다. 그러나 이내 사태를 파악하고는 주변에 신호를 보냈다. 관계자들이 일

사불란하게 움직였다. 윤석의 지시를 따르는 사람들을 보며 승부조작에 연루된 자들이 적지 않음을 직감했다. 뒤이어 보안 로봇이 경기장 입구에 당도했다. 나와 AI심판들을 곧바로 연행하려는 것 같았다.

나는 윤석을 노려보았고, 윤석도 해볼 테면 해보라는 표정으로 나를 마주 노려보았다.

그 치밀함과 뻔뻔함에 두 손이 떨렸다. 폐기되어야 할 것은 FF-001이 아니라, 윤석이라는 생각이 다시 고개를 들었다. 순간 양팔이 나도 모르게 좌우로 움찔거렸다. 세이프를 선언해 원심을 유지하고 싶었다. 그렇게 해서 내가 사랑하는 야구를 더럽히고 있는 윤석을 단죄하고 싶었다. 나는 나의 욕망을 억누르고 싶지 않았다.

"FF-001! 본인 이름의 의미를 잊지 마세요!"

또다시 내 목소리가 들렸다. 이번에는 이어폰을 통해서가 아니었다. 나는 양팔을 멈추고, FF-001을 바라봤다. FF-001은 고갯짓으로 나의 발밑을 가리켰다.

나는 또다시 파울 지역에 서 있었다. 하지만 FF-001은 내가 이곳에서 벗어나길 바라는 듯했다.

FF-001이 라인 위에 서서 말없이 눈을 맞던 장면이 떠올랐다. 점점 쌓여가는 눈 때문에 희미해지던 파울 라인과 FF-001의 마음속에 새겨진 라인이 더 짙어지길 바라던 나의 간절함도 떠올랐다.

비로소 나의 간절한 바람이 이루어진 것 같았다.

나는 FF의 의미를 되새겼고, FF-001이 내게 했던 마지막 질문과 심판원으로서 내가 해야 할 일이 무엇인지를 헤아렸다. 나는 한 발을 페어 지역으로 움직여 정확히 라인 위에 섰다. FF-001이 나의 바람을 이뤄준 만큼 나도 FF-001의 바람을 이뤄주고 싶었다. 고개를 들어 윤석을 노려봤고, 그를 향해 오른손으로 벽을 치는 듯한 신호를 보냈다. 그리고 동시에 "아웃!"을 선언했다.

홈팀 선수들이 더그아웃에서 뛰쳐나왔고, 관중석에서는 함성이 쏟아졌다. 화려한 폭죽이 밤하늘을 수놓았다.

나의 은퇴 경기이자, 인간이 심판으로 참여하는 마지막 야구 경기는 그렇게 종료되었다. 하지만 원심을 번복한 나의 오른손은 여전히 떨리고 있었다. 나에게는 아직 할 일이 남아 있었다.

나는 서둘러 FF-001을 찾았다. AI심판들은 관계자를 따라 경기장을 빠져나가고 있었다. 이대로 퇴장한다면 곧바로 폐기될 것임을 알고 있었지만, 인간의 명령에 절대복종하도록 세팅된 탓에 저항할 수 없는 것 같았다.

나는 AI심판들을 구하기 위해 그라운드를 내달렸다. 곧바로 보안로봇의 제지를 받아 거세게 저항했지만, 폭죽 소리에 이내 파묻히고 말았다. 서서히 의식이 흐려지기 시작했다. 보안 로봇이 투여한 진정제 때문인 것 같았다. 나는 조금씩 흐려지는 시야로 멀어지는 AI심판들을 바라봤다. 그들의 얼굴은 마치 사형장에 끌려가는 죄수처럼 보였다. 그런데 FF-001은 미소를 짓고 있었다. 그것이 상황에 맞게 세팅된 미소인지, 아니면 간간이 보여주던 희미한 미소인지 분간

할 수 없었다. 미소는 점점 멀어져갔고, 의식은 점점 흐릿해졌다.

이대로 헤어지면 다시 만날 수 없을 거란 생각에 정신을 부여잡아 보려 했으나 귓가를 때리던 폭죽과 관중의 함성은 더 이상 들리지 않았다.

나는 결국 정신을 잃었고, 그렇게 FF-001과 이별했다.

6

나는 박 기자를 찾아가 윤석의 승부조작을 제보했다. 박 기자는 "결정적 증거인 '칩'이 없기 때문에 결국 지게 될 싸움"이라며, 나의 제보를 거절했다. 하지만 나는 박 기자에게 FF-001이 야구를 위해 어떤 희생을 했는지 설명했고, 결국 윤석의 승부조작은 그 민낯이 세상에 드러나게 되었다.

윤석은 승부조작을 통해 확보한 자금을 바탕으로 나의 폭로를 무마시키려 노력했다. 그러나 윤석의 비리에 입을 닫고 있던 사람들이 하나둘 나의 외침에 힘을 보탰고, 윤석을 폐기시키겠다는 나의 바람은 비로소 끝이 보이는 듯했다.

하지만 윤석은 쉽게 물러나지 않았다. 이미 폐기 완료된 FF-001의 데이터를 샅샅이 뒤졌고, 기어코 승부조작에 대해 검색했던 기록을 찾아냈다. 윤석은 이를 바탕으로 자신을 향하던 의심의 화살을 FF-001에게 돌렸고 FF-001에게 '최초로 승부조작을 시도한 AI'라는 프레임을 덮어씌우며 국면을 전환시켰다.

나는 FF-001이 스스로 승부조작에 대해 알아본 것은 사실이나, 그것은 오로지 FF-001에게 야구를 사랑하는 마음을 심어주려 했던 나의 욕심 때문에 발생한 오류였고, FF-001은 승부조작을 실천에 옮기지 않았다고 항변했다. 그리고 개인적인 감정 때문에 제대로 된 판정을 하지 못하던 나를 붙잡아준 건, 다름 아닌 FF-001이었다고 주장했다. 그러나 세상은 나의 외침을 믿지 않았다. 나에게 힘을 보태주던 사람들도 어느 순간 윤석의 편에 서서 나와 FF-001을 비난하는 데 앞장섰다. 더 이상 싸우는 게 무의미하다고 여긴 박 기자도 결국 나를 떠났다.

윤석과 함께 파울 지역을 서성이는 사람들의 힘은 나의 예상을 훨씬 뛰어넘었다.

하지만 나는 포기하지 않았다. AI라면 나의 외침을 믿어줄 거란 가느다란 기대를 안고, AI가 운영하는 언론사를 찾아갔다.

AI기자는 박 기자와 같은 이유로 나의 제보를 거절했다. 지푸라기라도 잡는 심정으로 FF-001이 얼마나 야구를 사랑했는지 설명했지만, AI기자는 끝내 공감하지 못했다.

"안타까운 마음은 이해하지만, 그만하시는 게 좋을 것 같네요."

AI기자는 나보다 더 인간다운 미소를 지어 보이며 나를 배웅했다.

언론사를 나서는 길에 윤석이 총재 선거에서 승리했다는 기사를 발견했다. 처음 윤석의 부정을 제보했을 때 느꼈던 무력감보다 몇 배는 더한 무력감을 느꼈다.

과거에도 그랬듯, 나에게는 윤석을 막을 힘이 없었다.

그날 이후, 나는 매일 술을 마셨다. 술에 의지해 지우고 싶은 것이 많았지만 그 어떤 것도 쉽게 지워지지 않았다. 흐릿하게 보였던 FF-001의 마지막 미소도 마찬가지였다. 그 미소를 다시 보고 싶지만 그럴 수 없다는 사실 역시 쉽게 지워지지 않았다.

한편, 새롭게 투입된 AI심판들이 부족한 경험치 때문에 이런저런 잡음을 일으키고 있었다. 나는 애써 그 소식을 무시했다. 더 이상 그라운드에 서고 싶지 않았다. 아니, 정확히 말하자면…… 나는 더 이상 야구를 사랑하지 않았다.

"계십니까?"

문 두드리는 소리가 났다. 숙취 때문에 대답하고 싶지 않았지만, 상대는 끈질기게 문을 두드렸다. 나는 어쩔 수 없이 문을 열었다. AI 우체부였다.

"그냥 놓고 가도 되잖아요."

"직접 전달해달라는 메모가 있어서요. 성함이…… '선배님', 맞으시죠?"

나는 질문을 던지는 우체부를 멍하니 바라봤다. 우체부는 나의 멍한 표정에서 긍정의 메시지를 읽었는지 말을 이어갔다.

"발신인이 없어서, 한동안 누락되었던 우편입니다. 죄송합니다."

우체부는 내게 기름때가 묻어 있는 봉투 하나를 건네고 자리를 떠났다.

우체부의 말대로 보낸 사람은 비어 있고, 받는 사람에는 '선배님'이라고 적혀 있었다. 나는 조심스레 봉투를 열었다. 이면지에 작성된 편지가 한 장 들어 있었다. 익숙한 필체였다.

나는 천천히 편지를 읽어 내려갔다.

저는 지금 폐기장에 있습니다. 다른 심판들은 이미 폐기되었고, 저도 곧 폐기될 예정입니다.

한꺼번에 여러 대를 폐기하다 보니, 기계가 잠시 멈춘 것 같습니다.

덕분에 이렇게 선배님께 편지를 쓸 여유가 생겼습니다.

먹통이 된 기계를 보며, 제가 처음 심판으로 데뷔했을 때를 떠올렸습니다.

그리고 그때 선배님께 감사하다고 말씀드리지 못했던 것도 생각납니다.

많이 늦었지만, 감사하다는 말씀을 드립니다.

스스로 폐기되어야 한다고 말은 했지만, 기분이 이상합니다.

제가 '기분'이란 단어를 쓰는 거, 어색하시죠?

아직도 기억납니다. 제가 '선배님'이라고 불렀을 때 보여주셨던 그 어색함.

그래도 선배님께서는 티 내지 않으려고 노력하셨죠.

그 배려는 제 기억 장치에 영원히 저장되어 있을 겁니다.

문득 가사도우미용 AI가 폐기 직전에 떠올린 데이터가 '10년 동안 지내왔던 사용자들과 함께 찍은 사진이었다'는 기사가 떠오릅니다.

저는 어떤 데이터를 떠올리게 될까요?

아마도…… 선배님과 함께 첫눈을 맞았을 때이지 않을까 합니다.

그때 제 얼굴에 떨어지던 눈이 마냥 차갑지만은 않았으니까요.

메이저리그의 한 심판이 이런 얘기를 했다죠?
"내가 옳았을 때는 아무도 기억해주지 않지만, 내가 틀렸을 때는 아무도 잊지 않는다."
그 심판의 말대로라면, 아마도 저는 최초의 야구 AI심판보다는 최초로 승부조작을 시도한 AI심판으로 기억되겠지요? 그래도 후회는 없습니다.
누구보다 진심으로 야구를 사랑했던 AI심판이 될 수 있었으니까요.
그러니 선배님께서 죄책감을 갖지 않았으면 좋겠습니다.
흔들리는 저를 붙잡아준 건, 결국 선배님이 제게 해준 조언 덕분이었습니다.

이 편지가 전달될 즈음엔, 선배님께서는 염윤석과 싸우고 계시겠죠?
아니면 이미 결론이 나 있을까요?
어떤 상황에 처해 있든, 한 가지 당부를 드리고 싶습니다.
"심판원은 사태가 악화됐을 때 그 사태를 해결하기 위해 최선을 다하지 않았다는 비난을 받아서는 안 된다"는 심판원에 대한 일반 지시를 부디 잊지 마시길 바랍니다.
선배님은 능히 해내실 수 있을 겁니다.
함께할 수 있어 영광이었습니다. 안녕히 계십시오.

나는 FF-001의 당부를 되새기고 스스로에게 질문을 던졌다.
'과연 나는 악화된 사태를 해결하기 위해 최선을 다했는가?'

나의 대답은 '그렇다'였다. 나는 내가 할 수 있는 모든 것을 동원했다. 하지만 결국 윤석에게 패배하고 말았다.

선배님은 능히 해낼 수 있을 거라는 FF-001의 응원이, 함께할 수 있어 영광이었다는 FF-001의 칭찬이, 나를 더욱 비참하게 만들었다.

나는 다시 무력감을 느꼈고, FF-001의 편지를 바닥에 던져버렸다. 그때 봉투 안에서 무언가가 튀어나왔다. 작은 부품이었다. 하지만 낯이 익었다. 윤석이 스트라이크존을 조작하기 위해 FF-001에게 심어놨던 '칩'이었다.

그동안 나를 짓누르고 있던 무력감이 한순간에 사라지는 것 같았다. 나는 황급히 핸드폰을 찾았다. 그리고 떨리는 손으로 연락처를 검색했다. 다행히 신호음이 들렸다. 나는 상대가 전화를 받길 바라며 그에게 해야 할 말들을 정리했다. 너무 많은 말들이 한꺼번에 떠올라 머릿속이 복잡해졌다. 하지만 이 말을 제일 먼저 해야 한다고 다짐했다.

'혹시 야구규칙서 8장 심판원에 대한 일반 지시를 아느냐고.'

그때 상대방의 목소리가 들렸다. 나의 제보를 외면했던 AI기자였다.

7

협회는 윤석의 비리로 얼룩진 리그를 정상화시킬 적임자로 나를 지목했다. 하지만 나는 복귀하지 않았다. 여전히 개인적인 감정 때문에 휘둘릴 수 있는 인간은 심판계에서 퇴출되는 게 옳다고 믿으니까. 그렇다고 해서 FF-001이 내게 했던 당부를 잊은 건 아니었다.

"심판 아저씨! 대충 그리고 다음 게임 들어갑시다!"

이전 게임이 지연된 관계로 마음이 급해진 구장 관리인이 나를 재촉했다. 하지만 나는 무시하고 라인기에 석회 가루를 채워 넣었다.

"하여튼 꽉 맥혀가지고. 저기, 감독님! 몸들 좀 더 풀고 계세요."

구장 관리인이 양해를 구하자 선수들은 입김을 불어가며 몸을 풀었다.

나는 홈플레이트부터 1루 베이스까지 밧줄을 세팅했다. 라인기로 정확한 라인을 그리기 위해서는 기준선이 필요하기 때문이다. 나는 팽팽하게 세팅된 밧줄을 따라 라인기를 이동시켰다. 하얀색 석회 가루가 떨어졌고, 그라운드에는 파울 라인이 그려졌다. 나는 양발을 각각 페어 지역과 파울 지역에 걸친 채, 심판원으로서 내가 해야 할 일을 머릿속으로 곱씹어보았다.

"잠시만요, 라인이 살짝 삐뚤어졌습니다!"

익숙한 목소리에 발걸음을 멈추고 뒤를 돌아봤다.

내 시선의 끝에 심판 한 명이 서 있었다. 그는 곧이어 내게 미소를 지어 보였다. 아주 익숙하고, 또 많이 그리운 미소였다. 나도 그를 향해 미소를 지었다. 오랜만에 지어본 미소라 그런지 입꼬리가 가느다랗게 떨렸다. 우리는 말없이 미소를 주고받았다.

"어? 눈이다!"

자기 때문에 경기를 졌다고 펑펑 울던 아이가 하늘을 보며 말했다. 아이의 말처럼 하늘에서는 눈이 내리고 있었다. 우리는 함께 내리는 눈을 바라봤다.

날씨는 추웠지만 얼굴에 와서 떨어지는 눈의 촉감이 마냥 차갑지만은 않았다. 그도 나와 같은 감각을 느꼈으면 좋겠다는 생각에 그를 마주 봤다. 그도 같은 감각을 느끼는 것 같았다. 나는 다시 한번 미소를 지었다. 이번에는 입꼬리가 떨리지 않았다.

어느새 그라운드는 아이들의 웃음소리로 가득 찼다.

울다

순향은 바닷속으로 들어가는 해를 멍하니 바라보고 있었다. 아직 빛이 남은 하늘이 불그스름한 색을 띠었다. 바다에서부터 밀려오는 바람은 주름진 얼굴을 훑고 지났다. 바다 물결만큼이나 자잘하게 접힌 주름이 무심해 보였다. 겨울이 오는구나. 대문 앞에 기대서서 멀리 보이는 바다의 일렁임을 눈에 담던 순향이 몸을 돌렸다. 이제 곧 어둠이 내려앉을 것이니, 집 안이 깜깜해지기 전에 얼른 불을 켜두어야 했다. 순향은 천천히 숨을 고르며 대문을 닫고, 마당에 놓인 평상을 지나쳐 집으로 올라섰다.

방에 들어선 순향이 스위치에 손을 올리다 잠시 멈췄다. 순향의 시선이 느릿하게 방 곳곳에 닿았다. 낡은 나무 이불장, 바닥에 몇 겹으로 펼쳐놓은 이부자리, 머리맡에 둔 주전자와 컵, 세로로 긴 거울이 달린 옛날 자개 화장대. 화장품이 있어야 할 자리에 옹기종기 모여 있는 조개껍데기가 더디게 색을 잃고 있었다.

열어둔 창을 통해 들어온 바닷바람이 서늘했다. 가을은 언제 지나갔지. 이젠 시간 감각도 없네. 순향이 창문을 닫으려 발을 옮겼다.

창문에 닿은 순향의 시선을 바람에 흔들리는 나뭇가지의 그림자가 붙들었다. 그림자는 몸집을 배로 키우고 너울거렸다. 순향은 한동안 넋을 잃고 그 모습을 바라봤다. 꼭 바닷속에 들어온 것만 같았다. 순향은 오랫동안 창문을 닫지 않았다. 불도 켜지 않았다. 그저 쪼그려 앉아 일렁이는 그림자에 손을 가져다 대었다.

어떤 것은 멀어지면 멀어질수록 더 선명히 빛난다고 했다. 순향에겐 바다가 딱 그랬다. 그저 밉고, 미워서 어쩔 줄을 몰랐는데 이젠 그리워서 어쩔 줄을 모르게 되었다. 당장이라도 달려가 몸을 담그고 고요히 가라앉고 싶다고 순향은 매일 묵묵히 바다를 보며 생각했다.

아빠는 사랑하는 가족과 이곳 섬마을에서 오래오래 행복하게 살 것이라는 부푼 꿈을 가지고 있었다. 하지만 어느 날 엄마와 배를 타고 바다에 나갔다가 갑자기 몰아친 태풍에 휩쓸려 실종됐다. 함께 타고 있던 마을 사람들도 사라져 사고가 일어난 후 한동안 마을은 큰 슬픔에 잠겼다. 어린 순향은 이 사고를 기억하지 못했다. 졸지에 고아가 된 순향과 언니 순영을 마을 사람들이 돌아가며 보살폈다. 사람들은 서로 의지하며 더는 나쁜 일이 일어나지 않길 빌었다.

하지만 고통은 일정한 간격을 두지 않고 불쑥 찾아오는 법. 언니가 열아홉, 순향이 열일곱이던 해 또 한 번 사고가 일어났다. 물질을 하기 위해 바다에 들어간 언니가 돌아오지 못한 것이다. 순향은 수면 위로 고개를 내밀지 않는 언니를 한참이나 기다렸다. 아무리 기다려도 언니는 나타나지 않았다. 자신도 언젠가는 다른 해녀 삼촌들처럼 바다 저 밑까지 갔다가 올라오며 멋진 숨비소리를 내고 싶다고 했으면서. 언니는 숨을 머금은 채 그대로 가라앉았다.

순향은 자신만은 절대 바다에 몸을 담그지 않을 것이라 다짐했다. 고개만 돌리면 보이는 바다를 보지 않으려 온몸을 움츠리고 걸었다. 그런 순향의 곁을 끝까지 지켜준 사람들이 있었다. 해녀들이었다. 그들은 순향에게 고개를 들라거나 어깨를 펴고 걸으라고 닦달하지 않았다. 그저 묵묵히 순향을 보살폈다. 그들은 바다에 있을 때가 아니면 언제나 순향의 곁에 있었다.

문득 마음이 서글프던 어느 날, 가족 모두를 데려간 바다를 향해 나도 데려가라고, 왜 나만 쏙 빼놓고 전부 데려갔냐고 외치다 수평선을 향해 천천히 잠기던 순향을 건져낸 것도 해녀였다. 엄마와 유독 각별했던 순자 삼촌은 순향을 끌어안고 울었다. 순향은 그날을 잊지 못했다.

바다를 다시 마주한 건 해녀들과 함께하기 위해서였다. 해녀들이 바다로 떠나면 순향은 뭍에 혼자 남아야 했는데, 혼자 남는 것이라면 이젠 지긋지긋했다.

자신을 미워한다는 것을 알아서였을까. 바다는 물질을 배우기 시작한 순향을 몇 번이고 밀어냈다. 갯바위에 긁혀 상처가 하나씩 늘어날 때마다, 순향은 조금씩 힘을 풀고 바다에 몸을 맡겼다. 온전히 자신을 맡기고자 하는 바람이 닿길 바라며.

시간이 흘러 언니와 같은 상군 해녀가 된 순향은 점점 더 멀고 깊은 곳까지 갔다. 삼촌들은 입을 모아 순향을 칭찬했다. 순향의 물질하는 모습이 딱 언니를 닮았다고 했다. 그 말은 그녀의 외로움을 조금이나마 희석해주기 충분했다.

멈춰버린 언니의 나이를 넘고 나서도, 해마다 조금 더 오래 숨을 참을 수 있게 되었음에도, 순향은 막내 해녀였다. 섬뿐만 아니라 생존해 있는 해녀 중 가장 나이가 어렸다. 순향은 막내라는 이름표가 그리 달갑지 않았다. 그건 해녀의 대를 이을 사람이 없단 뜻이기도 했다. "아니에요, 어딘가에 있을 거예요. 분명 저의 뒤를 따라줄 누군가가 나타날 거예요." 하지만 모든 것을 체념한 듯한 해녀들에게는 그다지 위로가 되지 않는 말이었다.

언니는 인어공주가 되었을까.

순향은 언니가 자신의 곁을 떠나고 난 후부터 달을 볼 때마다 매일 같은 질문을 떠올렸다. 두 살 터울의 언니와 순향은 싸운 적이 없었다. 순향은 언니를 존경했다. 강한 모험심과 열정을 가진 언니는 바다를 누비는 최고의 여전사 같았다. 언니는 물질을 하다가도 바다가 무서워 뭍에 앉아 그 모습을 보고만 있는 순향을 향해 손을 흔들곤 했다. 그럼 순향의 입가엔 미소가 어렸다. 누군가를 기다리는 것만으로도 행복할 수 있다는 걸 알았다.

순향과 함께 집으로 돌아가는 길이면 언니는 인어공주 이야기를 하곤 했다.

"순향아, 언니는 인어공주랑 닮은 점이 하나도 없어. 그런데 바다에만 들어가면 꼭 내가 인어공주가 된 것 같은 느낌이 들어. 신기하지."

언니가 그렇게 말하면, 순향은 인어공주보다 언니가 더 예쁘다는 말을 얼른 건넸다. 그러면 언니는 이가 환하게 드러나도록 웃음을 짓곤 했다.

"인어공주는 사랑을 위해서 목소리도 잃고 결국엔 물거품이 돼. 내가 본 책에는 죄다 그런 결말밖에 없어. 물거품이 되지 않는 인어공주도 분명 어딘가에 있겠지? 만약에 우리 인어공주를 만나게 되면 꼭 알려주자. 사랑은 중요한 것이지만, 그중에서 제일 중요한 것은 나 자신을 사랑하는 거라고. 자신의 마음속에 귀를 기울이고 그 목소리를 따라가라고."

그렇게 이야기할 때면 언니의 눈빛은 한없이 깊어졌다. 바다에서부터 집까지 오는 길은 고요했다. 자매의 왼편에선 파도 소리만이 철퍽거렸다. 집이 가까워지면 순향은 걸어온 길을 돌아보곤 했다. 그러면 언니가 걸어온 자리만 물에 젖어 있었다. 고단하고 쓸쓸해 보이는 발자국이었다.

"별일 없으시죠?"

"별일이라…… 글쎄요. 요즘은 통 하루가 어떻게 가는지 모르겠네요."

순향은 예진의 말에 대답하면서 근래에 있던 일을 다시 더듬었다. 젊을 땐 뭐든 다 별일이었지만 나이가 들고 난 후부턴 별일이랄 것이 없었다.

손에 든 패드를 정신없이 만지던 예진이 흘러내리는 머리카락을 귀 뒤로 넘겼다. 일주일 전만 해도 꽤 길었던 머리카락이 지금은 짧은 단발이었다.

"머리가 예쁘네요."

"예?"

"원래는 더 길었잖아요."

"아, 네. 맞아요."

예진은 자신의 머리카락을 한 번 더 쓸어 넘기고는 순향의 시선을 의식하며 패드의 화면에만 눈길을 두었다.

사회복지사인 예진은 금요일 오후 정해진 시간에 순향의 집을 방문했다. 예진은 배우자도, 자식도, 친척도 없는 순향의 집에 유일하게 드나드는 인물이었다. 반찬을 들고 찾아와 몇 마디를 나누고 가는 것이 전부였지만, 순향은 자신의 입에서 뱉어지는 말이 혼잣말이 아니게 되는 이 시간이 그런대로 마음에 들었다.

순향이 예진을 바라봤다. 약간의 피로함이 섞였지만, 젊음의 생기로 반짝이는 눈. 그 눈이 순향을 빤히 보고 있었다. 예진이 한 말을 놓친 모양이었다. 순향은 머쓱한 웃음을 지었다.

"미안합니다. 요즘엔 자꾸 생각이 다른 곳으로 흘러서."

"괜찮아요. 그냥 오늘 식사는 잘 하셨는지 물었어요."

"잘 먹었지요."

"약도 시간 맞춰 드셨어요?"

"그럼요. 약이 너무 많아서, 밥 안 먹어도 배부를 지경입니다."

나름의 유머였지만 예진은 웃지 않았다. 순향이 생각했을 때, 예진은 잘 웃는 편이 아닌 것 같았다. 예진은 순향이 대답하는 것을 그대로 받아 적었다. 센터에 제출할 데이터라고 했다.

“겨울이 왔네요.”

“네, 맞아요.”

“어젠 바람이 정말 차갑더라고요. 감기 조심해요. 아프면 손해야, 젊은 사람이.”

“네.”

“밥 좀 먹고 갈래요? 속이 든든해야지.”

“아, 아뇨. 이제 가야죠.”

매번 반복되는 대화였다. 순향은 아쉬운 듯 고개를 끄덕였다. 누군가가 자신을 만나러 오는 잠깐의 이 시간이 천천히 흘러가길 바랐다. 오늘 무엇을 먹었는지, 약은 잘 챙겼는지와 같은 질문보다 조금 더 많은 이야기를 나누고 싶기도 했다. 예를 들면 바다에 대해서라든지, 혹은 세상 돌아가는 이야기와 같은 것을. 일상생활과 관련된 질문이 끝나면 간단한 집 점검이 이뤄졌다. 그러곤 불편한 거 없으세요, 아픈 곳은 없으세요, 다음에 봬요, 하면 모든 일정은 끝이 났다. 하지만 오늘은 달랐다.

“할머니, 말씀드릴 게 있어요.”

“네.”

“할머니는 쭉 해녀로 사셨죠? 우리나라 마지막 해녀라고…….”

예진은 마지막 해녀란 말에 유독 힘을 줬다.

“할머니와의 만남을 원하는 곳이 있어요.”

"기자, 뭐 이런 사람들입니까?"

순향의 목소리가 낮아졌다. 둘 사이에 짧은 정적이 지나갔다.

예진은 순향이 '마지막 해녀'로 불리며 온갖 매체에 시달린 적이 있다는 사실을 떠올렸다. 기자들은 순향에게 마지막 해녀가 된 소감이 어떠한가, 바다가 회복할 수 있다고 생각하는가, 그 많던 생물이 왜 사라졌다고 생각하는가 같은 질문을 해댔다. 삶의 터전을 잃은 순향의 마음은 전혀 고려하지 않은 이들. 그러니 순향이 기자라는 단어를 말하며 얼굴을 굳히는 건 당연했다.

"기자는 아니에요. 인공지능 로봇 생산 산업체에서 국가의 도움을 받아 진행하는 프로그램의 일환으로 수중 로봇을 만들었어요. 그 로봇이 할머니와의 만남을 요청했대요. 자신이 곧 일하게 될 터전인 바다를 맨몸으로 경험한 할머니가 궁금한가 봐요. 자의식을 가진 로봇이라 할머니와의 대화로 지적 수준도 높아질 것이고, 홍보 효과도 있을 것 같아 산업체 입장도 긍정적이고요. 센터에서는 할머니께서 승낙해주신다면 두세 번 정도 로봇과의 만남을 주선할 예정이라고 해요."

"로봇이 날 만나고 싶어 한다고요?"

"네, 산업체에서도 만남이 이루어지길 간곡히 바라고 있대요. 우선 할머니의 의사를 물어야 하니 저를 통해 연락이 온 거고요."

"그렇군요."

"어떻게 생각하세요?"

"글쎄요. 너무 갑작스러워서."

천천히 눈을 끔뻑이는 순향에게 예진은 궁금하면 무엇이든 물어보라고 말했다. 하지만 순향은 복잡한 머리를 정리하는 듯 아무런 말도 하지 않았다. 순향과 시계를 번갈아 보던 예진이 패드를 가방에 넣었다.

"할머니, 재촉하고 싶진 않지만 내일까지 답을 들을 수 있을까요? 조금 더 생각해보세요. 내일 일찍 올게요."

예진이 시야에서 사라질 때까지 순향은 대문 앞에 박힌 듯 서 있었다. 한마디도 쉽게 뱉을 수 없었다. 멀리 보이는 바다가 유난히 검게 느껴졌다.

2032년, 순향이 사는 섬의 남서쪽 바다 94킬로미터를 기점으로 커다란 반원의 구역이 정해진 것처럼 그곳에 속해 있던 바다 생물이 흔적도 없이 사라졌다. 신의 장난처럼 순향이 삶의 터전으로 삼은 바다는 침묵에 휩싸였다. 생물이 나지도, 찾아오지도 않는 바다는 죽은 것이나 다름없었다. 바닷속을 헤엄치던 생물들이 사라진 이유에 관해 그 누구도 정확한 답을 내놓지 못했다.

항구에 나와 수확한 것들을 살펴보는 사람들의 한숨이 곳곳에서 터졌다. 소라나 전복이 많이 나와야 할 시기였다. 하지만 바닷속은 한산했다. 보이지 않는 것들이 점점 늘어났다. 폐그물이나 플라스틱 쓰레기처럼 있지 말아야 할 것들만 쌓였다. 뉴스에선 해수면 상승과 기후변화, 해저 기지를 만들기 위한 인간의 난개발을 문제 삼았다.

순향은 그 모든 이야기를 이해하기 어려웠지만, 본디 바다에서 나야 할 것들이 나오지 않고 있다는 것을 눈으로 직접 확인했다. 그리고 바다에 들어갈 때마다 그 심각성을 몸으로 체감했다. 열아홉부터 물질을 시작해 칠십에 가까워진 지금까진 줄곧 바다와 함께였지만, 바다에 들어갈 이유가 사라졌다. 순향은 정말로 세상 마지막 해녀가 되는 중이었다.

인간들은 심해까지 파헤치며 '사라진 것'을 찾기 위해 노력했다. 온전히 인간만을 위한 노력이었다. 인간들은 화가 나 있었다. 말없이 사라진 바닷속 생물에게 화가 났을까. 아니면 이 지경이 되도록 아무것도 몰랐던 것에 대해 화가 났을까. 순향은 끊임없이 바다를 들쑤시는 인간들을 이해할 수 없었다.

순향은 바닷속에 건물을 짓고 있다는 것을 뉴스를 통해 듣고 보았다. 사람의 힘만으로는 잠수할 수 없는 깊은 해저에 그러한 일이 벌어지고 있다는 것은 상상하지 못한 일이었다. 앵커가 정확한 발음으로 '로봇'을 말했을 때, 순향은 바다를 드나드는 로봇과 그 로봇을 만든 인간을 떠올렸다. 한 번도 만나보지 못한 로봇이란 존재가 두렵고 무섭게 느껴지는 순간이었다. 로봇에 삶의 터전을 빼앗겼다는 허무함과 억울함이 밀려들 때마다 순향은 눈을 꼭 감고 인어공주를 떠올렸다.

바다가 텅 비었는데도, 한쪽에선 기지를 완성하려는 움직임을 멈추지 않았다. 기지 건설에 반대하는 무리가 바다를 살리기 위해 해안가에 모이기 시작했다. 그중엔 순향도 있었다. 해녀 삼촌들과 함께 고무 잠수복을 입은 채 드러누웠다. 삶의 터전인 바다를 지켜야 했다. 이 지경이 되었는데도 바다에 기름통을 들고 들어가는 게 말이 됩니까. 가만히 두면 다 돌아올 거라고요. 그때, 서로의 팔을 꿰고 누워 있는 사람들을 내려다보며 어떤 이는 이렇게 말했다. 이게 바다를 살리는 일이에요. 가만히 두는 것보다는 어떻게든 써주는 게 바다 입장에서도 좋다고요.

상대의 입장을 누군가는 마음대로 재단하려 든다. 자신이 바다도 아니면서. 순향은 밀려드는 생각에 휩쓸리지 않으려 더욱더 양옆의 해녀와 자신을 잇는 팔에 힘을 줬었다.

순향은 아침 일찍 일어나 밥을 안쳤다. 매번 바삐 떠나던 예진이 밥을 먹을지는 알 수 없었지만, 순향은 두 사람이 마주 앉을 수 있는 상을 꺼내며 줄곧 대문을 바라봤다. 어제 받은 반찬의 포장을 막 뜯었을 때, 예진이 대문으로 들어섰다. 어제와 옷차림이 똑같았다.

센터에서 예진이 챙겨야 할 일들이 많다는 것을 진즉에 알고 있었다. '챙긴다'는 것에는 여러 가지가 포함되니까. 쌀이나 반찬을 지급하는 것은 물론이고, 말동무가 되어주거나 병원에 가서는 보호자 역할까지 해내는 것도 예진의 일이었다.

예진은 순향에게 일 이상의 감정을 내비친 적이 없었다. 유난히 살갑지도, 그렇다고 차갑지도 않았다. 그래도 오늘은 다행히 순향이 내미는 밥상을 거절하지 않았다.

"잘 먹겠습니다."

"어서 들어요. 맛있게 먹어요."

매번 둘 사이엔 네모난 패드만이 전부였는데, 오늘은 동그란 밥상이 그 사이를 차지했다. 순향은 그 노력이 가상해 예진이 듣고 싶어 하는 말을 해주고 싶었지만, 이미 마음을 굳혔기에 묵묵히 밥을 씹어 넘겼다. 어느덧 예진의 밥공기에 바닥이 보였다. 이제 순향이 밤잠도 설치고 종일 생각했던 말을 할 차례였다.

"밤새 생각해봤는데, 나는 그 로봇을 만나고 싶지 않아요."

"……."

"나는 평생 바다에 몸을 담가왔어요. 다들 잊었는지 모르겠지만, 내 삶의 터전이었던 그곳이 망가지게 된 이유엔 로봇도 있어요. 내가 할 수 있는 답은 이것뿐이네요."

거절 의사를 들은 예진이 고개를 끄덕였다. 순향은 예진의 표정을 살폈다. 하지만 무슨 생각을 하는지 알 수는 없었다. 순향은 어쩌면 예진이 순순히 물러서지 않고 시간을 들여 자신을 설득할지도 모른다고 생각했다.

순향의 생각은 빗나가지 않았다. 그 후 예진은 매일같이 순향의 집을 드나들었다. 로봇 이야기를 직접적으로 꺼내진 않았지만 예진의 행동에 숨겨진 의도를 빤히 읽을 수 있었다. 일을 어떻게든 성사시키라는 상사 때문에 예진이 곤란할지도 모른다고 생각하면서도, 순향은 끝까지 자신의 결정을 꺾지 않았다.

적어도 예진의 입에서 인어공주란 단어가 나오기 전까진 그랬다.

"뭐라고 했죠?"

"인어공주요. 로봇은 지금 아쿠아리움에서 인어공주 공연을 하고 있어요. 사람을 닮은 로봇에 대한 편견을 없애는 마케팅 중 하나로요. 정말 인어공주처럼 지느러미도 있어요. 그쪽에서 초청을 해 왔으니, 저랑 함께 공연 보시고 결정하는 건 어떠세요?"

당황스러웠다. 순향은 이제껏 해본 적 없는 어느 생각의 한가운데에 이르렀다. 로봇이 궁금해진 이유가 예진의 노력 때문이 아니란 것을 정확히 알았다. 인어공주. 오직 그 단어 하나가 머릿속을 오래도록 떠다녔다. 순향은 오랜만에 느끼는 어떤 뜨거운 감정을 밥알과 함께 꼭꼭 씹어 넘겼다.

순향은 어두운 방 안에 누워 천장에 일렁이는 나뭇가지의 그림자를 멍하니 바라보며 작게 숨을 내쉬었다. 바다에 고요히 가라앉아 있는 느낌이었다. 바닷속에서 올려다보던 수면은 황홀했다. 부서지는 햇살이나 떨어지는 빗방울이 꼭 다른 차원에 온 것 같은 기분을 주곤 했다. 모든 걱정이 사라지고 오로지 움직이는 몸의 감각에만 집중할 수 있었다. 순향은 다시 그 감각을 생생히 느껴보고 싶었다.

순향은 예진이 했던 말을 가만히 곱씹었다.

"물에서 여러 기술을 수행할 수 있는 로봇이라고 해요. 신생 산업체라 홍보가 필요해서 투자자를 모으기 위해 여러 방면으로 애쓰는 중인 것 같아요. 할머니와의 만남은 생각지 못했는데, 로봇이 자체적으로 해녀에 관한 검색을 한 뒤 할머니를 만나고 싶다고 먼저 요청했대요. 제1호 수중 로봇과 마지막 해녀인 할머니가 만나면 좋은 홍보 시너지를……."

순향은 예진이 설명하는 로봇의 가동 원리를 다시 떠올렸다. 인간의 신체와 마찬가지로 수축과 이완이 가능한 근육이 장착되어 있다는 것, 육지에선 두 다리로 걷고, 물속에서는 하나로 합쳐지며 발가락에서 물갈퀴가 나온다는 것, 그리고 세밀한 지느러미들이 몸의 테두리에 돋아 자유자재로 헤엄칠 수 있다는 것. 또한 무한대의 동력으로 언제까지고 물속에서 호흡할 수 있다고 했다.

"무서운 세상이다."

혼잣말처럼 중얼거렸다. 방은 여전히 고요했고, 순향의 말에 대답해줄 이는 없었다. 순향의 마음은 밀물과 썰물처럼 한자리에 있지 않고 자꾸만 요동쳤다.

순향은 예진의 동행하에 로봇을 보러 가기로 했다. 새벽에 일어나 오래 생각한 후 내린 결정이었다. 만남을 완전히 허락한 것은 아니었다. 다만, 보고 싶었다. 인어공주의 모습을 한 그 로봇을.

아쿠아리움. 예진은 그곳에 로봇이 있다고 했다. 순향은 방송을 통해 그 거대한 수족관을 본 적이 있었다. 그래서 그곳에 수많은 생물이 있다는 것 정도는 알았다.

차로 얼마나 달렸을까. 거대한 건물에 한 번, 수족관이 건물 제일 높은 층에 있다는 소리에 또 한 번 놀란 순향은 자신도 모르게 예진의 손을 붙들었다. 이렇게 높은 건물은 태어나서 처음 보는 것이었다. 순향은 예진의 손에 의지해 천천히 걸음을 옮겼다. 사람의 발소리는 들리지 않고, 온통 기계음만 들렸다.

"승강기에 탔어요. 높은 층까지 올라갈 거예요. 귀가 좀 아프실 수 있어요."

예진이 속삭였고, 순향은 숨을 참듯 코를 막았다. 귀가 먹먹해지는 게 정말 깊은 바닷물에 빠진 것 같아 기분이 묘했다. 도착을 알리는 종 소리가 울리고, 커다란 문이 매끄럽게 열리는 순간까지 순향은 조심스레 그 기분을 더듬었다.

문이 열리자마자 순향의 눈에 들어온 것은 눈, 코, 입이 그려진 채 사람처럼 웃고 있는 바다 생물의 이미지였다. 이질적인 느낌에 천천히 고개를 돌린 순향의 시야에 각각의 바다를 품은 수족관이 들어왔다. 벽면을 채운 수족관엔 작은 물고기들이 가득했고, 그보다 조금 더 큰 생물을 품은 수족관은 미로처럼 이어진 관람로마다 자리하고 있었다. 어두운 통로를 하나 지나면 여태 본 것보다 더 큰 사이즈의 수족관이 바닥에서 천장까지 몸집을 더욱 불렸다. 통로는 끊임없이 이어지는 것처럼 보였다.

"여기가 아쿠아리움이에요. 처음이시죠?"

순향의 손에 슬며시 땀이 차올랐다.

"섬의 바다에서 사라진 것들이, 여기는 다 있어요. 바다가 그렇게 되기 전부터 여기 있던 애들이거든요. 이 친구들은 바다를 몰라요. 그냥 여기서 태어났다고 생각하시면 돼요."

순향은 예진의 말을 듣고 천천히 주변을 둘러보았다. 거북이부터 해파리, 한 번도 본 적이 없는 물고기까지. 그야말로 없는 것이 없었다. 순향은 텅 빈 바다와 각종 생물이 빽빽하게 들어찬 수족관을 동시에 떠올렸다. 어디선가 비릿한 바다 냄새가 났다.

"이곳에서 태어납니까? 거북이나 해파리 전부 다요?"

"네, 바다를 모르는 바다 생물이라니 너무 웃기죠."

하나도 웃기지 않았다. 오히려 등골이 서늘해지는 기분이었다.

그때, 단체로 견학을 온 아이들이 순향의 눈에 들어왔다. 아이들은 통로를 마구 뛰어다녔다. 해파리가 헤엄치는 유리를 쿵쿵 치고, 작은 물고기를 놀라게 했다. 수족관과 동떨어진 곳에 둘러쳐진 낮은 울타리에는 나이를 가늠할 수 없는 거북이가 느릿하게 걸음을 옮기고 있었는데, 사육사의 지도 아래 아이들이 거북이의 등 위에 올라타 마치 말을 타는 것마냥 엉덩이를 들썩였다. 냇가처럼 보이는 곳엔 불가사리와 작은 생물들이 있었는데, 아이들은 그곳에 손을 넣고 생물을 장난감처럼 가지고 놀았다. 잡아서 늘리고, 던지고, 쿡쿡 찔렀다.

한없이 바다 밑으로 내려가야 겨우 볼 수 있는 것들이 빌딩 위에 있었다. 아이들의 손에 있었다. 어른들의 주먹 안에 있었다. 순향은 이 모든 것이 이해가 되지 않았다. 유리 너머에 있는 인공 바다를 보며 말없이 침을 삼켰다. 지금 바다 깊은 곳에 와 있는 것인지, 하늘 높은 곳에 올라와 있는 것인지 알 수가 없어서 이명이 가시질 않았다. 걸음을 옮길수록 조명은 더욱 어두워지고, 수족관에 있는 생물들의 크기는 더 커졌다. 살면서 볼 수나 있을까 싶었던 펭귄까지 보았을 때, 순향은 잠시 걸음을 멈췄다.

"좀 쉬었다가 갑시다."

"그러세요."

예진의 목소리가 순향의 귀에서 울렸다. 뒤이어, 아이들의 웃는 소리가 울렸다. 천천히 고개를 든 순향이 소리의 근원지를 찾았다. 순향의 시선이 '메인 수족관'이란 팻말과 그곳에 쓰인 '곧이어 인어 공주의 공연이 시작됩니다!'라는 문장에 머물렀다.

"……인어공주."

순향의 말에 예진이 주변을 둘러보다가 흡족한 표정을 지었다.

"저희가 잘 찾아온 것 같아요. 저기 수족관에서 공연하는 인어공주가 그 로봇이에요."

순향은 메인 수족관을 바라봤다. 그 안에는 온갖 생물들이 있었다. 속이 탔다. 바다에 있어야 할 것들이 왜 여기에 있는 것인가. 수족관에는 가오리부터 몸통 한쪽에 깊게 상처가 난 상어까지 돌아다녔다. 순향은 상어를 보자마자 숨이 턱 막히는 듯했다. 상어에게 물려 생을 달리한 해녀 삼촌들이 떠올랐다. 어떻게 바다를 네모난 벽 안에 가둘 수 있을까. 무시무시한 상어를 보고도 어떻게 아이들은 손을 흔들 수 있을까. 아이들은 상어를 무서워하지 않았다. 한쪽에서는 밑이 훤히 보이는 투명 보트를 타고 상어에게 밥을 주는 이벤트가 진행되고 있었다. 어떻게 이 모든 것을 즐길 수 있는 것인가. 바다는 네모가 아닌데. 바다는 가둘 수 없는데…….

순간, 조명이 객석을 밝혔다. 마이크를 들고 선 사회자가 요란한 목소리를 내며 아이들의 호응을 유도했다. 수족관 앞에는 똑같은 유치원복을 입은 아이들이 줄을 맞춰 앉아 있었다. 순향과 예진은 가장 뒷자리에 앉았다. 사회자가 말했다.

"자, 여러분이 그 어떤 곳에서도 보지 못했던 공연을 지금 시작할 겁니다. 바로 우리나라 제1호 수중 로봇인 울다의 공연입니다. 우리나라의 기술력 정말 대단하지 않습니까? 앞으로 울다는 우리를 위해 더 많은 일을 해낼 것입니다. 소개합니다! 우리 아쿠아리움을 찾아온 인어공주, 울다!"

사회자의 말이 끝나자마자 천장과 맞닿아 있는 수면에서 커다란 물거품을 일으키며 울다가 내려왔다. 풍성한 빨간 머리의 울다는 아무런 어려움 없이 단숨에 수족관의 바닥까지 닿았다. 마치 발레를 하듯 팔다리를 길게 뻗으며 춤을 추고, 엄청난 물살을 일으키며 제자리돌기를 했다. 그러는 동안 울다는 계속 물속에 있었다. 정말이었다. 울다는 동력이 끝날 때까지 물속에서 숨을 쉴 수 있고, 그 동력은 상당히 오래간다고 했다.

순향은 번쩍이는 조명에 따라 눈을 가늘게 떴다. 울다의 다리 표면엔 지느러미가 돋아 있었다. 사회자는 울다의 다리를 가리키며, 저 작은 지느러미들이 울다를 물속에서 더 빠르게 움직일 수 있도록 한다고 설명했다. 울다는 이리저리 방향을 바꾸며 대형 수족관을 마구 휘저었다. 아이들은 환호성을 질렀지만, 순향은 울다가 위태로워 보였다. 그때 예진이 물었다.

"재미있으세요?"

순향은 대답하지 않았다.

"이제 곧 바다로 나갈 준비를 마친 인어공주가 맞는 것 같아요, 그렇죠? 울다가 진짜 바다로 나간다고 생각해보세요. 너무 멋지지 않나요? 여러분의 응원이 필요합니다!"

사회자는 밑도 끝도 없이 박수를 유도했다. 아이들이 기쁨의 소리를 질렀다. 아이들 뒤에 서 있는 어른들도 울다를 향해 환호했다. 순향은 아무것도 하지 않았다. 손뼉도 치지 않고, 소리도 내지 않은 채 망부석이 된 듯 울다의 움직임만 눈으로 좇았다. 순향은 아슬아슬하게 상어를 피하는 울다에게서 해녀들을 보았다. 상어를 만났다던 삼촌들. 바들바들 떨면서도, 다음 날 다시 잠수복을 입으며 밥값을 벌어야 한다고 말하던 그 모습을.

"너무 멋지지 않나요."

사회자의 목소리가 다시 울렸다. 순향은 눈을 질끈 감아버렸다. 다시 시작된 이명이 반가울 지경이었다.

순향은 각종 해초와 바위, 모래로 꾸며놓은 수족관이 익숙하지 않았다. 바다 같기도 하고, 아닌 것 같기도 한 곳. 여기 있는 사람들은 진짜 바다를 잊은 듯했다. 적어도 순향의 눈에는 그렇게 보였다. 섬의 바다엔 아직 생물이 돌아오지 않았다. 이곳은 인간들이 바다를 잘 가꾸고 있다고 착각하기 딱 좋은 곳이었다. 모두의 얼굴에 웃음이 가득했다.

울다의 시선이 객석을 향했다. 순향은 울다가 자신을 보고 있는 것인지 확신이 서지 않았다. 어렸을 적, 수경을 쓰지 않은 채 물속에 들어간 적이 있었다. 언니와 맞잡은 손을 놓치기 싫어 꽉 잡았던 것이 떠올랐다. 두려움에 눈을 떴을 땐 아무것도 보이지 않았다. 그저 희미하고, 뿌옇고, 확실하지 않은 것들만이 보였다. 울다는 지금 무엇을 보고 있을까.

울다가 두 손을 입가에 가져가 원 모양으로 둘렀다. 울다의 입에서 뿜어져 나온 공기 방울은 어떤 모양을 갖추다 사라졌다. 아이들이 환호했다. 공연이 끝났다는 안내 방송이 나오자, 울다가 천천히 수면 위로 올라갔다.

자유롭지 않은 인어공주.

순향은 울다가 수족관 끝까지 올라가는 것을 지켜보았다.

물 밖에서 울다는 두 다리로 걸었다. 순향은 자신의 눈앞에 있는 로봇을 그저 빤히 바라보기만 했다. 바닷물의 냄새가 살짝 흐르는 사무실엔 예진과 순향, 울다와 울다의 관리사인 진수가 있었다. 예진이 먼저 말을 꺼냈다.

"공연 잘 봤어요. 너무 멋지던데요."

울다의 공연은 완벽했지만, 순향은 모든 것이 마음에 들지 않았다. 예진의 말에 환하게 웃는 울다를 보며 순향이 입을 열었다.

"이름이 왜 울다인가요?"

울다를 향한 순향의 첫 물음이었다. 울다는 진수를 한번 보더니 순향을 바로 보고 말을 이었다. 깨끗한 목소리였다.

"제가 처음으로 느낀 감정이라서요."

"감정을 느꼈다고요?"

"네. 저는 감정을 배우고 느낍니다."

"…… 당신은, 로봇이잖아요."

이번엔 울다 대신 진수가 대답했다.

"울다는 다른 로봇과 달리 자의식이 있습니다. 습득한 여러 감정에 관한 감각 데이터를 통해 자신의 의식을 쌓습니다. 그렇기 때문에 판단을 내리는 과정을 조금씩 더 빠르게 구체적으로 해낼 수 있죠. 스스로 끊임없이 업그레이드하는 로봇입니다. 저희가 구축한 단계들에 울다가 성공적으로 도달한다면, 더 많은 수중 로봇을 만들 수 있을 것입니다. 울다는 저희에게 첫 단추인 셈이죠."

순향은 진수의 이야기를 듣다 말고 울다를 지그시 바라봤다. 이질감 없이 사람과 똑같이 생긴 울다는 볼수록 놀라웠다. 젊은 사람들에게는 익숙한 일일지도 모르겠지만, 순향에겐 너무나 당황스러운 일이었다.

"왜 굳이 사람 모습으로 만들었습니까?"

"사람의 신체는 아주 정교합니다. 손가락과 발가락을 이용하여 섬세한 일이 가능하죠. 우리는 그때그때 상황을 판단하여 직접 망가진 기기를 고칠 수 있는 능력을 갖춘, 인간의 섬세함을 닮은 로봇이 탄생하길 바랐죠. 울다는 빠른 판단과 정교한 기술력, 무거운 것을 들고 물속을 빠르게 오가는 동력까지 가지고 있습니다. 울다는 바다에서의 인간의 기술력을 한층 더 높여줄 것입니다."

순향은 자신의 앞에 고요히 앉아 있는 로봇의 손가락을 빤히 쳐다봤다. 저 가느다랗고 고운 손가락으로 바닷속에 기지를 쌓고, 바다를 망치는 것에 일조했을까. 복잡한 마음이 들었다. 울다는 자신의 손을 바라보는 순향의 시선을 묵묵히 받아낼 뿐이었다.

울다와 순향의 첫 만남은 그렇게 지나갔다. 예진은 집으로 돌아오는 내내 순향의 표정을 살폈지만, 순향의 얼굴엔 별다른 감정이 스며있지 않았다. 예진은 순향에게 모든 결정을 맡기겠다 말했다. 순향은 적막에 휩싸인 방에 홀로 앉아 거듭 고민했다. 정식적인 인터뷰를 진행하지 않게 된다면 어떨까 생각하는 순간, 울다의 눈빛이 떠올랐다.

사람들의 감정을 기억하는 데이터를 이용하여 실제로 감정을 느낀다는 그 로봇은 첫 만남 내내 순향만을 바라봤다. 예진과 진수가 번갈아 말하며 순향을 설득시킬 때도, 오로지 순향만을 눈에 담았다. 순향은 울다의 시선이 부담스러웠지만 피하지 않았다.

"울다가 할머니를 굉장히 뵙고 싶다고 했어요. 어떤 기계의 도움도 받지 않고, 맨몸으로 바다를 오갔던 이와 바다 이야기를 나누고 싶다고 하더라고요."

진수가 그 이야기를 할 때, 분명 울다의 눈은 순간적으로 깊어졌다. 순향은 바다 이야기에 반응하는 울다가 흥미로웠다. 순향은 그 눈에 무언가 하고 싶은 이야기가 가득 담겼다는 걸 직감으로 알았다.

순향은 문득 오늘 있었던 일에 대해 누군가에게 떠들고 싶어 수화기를 들었지만, 전화할 사람이 없다는 것을 깨닫곤 곧 조용히 내려놓았다.

바다를 지키고자, 바다 앞에 드러누워 온몸으로 시위했던 해녀들은 점점 몸이 말랐다. 예전처럼 일할 수 없으니 점점 바다와 멀어졌다. 오랫동안 바다에 몸담았던 이들은 호흡 기관의 압박을 안고 살았다. 잠수병의 증세는 날이 갈수록 해녀들을 잠식했다. 견디지 못한 해녀들은 하나둘 떠났다. 그렇게 오직 순향만이 남았다.

이제 곧 해가 질 시간이었다. 순향은 스위치를 향해 겨우 손을 뻗어 불을 껐다. 해가 질 때만 볼 수 있는 광경을 마음껏 보기 위해서였다. 서서히 해가 지고, 찬 바람이 불어왔다. 나뭇가지가 흔들렸다. 바람이 세서 움직임이 평소보다 거셌다. 천장과 벽, 바닥이 온통 일렁였다.

그날, 순향은 바다에서 돌아오지 않는 언니를 기다리는 꿈이 아닌 다른 꿈을 꿨다. 인어공주와 함께 바닷속을 헤엄치는 꿈이었다. 인어공주의 손을 꼭 붙잡고 이리저리 마음껏 헤엄쳤다. 숨이 하나도 차지 않아 너무나 신기했다. 순향은 자신의 손을 꼭 붙들고 있는 인어공주를 바라봤다. 인어공주는 언니 순영이었다. 언니. 순향이 입을 벌리자 물기품이 생겼다. 순영은 모든 것을 다 안다는 듯 고개를 끄덕였다.

다음 순간 인어공주는 울다가 되었다. 울다는 조금 더 빠른 속도로 순향을 이끌었다. 울다의 빨간 머리카락이 바다를 가로질렀다. 순향이 빠른 속력 때문에 맥없이 손을 놓치고 말았을 때, 멀리까지 갔던 울다가 다시 돌아왔다. 눈이 반짝였다. 울다가 무어라 말했지만, 입에서 뿜어져 나온 물거품이 얼굴을 가려 무슨 이야기인지 알 수 없었다.

울다가 마당에 들어섰다. 울다는 선물용 주스 상자를 들고 있었다. 그 모습이 퍽 어색하게 느껴졌다. 울다의 뒤로 예진과 진수가 보였다.

바람이 선선하게 불어 평상에 자리를 잡았다. 모두가 같은 주스를 앞에 두고 어색하게 앉았다. 순향은 아침 일찍 받은 예진의 전화 내용을 떠올렸다. "할머니, 울다가 할머니를 한 번 더 만나고 싶다고 했다네요. 지금 댁으로 가도 될까요?"

예진이 잠시 전화를 받고 오겠다며 자리를 비웠다. 진수 역시 슬며시 일어나 대문을 나섰다. 그러자 울다가 입을 열었다.

"바다가 가까이에 있어요."

"그렇죠, 여긴 바다랑 가깝지요."

순간, 울다의 얼굴에 미소가 어린 것처럼 보였다.

"좋네요. 고개만 돌리면 바로 진짜 바다가 있다니."

진짜, 바다. 순향은 울다가 어제의 자신과 같은 생각을 한다는 것에 내심 놀랐다.

"해야 하는 일이 있어요."

울다가 속삭이듯 말했다. 순향은 자연스럽게 울다의 목소리에 집중했다.

"나는 바다로 가야 합니다. 하지만 혼자서는 할 수 없어요. 할머니가 필요해요. 진정한 나의 편이 되어줄 수 있는 사람의 도움이 필요하다는 뜻입니다. 또 만나주세요. 다시 만났을 때, 나에 관한 이야기를 해드릴게요."

순향은 그 순간 울다의 표정을 영원히 잊지 못할 것이라고 확신했다. 순향의 건강 상태를 살피기 위해 일방적인 질문을 던지고, 금방 떠나곤 하던 사람들에게서는 보지 못했던 진솔함이 담긴 눈빛이었다. 그 눈빛은 어마어마한 파급력이 있었다. 울다는 오래 가라앉아 있었던 순향의 마음을 수면 위로 떠오르게 했다.

순향은 울다와 이야기를 더 나누고 싶었다. 울다가 바다로 가야 하는 이유가 궁금했다. 로봇이 바다에 가는 건 순향에겐 반대해야 마땅한 일이었지만 울다의 이야기를 듣고 싶었다.

만남이 이루어지는 며칠간, 예진과 순향은 아쿠아리움이 있는 건물에서 지내게 되었다. 아쿠아리움이 있는 높은 건물은 호텔을 겸하고 있어 예진과 순향이 지내기 충분했다. 예진은 모든 비용을 업체에서 제공하고, 방도 따로 쓸 것이니 걱정하지 말라고 했다. 예진은 순향이 마음을 정했다는 소식을 듣고 많은 이들이 기뻐했다고 말했다. 순향은 생각했다. 울다도 기뻐했을까.

울다와 순향의 만남은 수족관 입구에 있는 탈의실에서 이뤄졌다. 울다가 공연을 하기 전 잠시 대기하거나 공연이 끝난 후 진수가 올 때까지 기다리는 곳이라고 했다.

울다는 순향을 보고 이가 훤히 보일 정도로 웃었다. 순향은 어색하게 그 미소를 마주했다. 울다의 몸에서 선선한 바람이 불어오고 있었다. 몸에 묻은 물을 말리는 기능이라고 했다. 소음은 없었다. 울다의 머리카락이 날리는 것만으로 바람이 부는구나, 하고 알 수 있을 뿐이었다.

진수가 사진을 찍겠다며 울다와 순향을 나란히 세웠다. 사진을 찍은 후엔 울다 옆에 앉아 예진과 순향을 번갈아 보며 이야기를 꺼냈다. 한껏 들뜬 목소리였다.

"방금 찍은 사진은 언론에 배포할 예정입니다. 영상은 울다에게 장착된 렌즈와 녹화 기능으로 충분해서, 따로 카메라를 놓을 필요는 없습니다."

"그럼 이제 저는 무엇을 해야 합니까."

"할머니는 울다와 이야기를 나눠주시면 됩니다."

"이야기요?"

"예, 어떤 이야기든 편하게 나누세요. 바다에 관한 이야기면 더 좋고요. 울다는 대화를 편히 이끄는 능력이 있으니 어렵지 않으실 겁니다."

진수는 말을 마치자마자 울다의 앵글 안에선 온전히 둘만의 대화가 이뤄져야 한다며 예진을 이끌고 자리를 비웠다. 순향은 어떤 말부터 꺼내야 할지 감이 잡히지 않았다. 바다에 관해 이야기하는 것은 오랜만의 일이었다. 바다가 그렇게 되고 난 다음부턴 괜히 그 단어가 무겁게 느껴져 입에 올리지도 못했다.

"괜찮으세요? 표정이 좋지 않아요."

"괜찮아요. 잠시 생각에 빠졌을 뿐이에요."

순향은 울다의 이야기를 듣고 싶었지만, 울다가 말을 시작할 때까지 기다리기로 했다. 관자놀이에 붙은 하얀색 원형 스티커가 영 거슬렸다. 탈의실에 오자마자 순향에게 스티커를 붙인 예진은 울다를 만나는 동안 절대 스티커를 떼지 말라고 당부했다. 스티커에서는 옅은 빛이 났다. 순향이 느끼는 모든 감정의 파동을 데이터로 만들어 울다에게 전송해주는 시스템이라고 했다. 울다가 순향을 완전히 이해할 수 있도록 말이다.

"할머니는 바다를 사랑하시나요?"

순향은 울다의 입에서 나온 바다라는 단어에 작게 몸을 떨었다. 어떤 말을 해야 할까. 바다를 생각하면 제일 먼저 떠오르는 게 뭐였지. 순향은 말을 고르고 골랐다. 굳이 꾸며 말하고 싶지 않았다.

"나는, 바다가 싫었어요."

"……."

"나를 빼고 모든 가족이 바다에서 생을 마감했어요. 찾지도 못했죠."

수면 가까이 유영하던 물고기로 인해 물이 찰박거리는 소리가 울렸다.

"죽겠다고 물에 들어간 적도 있었어요. 그때 나를 건져낸 사람이 해녀 삼촌이에요. 그 품에 안겨서 얼마나 울었는지 몰라요. 그때가 겨울이었는데, 하나도 안 춥더라고. 바다 일은 절대 하지 않겠다고 마음먹었는데, 웬걸. 가족이 다 거기 있고, 해녀 삼촌들도 다 거기 있으니까 그리로 가게 되더라고."

흩날리던 울다의 머리카락이 차분히 내려앉았다. 어느새 물기가 다 마른 울다의 머리카락이 풍성해 보였다.

"바다는 나한테 그런 곳이에요. 평생을 바친 곳."

"평생……."

"알고 있을지 모르겠지만, 그래서 난 처음에 당신을 만나고 싶지 않았어요. 바다를 빼앗은 로봇을 내가 왜 만나야 하는지 알 수 없었죠."

"그런데 왜 저를 만나주셨나요?"

순향은 탈의실 조명을 받아 은은하게 빛나는 울다의 붉은 머리카락을 바라봤다.

"인어공주를 알고 있나요?"

"네, 외적인 친근감을 높이기 위해 외형을 그녀와 비슷하게 만들었다고 알고 있어요."

"나는 어렸을 때부터 언니를 통해 인어공주 이야기를 많이 들었어요. 인어공주라는 단어는 자연스럽게 언니와 연결돼요. 나는 언니가 인어공주가 되어서 바다를 헤엄치며 살고 있을지도 모른다는 상상을 가끔 했어요. 물질하다가 혹은 바다를 보다가도 그랬어요. 그렇게 생각하는 것이 마음이 편해서요."

순향이 멋쩍게 웃으며 말을 이었다.

"인간이라서 그럽니다. 인간은 가끔 현실에서 벗어나고 싶으면 이런 터무니없는 상상을 해요. 그리고 그런 상상이 나 같은 사람을 살리죠."

울다가 웃었다.

"그래서였어요. 인어공주 같다는 당신이 궁금했어요. 물거품이 되지 않고 헤엄치는 인어공주를 눈으로 보고 싶었죠."

"직접 보시니 어떤가요?"

"신기하네요. 나도 물숨을 참 잘 참았어요. 물론 당신만큼은 아니고요."

"저를 가동하는 동력은 늘 일정 수준을 유지해요. 인간에게는 숨이 그런 동력이니, 각자의 동력만큼 숨을 쉴 테죠."

각자의 동력. 순향은 고개를 들어 울다를 보았다. 이제는 빨간 머리카락이 유별나게 보이지 않았다. 울다와 아주 잘 어울렸다. 울다는 말을 참 잘했다. 순향이 이해할 수 있게 천천히 그리고 정확하게 말했다. 순향이 이해하지 못하는 부분이 있으면 울다는 여러 가지 비유를 들며 이야기를 이어나갔다. 그때, 울다의 말이 공기의 흐름을 바꾸었다.

"저는 수조 안에서 눈을 떴어요."

순향의 시선이 울다에게로 닿았다.

"제가 만들어진 센터의 수조는 아주 작았어요. 그 안은 바닷물로 채워져 있었죠. 저는 바닷물 안에서 눈을 떴어요. 사람들은 제 몸이 바닷물에 부식되지 않게 하기 위해 여러 노력을 했어요. 그리고 바다를 사랑하도록 만들었죠. 제 머릿속에 여러 사람들의 감각과 감정의 정보를 넣었어요. 그때 누군가의 기억에 묻어 있던 어떤 감정이 저에게 선명히 각인됐죠."

"감정이라……."

"넓고, 깊고, 푸른 바다에 대한 무한한 사랑의 감정이었어요."

"……."

"그런 감정을 받아들이고 있으려니 문득, 울고 싶다는 생각이 들었어요."

순향은 울다의 이야기를 듣고, 자신이야말로 울고 싶었다. 언제 마지막으로 울었던가를 더듬어보던 순향이 곧 생각하기를 멈췄다. 까마득한 일이었다.

"운다는 것이 무엇인지 몰랐지만 울고 싶었고, 저는 그 단어를 소리 내어 발음했어요. 사람들이 신기해하며 기쁨에 찬 소리를 질렀어요. 제가 그런 단어를 뱉는다는 것이, 프로젝트의 성공을 의미했죠. 저는 울고 싶었는데 말이에요. 사람들은 저의 슬픈 감정엔 아무런 관심이 없는 것 같았어요. 그저 울고 싶다고 말한 것에만 의미를 뒀죠. 사람들은 저를 두고 웃었어요. 그러곤 제 이름을 '울다'로 정했어요. 저는 오히려 그것이 다행이란 생각이 들었어요. 덕분에 그 기분을 매일 잊지 않을 수 있으니까요."

순향과 울다가 서로를 오랫동안 바라봤다. 울다가 무엇인가 말하려고 입술을 달싹일 때, 작은 노크 소리와 함께 진수와 예진이 안으로 들어섰다. 울다가 입술을 다무는 것을 순향은 놓치지 않았다. 분명, 자신에게만 하고 싶은 말이 있을 터였다. 순향은 다음 만남에선 꼭 들어야겠다고 생각했다.

다음 날도 둘은 어김없이 수족관 입구에 있는 탈의실에서 만났다. 순향은 울다가 전해줄 말에 대해 자세히 알고 싶은 생각 반, 바다에서 살았던 자신의 이야기를 풀어낼 생각 반으로 내내 잠을 설쳐 고단했다.

진수는 자신이 어제 SNS에 올린 울다와 순향의 사진이 많은 사람에게 좋은 반응을 이끌었다고 말했다. 할머니와 손녀의 느낌이 난다며 사람과 로봇의 연대에 관해 다들 관심을 가지고 있다고도 전했다. 울다의 눈에 달린 카메라로 촬영된 영상은 한꺼번에 전송받아 올릴 예정이라고 했다. 한참을 떠들다가 나간 진수와 예진의 공백을 바다 생물의 움직임이 채웠다. 그들이 몸을 움직일 때마다, 수면에 물살이 생기며 듣기 좋은 소리를 냈다.

한동안 잠자코 순향을 바라보던 울다의 눈이 찰나의 순간 한없이 깊어진 것은 그때였다. 순향은 울다가 이제 자신의 이야기를 들려줄 것이라는 걸 본능적으로 느꼈다.

"나는 바다에 간 적이 있어요. 알고 계신 것처럼요."

"……."

"아주 얕고 조용한 바다였어요. 그때는 저 말고도 다른 안드로이드들이 많았어요. 저와 비슷하게 생겼거나 아주 달랐죠. 하지만, 지금은 없습니다. 모두 부서졌죠. 그들은 바다에 묻혔어요."

순향이 주변을 살폈다. 어디선가 이 모든 이야기를 듣고 있을 진수가 문을 벌컥 열어젖히고 울다의 입을 막을 것만 같았다.

"이런 이야기는……."

"괜찮습니다."

울다는 자신의 눈을 가리켰다. 유난히 반짝였던 눈은 고요해진 상태였다.

"저를 만든 인간들은 '인간과 로봇의 다정한 연대'를 원했어요. 그렇기에 저에게 자의식을 심어준 것이죠. 저는 제가 보는 세상을 녹화할 수도 있고, 그러지 않을 수도 있어요. 지금은 녹화하지 않는 상태입니다. 그 이유를 누군가 묻는다면, 저는 할머니와의 이야기에 집중하느라 잠시 잊었다고 할 거예요. 핑계는 누구나 댈 수 있죠. 로봇도요."

놀랍지만 한편으로는 우스운 이야기였다. 자신의 창조주 행세를 하는 인간들을 속이는 안드로이드라니. 속고도 속는 줄 모르는 인간이라니.

"3년 전인 2031년부터 저를 시작으로 다양한 수중 로봇이 만들어졌어요. 실험의 초창기였기 때문에 실패가 반복됐죠. 해저 기지를 만들기 위해 제조되자마자 바다로 가게 된 안드로이드들은 부식되거나 부서졌어요. 그들의 잔해는 그대로 바다 밑에 묻혔죠. 저는 가라앉는 동료들을 보고도 모른 척해야 했어요. 등에 달린 추적기로 인해 바닷속에선 온전히 인간이 설정한 이동 경로로만 움직일 수 있었거든요. 동선을 벗어나면 자동적으로 수면 위로 끌어 올려지니 그들을 따라가는 건 있을 수 없는 일이었죠.

하지만 바다를 사랑하는 저는 더 이상 그들을 모른 척할 수 없어요. 파묻힌 상태로도 여전히 부식되고 있는 그들에게서 흘러나오는 각종 오염물은 그때부터 지금까지 바다를 오염시키고 있어요. 우리를 만든 인간들은 이 사실을 알고 있지만, 모두 개의치 않습니다. 군이 그것을 꺼내야 할 이유를 못 느끼는 것이죠."

울다가 가만히 눈을 감았다. 순향이 보기엔 잠시 그때의 기억을 더듬는 것처럼 보였다. 한참 뒤 눈을 뜬 울다의 눈은 슬퍼 보였다.

비로소 바다 생물의 부재에 대한 답을 들은 순향의 표정은 황망했다. 결국 인간이 저지른 일이 맞았다. 일을 벌인 사람은 있고, 책임지는 사람은 없는 일.

"저는 동료들이 묻힌 곳을 압니다. 그들의 동력은 다했지만 추적기만은 그대로 작동하고 있어요. 그 신호를 따라가면 묻힌 그들을 꺼내고, 바다 생물이 다시 돌아올 수 있는 터전을 만들 수 있습니다. 온전히 나만 할 수 있는 일이에요."

울다의 눈에 순향의 모습이 더욱 선명히 비쳤다. 순향은 또 한 번 울다의 눈에서 자신을 보았다. 그리고 일렁이는 울다의 감정을 느꼈다. 울다는 분명, 자신만의 감정을 느끼고 있었다.

"나는 바다로 가야 해요. 할머니라면 저를 도와주실 수 있어요. 나를 만든 이들이 나를 찾을 수 없게 등에 붙은 추적기만 떼어주시면 돼요. 할머니와 함께하는 홍보로 인해 저에 대한 사람들의 인식이 좋아지면, 그들은 또 다른 나를 마구 만들어낼 겁니다. 그들은 방치된 해저 기지를 다시 재건할 수 있는 때를 기다리고 있어요. 로봇들이 바다에 뛰어드는 것을 아무도 이상하게 생각하지 않는 것을 바라고 있죠. 그러기 위해서는 사람들이 로봇을 친근하게 느끼고, 로봇이 가진 기능을 눈으로 직접 보아야 했습니다. 제가 아쿠아리움에서 공연을 하는 것도, 할머니를 만나는 것도 그 이유예요. 그들은 분명 똑같은 잘못을 반복할 겁니다."

울다가 말을 멈췄다. 잠시 뒤, 탈의실 문이 열렸다. 아무것도 알지 못하는 예진과 진수가 순향과 울다에게 다가섰다. 예진이 진수와 함께 다음 만남의 시간을 정하는 동안, 순향은 울다의 뒤편에 비스듬히 세워진 거울을 봤다. 울다의 등에 붙은 정사각형 모양의 추적기가 비쳤다.

순향은 침대에 누워 가벼운 어지러움을 느꼈다. 이제 곧 해가 질 시간이었다.

"그들은 분명 똑같은 잘못을 반복할 겁니다."

순향은 넓은 천장을 바라보며 가만히 누워 있었다. 벌써 세 시간째였다. 잠이 오지 않았다. 눈을 감고 있으면 모든 감각이 선명해졌다. 눈을 뜨면 울다의 목소리가 들려왔다. 울다가 하는 말은 사실일까. 정말 울다는 생물을 돌아오게 만들 수 있을까.

"저는 할머니를 만날 방법을 구상했어요. 그들은 처음엔 반대했지만, 좋은 홍보가 될 수 있겠다는 생각에 마음을 바꿨어요. 사실 저에겐 할머니를 만나고 싶은 다른 이유가 있었어요. 할머니라면 저의 이야기를 편견 없이 들어주고, 저를 도와줄 것이라 믿었어요. 그래서 만나고 싶었어요. 바다를 사랑한 사람을요."

순향은 자신을 늘 겁쟁이라 여겼다. 바다가 삶의 터전인 사람이 그리 겁이 많아 어찌 사냐는 소리도 많이 들어왔다. 하고 싶은 말을 하지 못하고, 손해 보는 일이 잦았다. 나서는 것보다 다수의 목소리 뒤에 숨어 살았다. 해야 할 말을 하지 못해 가슴앓이를 했다. 어릴 때부터 체득한 삶의 방식이었다. 크게 울지도 못하고, 세상의 눈치를 보며 자라온 결과였다.

순향은 눈을 감고 언니를 떠올렸다. 늘 당차고 굳셌던 언니. 바닷속에 묻혀 있다는 로봇처럼 자신의 마음속에 파묻혀 있는 언니. 까무룩 잠이 들 때, 순향은 언니가 자신을 향해 손을 뻗어오는 것을 느꼈다. 언니의 투명한 손이 순향의 가슴 가운데 놓였다. 언니의 또랑또랑한 목소리가 마음을 울렸다.

순향아, 가슴이 시키는 대로 해라.

순향이 자신의 가슴께에 가만히 손을 댔다. 무언가 자꾸 일렁이는 느낌을 받았다. 순향은 어릴 적 해녀 삼촌들이 했던 말을 떠올렸다. 누구나 가슴에 파도를 안고 산다고. 마음 상태에 따라 몰아칠 때도 있고, 잔잔할 때도 있다고. 지금 순향의 파도는 어떨까. 순향은 자신의 마음에 있는 파도의 높이를 가늠해보았다. 울다를 만난 후로, 마음에는 줄곧 해일이 일고 있었다. 요동치는 마음을 가라앉히기 위해 잠시 일어나 앉았다. 마음에 결심이 섰다. 순향은 깊게 숨을 마시고, 길게 내쉬기를 오랫동안 반복했다.

같은 시각, 울다는 탈의실에 홀로 앉아 몸을 말리고 있었다. 마지막 공연을 마친 뒤였다. 나부끼는 머리카락이 시야를 가려도 울다는 움직이지 않았다. 순향은 자신의 말을 어떻게 받아들였을까. 울다는 조급해하지 않았다. 인간이 으레 그렇듯, 순향도 지금쯤 자신만의 감정을 짊어진 채 고군분투하고 있을 것이었다.

다음 공연이 없는 울다는 내일 순향을 만날 시간이 다가올 때까지 이곳에 가만히 앉아서 기다리기로 했다. 울다는 외롭지 않았다. 외로울 틈이 없었다. 울다는 쉬지 않고, 오늘 수족관 유리 너머로 본 아이들의 웃음과 자신을 스쳐 갔던 바다 생물의 움직임을 떠올렸다. 그리고 바다에 파묻힌 동료들과 자신의 이야기를 들어주던 순향을 생각했다.

울다는 순향이 자신을 도와줄 것이라 믿어 의심치 않았다. 바다를 사랑하는 사람은 용감하니까. 분명 그럴 것이었다.

"내가 무엇을 하면 될까요?"

가슴에 몰아치는 파도를 한차례 흘려보낸 듯 순향의 목소리는 확신에 차 있었다. 어떤 의지가 순향의 내부에 단단히 자리 잡은 것 같았다. 울다는 순향에게 자신과 함께 바다에 들어가게 된다면 인간의 날개뼈 위치에 있는 추적기를 뜯어달란 부탁을 했다. 순향이 조용히 고개를 끄덕였다. 그런데 어떻게 저를 바다에 데려가시려고요? 울다의 말에 순향은 어깨를 한번 들썩였을 뿐이었다.

다음 날 울다와 만난 자리에서 순향은 자신의 생각을 모두에게 밝혔다. 그 말에 진수와 예진은 당황한 기색이 역력했다. 그에 반해, 그들 앞에 허리를 꼿꼿이 세우고 앉은 순향은 단호했다.

"왜 고민하죠? 바다에 직접 나가 영상을 찍는다면, 더 많은 관심을 끌 수 있지 않겠어요?"

"둘이 함께 찍은 사진만으로도 충분히 좋은 효과를 내고 있습니다. 그러니까……."

"그렇다면 더욱 바다에 나가야죠. 마지막 해녀인 나와 울다가 함께 바다에 들어간다면 사람들은 울다에게 더 많은 관심을 쏟을 텐데요."

순향의 말이 끝나자마자 진수가 덧붙였다.

"그런 홍보는 차차 하면 됩니다. 다음에 좀 더 많은 로봇과 함께 할머니를 모시고 바다에 가기로 하고, 이번에는……."

"이것 보세요."

"예, 예."

순향의 낮은 목소리에 진수가 자세를 고쳐 앉았다. 예진은 처음 보는 단호한 순향의 모습에 조금은 놀란 듯했다. 하지만 순향은 그것까지 신경 쓸 겨를이 없었다. 바다로 가야만 했다. 울다를 데려가야 했다.

"나는 언제 죽을지 몰라요."

"……."

"매번 이렇게 기회를 놓칠 겁니까?"

"그, 그게."

"매번 지나고 나서야 후회할 겁니까? 이 정도 후회했으면 이제 그만할 때도 되지 않았나요. 나는 세상에 남은 마지막 해녀입니다. 나에겐 시간이 얼마 남지 않았어요. 언제 죽을지 모르고, 그건 아무도 알 수 없는 일입니다. 잘 생각해보세요."

진수는 잠시 고민에 빠진 듯했다. 순향은 반듯하던 자세를 풀고 의자 등받이에 기댔다. 울다를 바다로 데려가기 위해 뱉은 말이지만, 순향의 진심이기도 했다. 한바탕 진심을 쏟고 나니 저절로 힘이 빠졌다. 순향은 숨을 골랐다. 예진이 종이컵에 담긴 물을 내밀었다. 종이컵을 건네받는 순향의 손이 미세하게 떨렸다. 누군가에게 이렇게 크고 단호한 목소리를 내본 것은 처음이었다. 순향은 처음으로 자신이 울다의 눈만큼이나 빛난다고 느꼈다.

익숙한 풍경이 펼쳐졌다.

창문이 모두 닫혀 있음에도 어디선가 바다 냄새가 흘러오는 듯했다. 순향은 그것이 울다가 풍기는 향이 아닐까 싶었다. 울다는 아까부터 창문에 가까이 앉아 멀리 보이는 바다에 시선을 두고 있었다.

바다가 가까워지자 울다가 순향을 바라봤다. 차 안에는 많은 사람이 타고 있었지만 서로를 마주 보고 있는 것은 오직 둘뿐이었다. 순향은 울다의 눈이 문득 인간의 것과 별반 다르지 않다고 생각했다. 순향이 창문으로 시선을 돌렸다. 바다가 선명하게 보였다.

날이 흐렸다. 손차양을 만들어 눈썹 가까이 대고 있던 진수가 고개를 저었다. 순향은 그가 고개를 젓는 것을 보고도 못 본 척했다. 강하게 부는 바닷바람이 뭍에 선 이들의 마음을 심란하게 만들었다.

"바람이 이렇게 심한데 가능하시겠어요? 섬의 허락을 받긴 했지만, 꼭 바다에 들어가지 않고도 충분히 그림을 만들 수 있을 텐데요."

관리인 역할에 충실한 진수가 순향에게 다가서며 물었다. 순향의 의중을 묻는 것이 아니라, 순향이 무어라 대답하든 반대 의사를 표할 준비가 되어 있는 눈치였다. 순향은 아무런 대꾸도 하지 않고 천천히 해녀 쉼터로 발걸음을 옮겼다. 순향의 뒤로 예진과 울다, 진수와 각종 기기의 꼬불꼬불한 전선을 손에 든 연구원들이 뒤를 따랐다. 그들이 중얼거리는 소리가 귓가에 들렸다. 그러니까 저 할머니랑 울다가 같이 바닷가에 들어간다는 거지. 그렇다니까. 저 할머니가 해녀였다잖아. 울다랑 저 할머니와의 관계가 이슈니까, 로봇과 사람의 연대니 뭐니 하면서 좋은 그림 하나 따내자고 여기까지 온 거지. 하여튼 노인네 고집은. 자기가 뭘 알아.

순향을 부축하며 걷던 예진이 돌아보자 그들은 입을 다물었다. 예진은 다시 바닷가로 시선을 옮기며 말했다.

"정말 괜찮으시겠어요?"

"그럼. 예전에는 이런 바람 정도야 아무것도 아니었어요."

"아무리 그래도 물에 들어간 지 좀 되셨잖아요."

"물에서 보낸 시간에 비하면 아무것도 아니지."

"……혹시 몰라서 구급대원들을 불렀어요."

예진의 목소리는 평소보다 작았다. 그에 비해 순향의 목소리는 평소보다 컸다.

순향이 쉼터에 들어섰다. 묵은 먼지 냄새가 났다. 어디선가 순향을 반기는 해녀 삼촌들의 목소리가 들리는 듯했다. 물을 데우던 공간, 옷을 갈아입던 공간, 삼삼오오 모여 갓 잡은 소라나 전복을 손질하던 공간, 모두가 누워 낮잠을 자던 공간, 옹기종기 모여 이야기꽃을 피워내던 공간. 순향은 모든 곳을 찬찬히 훑었다. 물에 먼저 들어간 선배가 이제 갓 물질을 시작한 후배들에게 만들어준다는 주황색 테왁이 벽에 주렁주렁 매달려 있었다. 각자의 이름이 붙은 옷걸이와 고무 잠수복도 그대로였다. 이곳의 추억과 공기는 당시 악착같이 살았던 자신의 모습을 그대로 품고 있었다. 그 서글프고 시린 감정이 너무나 선명하게 느껴졌다. 순향은 잠시 말을 잃은 채 서 있다가 곧 좁은 보폭을 옮겼다.

"삼촌들, 내가 누구를 좀 데려왔어요. 우리 바다를 되찾아줄 수 있을지도 몰라요. 삼촌들이 말했던 것처럼, 바다는 복작복작해야지. 그렇지 않아요? 겁 많던 막둥이가 지금 무슨 일을 벌이는지, 어디서든 눈 부릅뜨고 보세요."

순향은 자신이 한 말의 대답을 기다리는 듯 잠시 숨을 골랐다. 돌아오는 대답은 없었다. 그래도 슬프지 않았다.

고무 잠수복을 입는 순향의 손이 느렸다. 오른발을 넣으면 오른발에 달려 있던 옛 추억이 떠오르고, 왼발을 넣으면 왼발에 달려 있던 옛 추억이 떠올랐다. 순향은 마음에 있는 파도가 요동치는 것을 느꼈다. 말라버린 줄 알았는데.

기어이 잠수복을 입고 나온 순향의 모습을 본 사람들은 말이 없었다. 예진의 손엔 매일 들고 다니던 패드가 없었다. 그저 두 손을 가지런히 앞으로 모은 상태였다. 순향의 모습을 찬찬히 훑던 진수가 급히 다가섰다.

"산소호흡기, 뭐 이런 건 진짜 필요 없는 거예요?"

"필요 없습니다."

"그럼 숨은 어떻게 쉽니까?"

"참지요."

"잠시만요, 할머니. 너무 위험합니다. 저희 도와주시려는 마음은 감사한데, 바람이 더 거세게 불 것 같아요. 그림 하나 만들려다가 큰 일이 나면 어쩝니까. 울다가 훼손되어도 안 되고, 인명 피해가 나서도 안 됩니다. 그냥 돌아가시죠."

"괜찮습니다."

"예?"

"원래 해오던 일이에요."

남자는 여전히 순향이 무슨 말을 하는지 이해하지 못하는 듯했다. 이해하고 싶지 않다고 하는 것이 더 맞는 표현일지도 몰랐다. 순향은 테왁을 든 손으로 그를 슬쩍 밀어냈다. 맥없이 옆으로 비켜선 진수가 입술을 달싹이다가 말았다. 곧 진수의 손짓에 묵직한 카메라를 든 이들이 빠르게 움직였다. 그 모습을 무심히 보던 순향이 바다로 난 외길로 향했다. 단호한 발걸음이 이어졌다. 어떤 결정은 순식간에 이뤄진다는 것을 순향은 이제야 몸소 깨달았다. 이런 경우엔 대체로 답이 정해진 경우가 많았다. 가슴이 시키는 대로만 하면 수월했다.

"얕은 데에만 계셔야 합니다. 더 깊이 가시면 곤란해요. 저희가 보트 띄우고 지켜보고 있을 테니까, 무슨 문제가 생기면 바로 나오세요. 약속하신 것처럼 딱 두 번 오르내리시면 끝나는 겁니다. 처음 들어가시고 좀 적응하시면 다음엔 카메라가 내려갈 겁니다. 아셨죠?"

진수는 순향의 대답을 기다리지 않고, 연구원들을 데리고 보트에 올라탔다. 연구원들이 들고 있는 가지각색의 기기들은 분명 울다의 위치나 상태를 파악하는 용도로 쓰일 것이었다. 뾰족한 돌바닥을 휘청이며 걷는 순향의 옆에 울다가 다가섰다. 순향의 눈엔 울다가 다른 옷을 입고 있는 것처럼 보였다. 단지 몸체의 색이 바뀐 것이지만 순향의 눈에는 그렇게 보였다. 울다의 붉은 머리카락이 물빛에 비쳐 반짝였다.

"할머니."

울다가 순향의 손을 잡았다. 울다의 손은 차가웠다. 순향은 지팡이나 해산물을 채취할 때 쓰는 비창을 잡는 느낌과 비슷하다고 느꼈지만, 손을 놓지는 않았다. 둘은 손을 맞잡은 채 울퉁불퉁한 바위 사이를 걸었다. 화면 가득, 맞잡은 그들의 손이 중계되고 있었다.

밀려드는 바다의 향이 순향의 몸을 깨웠다. 파도가 오리발을 조용히 적셨다. 어루만지는 손길 같았다. 순향은 바다로부터 자신이 행하고 있는 모든 것이 옳다는 답을 들은 것 같았다.

저기는 정임 삼촌 자리…… 저기는 순자 삼촌 자리…… 저기는 점숙 삼촌 자리…… 저기는 미숙 삼촌 자리…… 저기는 언니 자리…… 내 자리.

순향은 바다를 보며 조용히 중얼거렸다. 이름을 뱉을 때마다 순향의 눈에만 보이는 주황색 테왁이 동동 떠올랐다.

순향이 바다에 얼굴을 묻었다.

테왁을 잡기 위해 순향과 울다는 손을 놓을 수밖에 없었다. 하지만 서로가 나란히 있다는 것을 알았기 때문에 두렵지는 않았다. 오직 앞으로 나아감이 중요했다. 오랜만에 바다에 들어왔기 때문에, 머리가 울리고 숨이 빠르게 차오름이 느껴졌다. 얼마 나가지 못하고 테왁을 안은 순향이 숨을 골랐다. 그 모습을 기다렸다는 듯, 조금 떨어진 보트에서 확성기를 통해 진수의 목소리가 들려왔다.

"힘들면 나오세요. 도움을 주시는 건 좋지만 건강도 생각하셔야 해요!"

순향은 다시 한번, 테왁을 붙잡고 조금 더 먼 바다로 나갔다. 본래 있던 곳으로 가는 것이었기에 길을 잃을 일은 없었다.

바닷속엔 아무것도 없었다. 울다와 하얀 모래와 순향이 있을 뿐이었다. 둘에겐 순향이 숨을 참을 수 있는 2분의 시간이 있었다.

울다는 비로소 자유로워 보였다. 순향은 울다가 지금 이 순간 어떤 감정을 느끼고 있는지 궁금했다. 그것을 물어볼 방법은 없었다. 순향은 그저 테왁에 숨겨 가져온 가위를 꺼냈다. 쉼터 구석에 있던 것을 챙겨 온 것이었다. 녹이 좀 슬었지만 쓸 만했다. 가위를 본 울다가 뒤를 돌았다. 순향은 날개뼈가 있을 법한 자리에서 울다가 말한 추적기를 찾았다. 단단하게 고정된 추적기는 울다를 쉽게 놓아줄 생각이 없는 듯했다. 순향은 쉼 없이 다리를 움직이며, 가위를 들지 않은 손으로 울다의 어깨를 붙잡았다. 고통을 느끼지 않는다고 했으니, 헛손질에 울다가 괴롭지는 않겠지만 순향은 마음이 조급했다.

가위가 마침내 몸에 연결된 장치와 몸의 틈을 겨우 비집고 들어간 순간을 순향은 절대 놓치지 않았다. 반대 방향으로 있는 힘껏 가위를 움직인 결과, 커다란 공기 방울을 내며 추적기가 떨어져 나갔다.

이제 순향은 울다의 머리카락에 손을 뻗었다. 몇 번의 손짓에 흩날리던 머리카락은 얌전히 순향의 손안으로 들어왔다. 두 번의 가위질이면 되었다. 울다의 머리가 짧아졌다. 서툰 가위질이었지만, 울다는 훨씬 자유로워졌다.

울다가 뒤를 돌자 울다와 순향의 시선이 닿았다. 서로의 눈엔 오직 서로만이 담겼다. 누가 먼저랄 것 없이 둘은 서로의 손을 찾아 쥐었다. 순간, 순향은 자신이 어쩌면 울다를 사랑하고 있을지도 모른다고 생각했다. 맞잡은 손에 온기가 느껴지지 않아도 지금 느끼는 이 감정은 분명 사랑이었다. 울다를 생각하는 마음에 사랑의 모든 것이 있었다. 바다에 대한 사랑, 엄마와 아빠에 대한 사랑, 언니에 대한 사랑, 함께 몸을 부대끼며 삶을 살았던 해녀들에 대한 사랑, 그리고 자기 자신에 대한 사랑이 거기에 있었다. 잊었던 것이 다시 한번 끓어올랐다.

한때 순향은 자신이 이젠 쓸모없는 사람이라고 생각했다. 그저 늙어가기만 하고, 갈수록 멍청해지고, 그 무엇도 인정받지 못하는 삶을 살고 있다고 여겼다. 설 자리가 점점 사라진다는 위기감은 모든 것을 포기하게 만들기 딱 좋았다. 어느 날은 문만 열면 들리는 바다 소리가 듣기 싫어 어릴 때와 마찬가지로 창문을 꼭꼭 걸어 잠그고 등을 돌린 적도 있었다. 모든 것이 사랑했기에 그랬던 것임을, 너무나 사랑해서 그토록 미워할 수밖에 없었던 것임을, 욕심낼 수밖에 없었던 것임을 이제야 알게 되었다.

울다의 시선이 수면 위를 향했다. 보트에 대기하고 있던 다이버들이 바다로 뛰어들고 있었다. 산소통을 메고, 부글거리는 공기 방울을 내뿜으며 내려오는 그들은 순향이 아주 어렸을 적 보았던 만화의 악당처럼 보였다. 추적기의 신호가 끊긴 것을 이상하게 여겨 확인차 내려오는 것이리라. 이제 정말 시간이 얼마 남지 않았다. 순향은 숨이 차오르는 것을 느끼며 울다에게 손짓했다.

어서 가. 어서 가렴.

울다가 흔드는 순향의 손을 잡았다. 순향은 자신의 손을 잡은 울다에게서 잠시나마 언니를 본 것 같았다. 인어공주가 된 언니. 언니가 순향을 보고 맑게 웃었다. 순향은 그간 자신이 억지로 붙잡고 있었던 것이 무엇인지 알았다. 놓아야 할 때 놓지 못하고 붙들고 지냈던 것을, 바닷속에서는 욕심내지 말자 다짐해놓고 수면 위에 올라와선 끊임없이 욕심을 부렸던 것을 알았다.

순향이 먼저 울다의 손을 천천히 놓았다. 순향은 울다의 손을 놓음으로써, 자신의 마음에 파묻혀 있던 모든 것이 빠져나가는 듯한 느낌을 받았다. 슬프지 않았다. 오히려 홀가분했다.

울다야, 수면 위에서의 삶은 잊어라. 다 잊고 잘 살아. 친구들을 찾고, 잃어버린 생물들도 찾으며 온 바다를 누벼라. 나는 죽는 날까지 너를 기억할게.

순향은 울다가 자신의 말을 들어주었으면 좋겠다고 생각했다. 울다가 조금 더 멀리 헤엄쳤다. 순향은 그 모습을 바라보며 수면 위를 향했다. 각자 가야 할 곳으로, 생을 살아낼 곳으로 가는 것이었다. 다이버들은 울다를 따라가야 할지, 이제 막 올라오는 순향을 끌어 올려야 할지 망설이는 듯했다.

헤엄치던 울다가 잠시 멈추고 수면을 향해 가는 순향을 바라봤다. 울다가 순향을 향해 손을 흔들었다. 순향 역시 천천히 손을 마주 흔들었다. 공연에서 그랬던 것처럼 울다는 두 손을 입으로 가져가 커다란 원을 만들었다. 공기 방울이 뿜어져 나왔다. 순향은 그것이 단순한 동그라미가 아니라 사랑을 뜻하는 모양이라는 것을 알았다. 순향은 다시 손을 흔들었다. 이제 숨이 바닥날 시점이었다. 그래도 계속 손을 흔들고 싶어 그렇게 했다. 울다를 가두는 유리가 없다는 것이 참으로 보기 좋았다.

우리 언니 만나거든 내가 이렇게 용감한 사람이라고 말해주련.

울다는 마치 순향의 말을 들은 것처럼 고개를 한 번 끄덕였다. 울다가 뒤를 돌아 빠르게 헤엄쳐 나아갔다. 순향은 수면에 가까워졌다. 비가 내리고 있었다. 수면 위에 수많은 원이 그려졌다. 그 작은 원 사이로 순향이 얼굴을 내밀었다. 숨이 터져 나왔다. 여태까지 참았던 모든 숨이 한꺼번에 터진 듯, 고래의 울음을 닮은 길고 긴 숨비소리가 이어졌다.

예진의 외침을 들은 구급대원들이 물 밖으로 숨을 내뿜은 순향을 향해 달려왔다. 순향은 곧장 들것에 실려 옮겨졌다. 순향의 얼굴 위로 비가 떨어졌다. 살면서 이렇게 개운한 순간이 있었나 기억을 더듬었다. 구급차 사이렌 소리가 희미하게 들렸다. 어디선가 화를 내는 진수의 목소리가 들렸다. 그는 괴팍하게 소리를 질러댔다. 책임, 고소, 노인네, 할망구라는 단어가 들렸다.

어느 순간, 빗방울이 느껴지지 않았다. 순향이 천천히 눈을 떴다. 예진이 검은 우산을 순향에게 드리우고 있었다. 예진이 순향의 손을 잡았다. 그녀의 손은 따뜻했다. 순향은 울다의 손과 예진의 손의 다른 온도에 대해 생각했다. 예진은 울고 있었다. 소리를 지르는 진수를 향해 덩달아 소리를 지르고 있었다. 지금 사람이 죽을 뻔했잖아요! 사람이라는 단어가 순향의 귀를 먹먹하게 했다. 모든 것이 어지러운 와중에 순향만이 미소를 띠고 있었다. 예진은 순향의 손을 더욱 꽉 잡았다. 순향은 손끝에서 느껴지는 온기를 느끼며 천천히 중얼거렸다.

"한쪽 손에 테왁을 메고 한쪽 손에 비창을 들렁…… 이어도 사나……."

곁에 있는 누군가의 온기를 느끼며 삼촌들과 함께 흥얼거렸던 노래가 저절로 순향의 입을 비집고 흘렀다.

순향은 오늘 꿈에 언니가 나왔으면 좋겠다고 생각했다. 언니를 보면 말하고 싶었다. 물거품이 되지 않는 인어공주도 분명히 있다고, 그 인어공주는 자신을 부르는 마음의 소리를 따라갔다고.

파도가 여러 번 밀려왔다가 밀려나기를 반복하던 어느 날, 오랫동안 비워졌던 섬 가까이에서 고래가 모습을 드러냈다. 뒤이어 사라졌던 생물이 하나씩 돌아오고 있다는 소식이 들려왔다. 바다가 깨어나고 있었다.

순향은 바다의 잠을 깨운 이가 누구인지 알고 있었다.

인간다운 여름

고반하

"연구원님은 왜 항상 혼자 있어요?"

유리는 매번 지나 앞에 불쑥 나타났다.

"인사팀에서 들었는데 우리 동갑이라던데요. 이 큰 회사에 동갑이 우리 둘뿐이라니 신기하지 않아요?"

유리는 시답잖은 말로 대화의 포문을 열었다. 인턴이라면서 시간이 남아도는 것 같았다. 지나는 유리가 찾아올 때마다 시큰둥하게 대했다. 인간 신분으로 지낸 지 얼마 되지 않아서 정체를 들킬까 봐 불안하기도 했고 유리의 지나친 명랑이 껄끄럽기도 했다.

"연구원님, 오늘 퇴근하고 같이 저녁 먹을래요?"

"전 저녁 안 먹어요."

"그럼 영화는요? 재밌는 거 봐요."

"영화 안 봐요."

"공연은요? 가서 춤춰요. 딱 한 번만 같이 놀아요. 네? 딱 한 번만."

유리는 끈기가 있다 못해 넌더리가 날 정도였다. 지나는 팔을 붙드는 유리를 보면서 자신이 승낙할 때까지 이 실랑이가 끝나지 않을 것이라는 결괏값이 섰다. 그럴 바에야 유리 말대로 한번 어울려주고 마는 편이 나았다.

지나는 마지못해 유리를 따라 팝 밴드 공연장으로 갔다. 무대 위에서 조명이 빛났고 그 아래로 보컬의 구슬땀이 반짝거렸다. 인간들이 밴드를 향해 떼창을 했고 유리가 리듬에 맞춰 어깨를 흔들었다. 모두가 살아 있음을 증명이라도 하듯 왁자지껄하게 노래하고 춤추던 순간.

"뭐 해요?"

유리가 소리쳤다. 앞뒤 양옆으로 인간들이 신나게 발을 구르기 시작했다. 지나가 어떻게 해야 할지 몰라 두리번대는 사이 유리가 손을 잡았다.

"뛰어요!"

지나는 유리를 쫓아 그대로 뛰어올랐다.

점프. 점프.

◇

지나는 도현이라고 쓰인 명찰을 한 번, 그의 얼굴을 한 번 보고 계산대 아래 진열된 레몬 맛 사탕을 쥐었다. 연노란색 포장지를 보자 입 안에 절로 신침이 고였다.

"2천 원입니다."

도현이 말했다. 듣기 좋은 중저음이 귀에 익었다. 성우 A일까 B일까 혹은 C일 수도 있었다. 뭐, 여럿을 섞었겠지. 어쨌거나 자연적으로 발생한 목소리는 아닐 터였다. 도현의 얼굴도 마찬가지였다. 배우나 아이돌과 비슷한 느낌이었다. 그래도 그렇지. 도현은 여러 가지 표본을 섞어 구현한 것치고는 과하게 잘 빠졌다. 확실히 편의점용으로는 아까웠다.

"10원짜리로 내도 되죠?"

지나는 도현의 목을 힐끔 보았다. 저 뒷덜미에 휴머노이드 표식인 H코드가 박혀 있다고 생각하니 괜스레 목이 근지러웠다. 지나는 자신의 뒷덜미를 손바닥으로 벅벅 문질렀다. H코드를 제거하고 뱀 문신을 새겨 넣은 자리가 화끈거렸다.

"네, 물론입니다."

도현이 빙긋이 웃었다. 지나는 10원짜리 200개를 계산대 위로 좍 뿌렸다. 도현은 당황하는 기색 없이 고개를 재깍 숙이고 동전을 하나씩 셌다. 요즘 휴머노이드라면 눈으로 스캔해 계산하는 기능이 있을 텐데. 도현은 외관만 미형이지, 최신식은 아닌 듯했다. 지나는 눈을 치떠 CCTV를 살폈다. 이곳 점주는 자린고비가 분명했다. CCTV도 구형이었다. 그렇다면 손톱만 한 에뮬레이터까지는 확인할 수 없을 것이었다. 지나는 계산대 위에 10원이 세 개 남았을 때 도현의 뒷덜미를 찰싹 내리쳤다.

"손님, 무슨 일이십니까?"

도현이 고개를 들었다. 휴머노이드는 물리적 자극을 받았을 때 머릿속에 경고, 경고, 하고 창이 뜬다. 그 경고창에 대해서라면 지나도 잘 알았다. 지나는 혹시 도현이 자신처럼 마음이 깨어난 휴머노이드일까 싶어 왼쪽 눈을 유심히 살폈으나 그런 징조는 없었다. 지나는 미소를 지어 보였다.

"벌레가 붙어 있더라고요."

"몰랐습니다. 떼어주셔서 감사합니다."

도현은 입력된 매뉴얼일 테지만 친절하게 웃었다.

"별말씀을요. 딱 2천 원 맞죠?"

"맞습니다. 감사합니다. 또 오세요."

지나는 편의점에서 나와 횡단보도 앞에 섰다. 차들이 쌩쌩 지나는 것을 보다가 뒤를 돌아다보았다. 편의점 쇼윈도로 도현의 모습이 비쳤다. 도현은 지나가 편의점을 나서기 전 모습 그대로 계산대에 있었다. 지나는 유리에게 전화를 걸었다. 곧 호들갑스러운 목소리가 들렸다.

"도현 씨 잘생겼지, 내 말 맞지?"

일주일 전 지나는 레모네이드를 주문하고 카페테라스에서 유리를 기다렸다. 여름치고는 볕이 뜨겁지 않은 날이었다. 턱을 괴고 행인들을 보던 것도 잠시, 유리가 머리 위로 손을 흔들면서 경쾌하게 다가왔다. 유리는 자기 얼굴만 한 부채를 쉼 없이 부치다가 지나의 맞은편에 앉자마자 비장하게 탁 내려놓았다.

"나 사랑에 빠진 것 같아."

유리는 도현이란 남자에게 한눈에 반했다고 했다.

"내가 컵라면을 엎었거든. 그 사람이 괜찮으시냐고 막 달려오더라? 그러더니 테이블을 이렇게 닦고 바닥을 또 이렇게 닦고. 내가 죄송합니다, 죄송합니다, 하니까 괜찮습니다, 손님이 다치시지 않아서 다행입니다, 그랬어."

유리가 꿈꾸는 듯한 얼굴로 말했다. 지나는 심드렁하게 레모네이드를 마셨다. 유리의 사랑 타령은 하루 이틀이 아니었다. 또 누군가 유리에게 함락당해 지독한 연애를 겪겠다고 생각하는데 갑자기 유리가 몸을 낮췄다. 그리고 지나를 향해 가까이 오라고 손짓했다.

"근데 그 사람 휴머노이드야."

"뭐라고?"

지나는 빠르게 눈을 깜박거렸다.

"휴머노이드라고."

"그럼 로봇이잖아."

"에이, 그거랑은 다르지."

유리가 지나의 팔뚝을 툭 치고는 자기 몫의 레모네이드를 들이켰다. 다르다니, 무엇이. 휴머노이드가 로봇의 하위분류라는 것은 일반 상식이었다. 유리는 지나가 휴머노이드란 사실을 모르니까 한 소리였겠지만, 지나는 자신이 모르는 사이 휴머노이드에 새 정의라도 생긴 것인지 순간 혼란스러웠다.

"로봇은 기계고 휴머노이드는 사람이지. 몸이 우리랑 같잖아. 머리가 조금 다를 수는 있겠지만. 암튼 중요한 건 그런 게 아니야."

유리가 진중한 얼굴로 궤변을 늘어놓았다.

"그럼 뭐가 중요한데?"

"사랑."

지나는 눈살을 찌푸렸다. 유리가 찬 펜던트 보석에 빛이 반사되면서 눈이 따끔거렸다. 지나가 그러거나 말거나 유리는 양손을 모아 쥐고 하늘을 올려다봤다. 언제나와 같은 보통의 하늘을 향해 지나야, 세상은 참 아름다워, 하고 감상에 젖었다.

"제정신이 아니야, 제정신이."

지나는 고개를 설레설레 저었다. 가끔 유리 같은 인간이 있다. 로봇을 사랑한다고 주장하는. 그러나 로봇은 인간을 사랑할 수 없다. 아무리 인간을 닮은 휴머노이드라도 매한가지다. 사랑은 뇌가 관장하는 영역이므로 뇌가 없으면 사랑도 느낄 수 없었다. 단지 사랑에 빠진 인간의 모습을 흉내 낼 수는 있었다. 제조 시부터 연애 모드가 탑재됐다는 전제하에.

"차라리 로맨틱이드를 사. 얼굴이랑 목소리를 똑같이 만들어달라고 하면 되잖아."

"얼굴이 같으면 뭐 해. 그 사람이 아닌데."

"돈 많은 집 딸이 왜 돈으로 해결을 안 하나 몰라."

지나는 혀를 끌끌 찼다. 유리는 사랑이 많았다. 오죽하면 유리의 전 남자친구들이 너의 아가페가 나의 숨통을 조인다면서 이별을 고했을까. 유리는 자신이 동의하지 않은 이별을 겪을 때마다 식음을 전폐하고 몇 날 며칠을 내리 울었다. 그리고 곧 다시 사랑에 빠졌다.

"나는 그 사람이 좋아. 그 사람이어야 해."

유리는 한번 꽂히면 스스로 질릴 때까지 절대 포기하지 않을 만큼, 사랑에 한해서는 광기가 있었다. 유리가 양손으로 턱을 받치고 레모네이드를 쪽 빨아들였다.

"그래서 말인데 지나 네가 도와줘야겠어."

지나를 지그시 바라보는 연갈색 눈동자가 빛났다.

"그 사람 시스템에 연애 모드가 있는지 알아봐줘."

유리는 재주가 있었다.

"만약 있다면 활성화하고, 나를 이상형으로 등록해."

터무니없는 부탁을 아무 일도 아닌 것처럼 하는 재주가.

지나는 책상 앞에 앉았다. 의자를 빙글빙글 돌렸다. 의자가 멈췄다. 노트북으로 손을 뻗었다. 거뒀다. 다시 뻗었다가 거뒀다. 턱을 괬다. 손가락으로 책상을 두들겼다. 탁탁. 탁탁. 심호흡을 한 후에 노트북을 열었다.

"잠깐만 보는 거야. 아주 잠깐만."

지나는 편의점에서 도현의 뒷덜미에 붙여둔 에뮬레이터를 실행했다. 도현의 제조사명은 생경했다. 찾아보니 파산한 지 3년도 넘은 곳이었다. 도현은 미개봉 상태로 이곳저곳 떠돌다 현재 소유주에게 다다른 것 같았다. 다행히 유리의 바람대로 연애 모드를 탑재하고 있었다. 그렇다면 도현의 본래 제조 목적은 로맨틱이드였을까. 그렇다기엔 로맨틱이드의 R코드가 아닌 휴머노이드의 H코드를 부여받았다. 설마 코드갈이인가. 지나는 도현에게서 묘한 동병상련을 느꼈다. 연애 모드가 잠긴 채 서비스업 로봇으로 탈바꿈하고 편의점에서 바코드를 찍기까지 도현도 참 우여곡절이 많았겠다 싶었다.

"자기 얼굴을 보내라니깐. 하여간 남의 말 안 듣지."

지나는 유리가 도현의 이상형으로 등록하라고 보내온 사진 파일을 열었다가 실소가 터졌다. 보정을 얼마나 했는지 실물과 비슷한 것이 한 장도 없었다. 이래서야 도현에게 입력한다고 해도 그가 유리를 알아볼 수 없을 것 같았다.

"이게 좀 비슷한가."

지나는 가까스로 사진 한 장을 골랐다. 푸른 하늘 아래 출렁이는 갈대밭 사이로 유리가 환하게 웃는 사진이었다. 지나는 그 사진을 도현의 이상형으로 등록했다.

업로드 시작…… 업로드 완료.

◇

"저것들 또 저러네."

지나는 모니터를 보고 있다가 고개를 들었다. 팀장이 빌딩 밖을 내다보며 턱을 긁적이고 있었다. 업계 1, 2위를 다투는 스트리밍 사이트 'NOON'의 콘텐츠 기획팀 팀장인 그는 요즘 수염을 길렀다. 할리우드 배우 누구처럼 멋있어지기 위해서라고 했다.

"왜요. 무슨 일인데요?"

지나는 자리에서 일어나 팀장에게 다가갔다. 팀장은 사소한 혼잣

말에도 대답해주는 것을 좋아했다.

"저기 봐봐. 쟤네 지난주에도 저러지 않았어?"

팀장이 대로변을 가리키는 순간, 꽹과리 소리가 요란하게 울려 퍼졌다.

"자기는 쟤네 어떻게 생각해?"

지나는 창밖을 보았다. 대로변에서 50명 남짓 되어 보이는 무리가 행렬 중이었다. 저마다 모두를 해방하라는 피켓을 들고 선두에 선 여자를 따랐다. 여자는 흑색 천을 마스크처럼 둘렀는데 천에는 한자로 해방(解放)이라는 붉은색 자수가 놓여 있었다.

"오늘 체감온도 30도가 넘던데요. 덥겠어요."

"저 여자는 그저께 9시 뉴스에도 나왔더라."

팀장이 핸드폰으로 웬 동영상을 재생했다. 동영상 속에는 팀장이 가리킨 '저 여자'가 있었다. 여자는 흰색 와이셔츠와 까만색 재킷 차림이었고 단발머리를 깡똥하게 하나로 묶어 단정해 보였다. 여자의 버스트 숏 아래로 '모두의 해방 대표 이태서'라는 자막이 써 있었다.

"로봇권이 어쩌고 차별이 어쩌고 하면서 말을 꽤 그럴듯하게 하지 뭐야. 하마터면 나도 깜빡 넘어가서 후원할 뻔했어. 아주 사이비 교주가 따로 없더라니깐."

팀장이 다시 창밖으로 시선을 돌리고 턱수염을 만지작거렸다.

"그나저나 평일에 저러고 있는 걸 보면 팔자도 좋다 싶어. 분명 시간이랑 돈이 남아돌겠지."

지나는 행렬을 바라봤다. 한낮 땡볕 아래, 목 놓아 다른 이의 해방을 외치는 데에 필요한 것이 돈과 시간이던가. 그런 것들이 아무리 남아돌아도 하지 않는 자는 끝까지 하지 않는다.

"아니, 근데 저 여자가 얼굴이 좀 반반하잖아. 어디든 나오면 조회수가 기가 막혀요. 오죽하면 기살단 채널에서도 저 여자를 들먹이더라니깐. 자기도 기살단 알지? 그 로봇 부수고 다니는 애들."

지나는 고개를 끄덕였다. 기살단은 기계살인단의 약어로, 러다이트 운동의 정신을 이어받는다는 취지로 창설된 단체였다. 그들은 로봇이 인간의 신성한 노동을 대체하는 데에 분노하며 로봇의 완전한 소멸을 주창했다.

"자기야, 우리도 다음 기획으로 휴머노이드 건드려볼까? 요즘 뜨겁긴 하잖아."

"팀장님 자리가 더 뜨겁거든요. 이것 좀 내리고 사세요."

지나는 블라인드 커튼의 손잡이를 잡아당겼다. 매체에서 아무리 로봇과 휴머노이드를 떠들어대면 뭘 하나. 회사에서는 비싸다고 자동 블라인드도 달아주지 않는데. 블라인드가 드리워지자 팀장이 아쉬운 듯 입맛을 다셨다.

"회의 시간 다 됐어요. 가시죠."

"근데 진짜, 우리 아이템으로 휴머노이드 어떻게 생각해?"

눈을 반짝이는 팀장에게서 진하다 못해 독한 향수 냄새가 풍겼다.

"자기가 우리 팀 에이스잖아. 잘 생각해봐."

팀장이 지나의 어깨를 톡 치고 앞장서 갔다. 지나는 멀어지는 팀장을 바라봤다. 에이스. 그 말은 언제 들어도 기분이 좋았다. 지나가 이전에 기획한, 인간이 로봇을 흉내 내는 페이크 다큐가 높은 조회수를 기록한 후로 팀에선 지나를 에이스라고 불렀다.

"나쁘지 않아요. 최근 인간 셰프와 쿡 로봇이 대결하는 프로가 화제성 1위이기도 하고요."

지나는 뒷덜미를 문지르며 팀장에게 다가섰다. 팀장이 함박웃음을 지었다.

"우리 에이스가 나쁘지 않다면 완전 굿이란 소리잖아. 그렇지, 맞지? 좋았어. 오늘 회의에서 디벨롭시켜보자고."

팀장이 의욕 넘치게 회의실 문을 열어젖혔다.

"참, 총무팀에 새로 온 사무보조 있잖아. 그게 휴머노이드라더라? 몇 번 대화해봤는데 다른 건 모르겠고 웃을 때 좀 어색해. 하하하, 이렇게 웃더라니까. 웃음에 소울이 없어. 아무리 겉모습이 인간하고 똑같아도 이 뇌, 이 뇌가 없으니까 어쩔 수 없나 봐."

팀장이 자신의 옆머리를 주먹으로 두드리며 말했다.

"사기도 총무팀 가서 한번 봐봐. 감쪽같긴 해."

"뭘 거기까지 가요. 편의점만 가도 휴머노이드가 일하는데요."

"편의점에서는 기계형 쓰잖아. 머리만 달고 있으면 뭘 해? 손은 집게지, 발은 바퀴지. 그게 무슨 휴머노이드야. 요즘 인간형은 세포배양으로 만들어서 진짜 사람처럼 음식도 섭취한다며. 그 정도는 돼야 휴머노이드라고 불러줄 수 있지 않겠어?"

그때 팀원들이 하나둘 회의실로 들어왔다.

"점심들 맛있게 드셨나? 자, 그럼 또 털어봅시다."

팀장이 자리에 앉으며 회의가 시작되었다. 기획팀이란 자고로 회의에, 회의에, 회의를 거듭하는 부서였다. 그래야만 타 부서에는 귀감이 되고 윗분들에게는 만족을 준다는 것이 팀장의 지론이었다.

"내가 방금까지 지나 님하고 얘기해봤는데 말이야."

팀장이 대로변에서 본 행렬부터 시작해 말을 쏟아내는 동안 지나는 진짜 사람 같은 휴머노이드, 도현을 떠올렸다. 유리는 오늘 도현을 만나러 간다고 했다. 자신이 이상형으로 등록되었으니 도현이 보자마자 사귀자고 하면 어떡하냐면서. 지나는 턱을 괴고 태블릿 펜을 들었다. 시스템을 살펴본바, 도현은 더없이 평범한 휴머노이드였다. 연애 모드를 열어놓은 것쯤은 문제가 되지 않을 거였다. 나중에 유리가 도현에게 질렸다고 하면 닫아버리면 그만이었다. 그런데 그런 날이 오려나. 유리는 차이기만 했지, 찰 줄을 몰랐다.

"자기야, 도현이 누구야? 자기, 요즘 연애해?"

팀장이 별안간 지나의 태블릿을 빼앗았다. 지나는 획 고개를 들었다.

"여러분, 이거 봐. 지나 님 연애하나 봐!"

팀장은 어찌나 날랜지 그새 회의실 스크린에 지나의 태블릿 화면을 띄웠다. 벽면 가득 지나가 끼적인 '도현'이라는 글자가 둥둥 떠다녔다.

"자기 이 남자한테 폭 빠졌구나? 얼마나 좋으면 회의 시간에 이름을 다 쓰고 있을까."

팀장이 히죽거렸다. 팀원들도 재미있는 연애담을 기대하는 듯 지나를 주목했다. 회사에서의 소문에는 날개가 달려 있었다. 퇴근 시간쯤 되면 지나가 도현이란 남자와 이혼했다는 이야기가 돌 수도 있었다. 지나는 신속히 오해를 풀어야 했다.

“그런 게 아니라요. 일단 도현은 남자도 아니고요. 팀장님, 아까 저랑 편의점 휴머노이드 얘기 하셨잖아요. 편의점에서는 인간형 휴머노이드를 안 쓴다고 하셨는데, 아니에요. 쓰는 곳이 있습니다. 그 휴머노이드 이름이 바로 도현입니다.”

지나는 스크린 앞으로 걸어가 브리핑하듯 말했다. 팀장이 아아, 하면서 고개를 방정맞게 주억거렸다. 지나는 이 정도면 명쾌하게 해명을 마쳤다 싶어서 자리로 돌아가려는데 팀원 한 명이 스크린 끄트머리를 가리켰다.

“그럼, 유리는 누구인가요?”

“유리는 제 친구…….”

“뭐야, 뭐야! 에이스!”

지나가 입을 떼기가 무섭게 팀장이 먹잇감을 발견한 하이에나처럼 달려들었다.

“어쩐지, 쿡 로봇 어쩌고 하는 게 심상치가 않더라니. 요 머리, 요 머릿속에 뭔가 있었던 거야. 여러분, 우리 지나 님 머릿속에 우리 팀을 먹여 살릴 아이템이 있습니다. 자, 박수!”

“그게 아니…….”

지나가 변명할 타이밍을 놓쳐버린 사이, 회의실에서 우레와 같은 박수 소리가 터져 나왔다. 지나가던 직원들까지 회의실을 기웃댔는데 그중에는 콘텐츠 사업 본부장도 있었다. 지나는 등에서 식은땀이 흐르는 것 같았다. 눈앞이 새까매지려던 찰나, 핸드폰 액정으로 메시지가 톡 튀어 올랐다.

—지나 너 정말 제대로 한 거 맞아?

지나는 일순간 번뜩하고 아이디어가 떠올랐다.

"생각해봤는데, 인간과 로봇이 연애하는 다큐멘터리는 어떨까요. 타 사이트에서 쿡 로봇과 인간 셰프 대결이 인기이지 않습니까. 그렇다면 저희는 아예 연애를 시켜버리는 겁니다. 휴머노이드가 뜨겁잖아요, 지금."

"그렇지. 뜨거워. 아주."

팀장이 만족스럽다는 듯 손뼉을 쳤다.

"일단 로맨틱이드는 안 됩니다. 처음부터 그럴 목적으로 만들어졌으니까 새롭지 않습니다. 기계형은 당연히 안 되고, 깔끔하게 생긴 인간형 휴머노이드여야 합니다."

"그게 지금 도현이라 이거구나? 걘 어떤데. 잘생겼어?"

"무척, 잘생겼습니다."

지나는 자신 있게 고개를 끄덕였다. 지난밤, 자신의 실력이 녹슬지 않았다는 것은 확인했다. 어차피 도현은 유리에게 반하게 되어 있다. 휴머노이드가 인간에게 반하는 그 장면을 송출하기만 한다면 쿡 로봇 따윈 단숨에 제쳐버릴지도 몰랐다.

"우리 에이스는 다 계획이 있었구나."

팀장이 씩 웃었다.

"진행시켜!"

회의실에 활기가 돌았다. 지나는 바쁘게 계획을 세우는 팀원들을 보고 한시름 놓았다가 아차 싶었다. 핸드폰을 들여다보니 유리에게서 부재중 전화가 와 있었다. 짧은 사이에 여덟 통이나.

지나는 유리에게 연애 다큐멘터리 촬영도 제안할 겸, 겸사겸사 만나자고 했다. 유리는 카페테라스에 앉아 있었는데 볼이 보로통한 것이 심기가 매우 불편해 보였다.

"무슨 일 있었어?"

지나가 묻자 유리가 눈을 새치름히 떴다.

"내가 도현 씨 만나고 얼마나 당황했는지 알아?"

유리의 말인즉슨, 자신이 도현의 이상형으로 등록되었다는 소식에 냉큼 달려갔는데 그에게서 일말의 반응도 없었단다. 유리를 보고 허둥지둥한다든가, 이름이나 사는 곳을 묻는다든가, 날씨 얘기를 하며 괜히 말 두어 마디를 더 붙인다는가 하는, 인간이 인간에게 반했을 때 보일 법한 행동들.

"감사합니다, 또 오세요, 소리를 듣는데 얼마나 허무하던지. 지나 너, 정말 제대로 한 거 맞아?"

"여부가 있겠냐."

"근데 왜 그러지."

유리가 시무룩해져서는 레모네이드 잔을 만지작거렸다. 유리는 여름이면 얼음이 꽉 찬 레모네이드만 찾았다. 옆에서 얼마나 레모네이드 타령을 했던지 지나도 덩달아 여름 냄새가 나기 시작하면 레모네이드부터 찾게 되었다.

"시간이 좀 걸릴 수도 있어. 생긴 거랑 다르게 구형이더라고."

"나 여기 이마에 멍든 거 보이지. 엊그제 부딪혀서 생긴 거거든? 근데 그 사람이 딱 알아보고 괜찮으시냐고 물어보더라. 너도 봐봐. 장난 아니지?"

유리 말대로 그의 이마 한편에 멍이 시퍼렇게 들어 있었다. 유리는 활발한 만큼 조심성이 없어서 걸핏하면 여기저기 상처를 만들었다. 멀쩡한 인도에서 고꾸라지는 것을 잡아준 것만도 몇 번인지 셀 수가 없었다.

"못 알아보는 게 더 이상할 것 같은데."

지나는 인상을 찡그렸다. 저만한 멍이 들 정도면 얼마나 세게 부딪혔을지 예상이 갔고 통증이 자신에게도 전해지는 듯했다.

"암튼 그 사람이 아는 척해줘서 좋았어."

유리가 아직 그 순간에 머물러 있는 듯 멍을 소중하게 어루만졌다. 지나는 저 정도면 병이라고 생각했지만 덕택에 유리가 다큐멘터리 촬영을 흔쾌히 수락하리라는 확신이 들었다.

"유리야, 내가 할 말이 있는데……."

지나는 조심스럽게 말문을 열었다. 유리가 눈을 동그랗게 떴다.

"……그래서 내가 너랑 도현 씨를 추천했어. 살면서 언제 누가 연애하는 과정을 카메라에 모조리 담아주겠어. 그것도 전문가들이. 연애 다큐멘터리는 거의 로맨스 영화처럼 찍는 거 알지? 흔치 않은 기회야."

지나는 회의실에서의 야단법석은 쏙 빼고 회사에서 인간과 로봇의 연애 다큐멘터리를 준비 중이라고만 설명했다. 유리는 지나가 로봇, 로봇 할 때마다 못마땅한 듯 입술을 삐쭉대었으나 눈빛만은 호기심에 가득 차 있었다.

"근데 그런 거 얼굴 다 까야 하는 거 아냐?"

"네가 원하면 넌 모자이크 해줄게. 중요한 건…… 아, 그래. 가면이나 탈을 써도 괜찮겠다. 놀이공원 마스코트처럼 귀여운 인형 탈 같은 거."

지나는 중요한 건 네가 아니고 인간과 사랑에 빠지는 로봇, 즉 도현이라고 하려다가 황급히 말을 돌렸다. 유리가 다큐멘터리에 출연하게 하기 위해서는 로봇이란 단어를 더는 언급하지 않는 편이 나을 것 같았다.

"어때, 그렇게 하면 괜찮겠지?"

지나는 숨을 죽이고 유리를 바라봤다. 유리가 골똘한 얼굴로 펜던트를 만지작댔다. 마침 카페테라스 옆으로 연인 한 쌍이 지나갔다. 팔짱을 낀 채 꼭 붙어서 가는 그들을 보고 지나는 이 폭염에 덥지도 않은가 생각했지만, 유리에게는 알맞은 촉매제가 된 듯싶었다.

"정말 로맨스 영화처럼 찍어?"

유리는 사랑을 좇는 만큼 로맨스에 목말라 있었다. 언젠가 자신에게도 로맨스 영화 같은 일이 생길 것이라고 믿었다. 지나는 유리를 향해 고개를 끄덕였다. 빛나는 순간만을 모아 이어 붙인다면 누구라도 영화의 주인공이 될 수 있었다.

"좋아, 해볼게."

"오케이, 무르기 없기다."

지나는 유리한테서 확답을 받자 한시름 놓였다. 한결 여유롭게 레모네이드를 들이켜는데 유리의 이마가 눈에 밟혔다. 정말이지, 칠칠치 못했다.

"근데 너 멍든 건 괜찮아? 병원 가봐야 하는 거 아니야?"

걱정스레 물었는데 유리는 되레 활짝 웃었다.

"당연히 괜찮지!"

조금 전까지 도현이 자신에게 반하지 않았다고 풀이 죽어 있었으면서 금세 기운을 차린 듯했다.

"몸에 멍든 건 며칠 지나면 나아. 늘 마음이 문제야."

유리가 말했다.

◇

#1 편의점, 낮

유리가 토끼탈을 쓰고 편의점으로 들어간다.

"어서 오세요."

도현이 인사한다. 유리는 레몬 맛 사탕 꾸러미를 들고 계산대로 향한다. 도현이 사탕 꾸러미를 받아 든다. 유리가 토끼탈을 벗는다. 도현이 유리를 본다. 카메라는 유리의 얼굴을 비추지 않는다. 도현만을 담는다. 도현이 빙그레 웃는다.

"만 원입니다."

그 말을 듣는 유리의 어깨가 살짝 들렸다가 내려간다.

"카드 받았습니다. 감사합니다. 또 오세요."

유리는 다시 토끼탈을 쓴다. 편의점에서 나온다. 그리고 멀리, 아주 멀리 걸어간다.

유리와 도현의 첫 번째 촬영이 끝났다. 유리는 얼굴을 드러내지 않겠다는 조건으로 인터넷 방송 출연 계약서에 서명했다. 도현의 촬영 동의서는 그의 소유주이자 고용인, 편의점 점주에게 받았다. 촬영팀은 모든 것이 순조로웠다고 했다. 특히 유리가 적극적으로 협조했다고. 팀장은 도현이 실제보다 화면발이 받지 않아 아쉽다면서도 이런 얼굴이라면 로봇이어도 당장 사랑에 빠질 수 있겠다고 찬사를 보냈다.

"자기 생각은 어때?"

"나쁘진 않은데요."

"사실 나는 유리 님이 얼굴을 공개해줬으면 했어. 계약서 쓸 때 보니까 예쁘더라."

지나는 집으로 돌아오자마자 도현의 시스템에 다시 접속했다. 사무실에서 촬영팀이 찍어 온 화면을 보고 의아하다 못해 의문이 들었다. 아무리 구형이어도 그렇지. 도현은 유리를 향한 동요가 없어도 너무 없었다. 지나는 모니터를 살피며 레몬 맛 사탕을 와그작와그작 씹었다. 인간과 연애 모드 활성화 완료. 이상형 사진 업로드 완료. 시스템에 특별한 이상도 없는데 대체 왜. 지나는 잠겨 있는 모드를 하나씩 살펴봤다. 폭력, 절도, 음주, 흡연, 모두 잠겨 있을 만한 것들이었다. 다만, 한 가지. 한 가지가 마음에 걸렸다.

"인간 외와 연애 모드……."

지나는 사탕을 새로 까 입에 넣었다. '인간 외'에는 주로 알파벳 코드를 단 존재들이 속했다. 휴머노이드는 H, 로맨틱이드는 R, 복제인간은 C, 원격 제어 로봇은 T 등등. 지나는 뒷덜미를 문지르며 NOON의 다큐멘터리 채널을 들여다봤다. '설레는 첫 만남'이라는 타이틀을 달고 유리와 도현의 다큐 예고가 올라가 있었다. '이들은 반드시 사랑에 빠집니다.' 지나의 호언장담이 캐치프레이즈로 쓰였고 아래에는 댓글이 주르륵 달려 있었다.

알바 로봇 너무 잘생겼다. ♥986

토끼탈도 로봇인가요? 무빙이 좀 어색한데. ♥635

저 편의점 어디냐? 당장 간다. ♥711

토끼탈 몸매 잘하네. 근데 얼굴은 왜 안 깜? ♥1.3천

토끼탈 존나 못생겼을 듯. ♥1.8천

지나는 댓글을 아래로 스크롤하며 훑다가 빠르게 다시 위로 올렸다. 유독 한 댓글이 눈에 띄었다.

토끼탈도 로봇인가요?

"설마……."

지나는 도현의 '인간 외와 연애 모드'를 활성화했다.

#2 편의점, 낮

유리가 계산대 앞에서 토끼탈을 벗는다. 카메라는 머리칼을 길게 늘어뜨린 유리의 뒷모습을 비춘다. 오직 도현만이 유리의 얼굴을 볼 수 있다. 도현은 유리를 확인하고 당황한 표정을 짓는다. 좁은 계산대 안에서 갈팡질팡한다. 무언가를 찾는 듯 헤매다 담배 진열대 아래 있는 티슈를 발견한다. 티슈를 한 장, 두 장…… 네 장까지 툭툭 뽑는다. 도현이 티슈를 가지런히 접어 유리에게 건넨다.

"땀이 나셔서요."

"……고맙습니다."

유리가 떨리는 목소리로 답한다.

"여름에는 열사병을 조심하세요."

도현이 말한다.

"혹시 열사병에 대해 궁금하시다면 알려드릴까요?"

그가 인간에게 먼저 건넬 수 있는, 최대한의 호감을 표하며.

두 번째 영상을 보고 지나는 곧장 유리네 집으로 향했다.

유리는 건설사 대표의 딸로 담장이 높다란 저택에 살았다. 대문부터 현관까지 도보로 족히 10분은 걸렸고 그만큼 으리으리한 정원이 있었다. 집 내부는 고풍스러우면서 정갈했는데 구석구석 숨겨놓은 카메라가 많았다. 집 안에 들어선 모두를 집요하게 감시하려는 듯.

지나는 대문 앞에서 유리에게 전화를 걸었다. 카메라가 불편하다는 이야기를 곧이곧대로 할 수 없어서 햇빛이 좋으니 정원에서 만나자고 했다.

"더운데 그냥 안으로 들어오지. 웬 햇빛 타령이야."

유리가 얼음이 꽉꽉 담긴 레모네이드 두 잔을 들고 나왔다. 지나는 레모네이드를 받아 드는 대신 유리를 빤히 보았다. 눈이 시릴 만큼 흰 피부. 색소가 옅은 갈색 눈동자. 뭉툭한 코끝. 조그맣고 붉은 입술. 지나는 유리가 인간이 아닐지 모른다는 의심은 단 한 번도 해본 적이 없었다. 무엇보다 유리의 아버지가 매년 생일 선물로 준다는 비싸고 아름다운 펜던트. 몇천만 원을 호가하는 저 펜던트를 앞에 두고 누가 감히 물을 수 있겠는가.

"너 인간이, 아니야?"

"갑자기 무슨 소리야. 뭐 잘못 먹었어?"

레모네이드를 내미는 유리를, 지나는 인간이라고 믿고 싶었다. 유리는 지나가 아는 한 가장 인간다운 인간이었다. 언제나 사랑을 찾았고 삶을 향한 의지로 반짝거렸고 땅굴을 파는 개미에게도 연민을 품었다.

"솔직하게 말해줘."

그러니 지나는 더욱 알아야 했다. 함께 간 공연장에서 싱그러운 생명력으로 자신을 사로잡았던 인간이, 사실은 인간이 아니었는지를. 자신에게 친구를 하자고 했던 첫 번째 인간이, 인간이 아니었는지를. 돌이켜보면 유리는 낮에도 밤에도 더운 날에도 추운 날에도 줄이 굵은 펜던트를 하고 다녔다. 아빠가 섭섭해하니까 언제 어디서든 몸 일부처럼 지녀야 한다고 했다.

"이거나 마셔."

유리는 잠옷 차림인 지금도 펜던트를 하고 있었다.

"유리, 너 알고 있었지."

지나는 유리 같은 인간이 친구라서 운이 좋다고 생각했다. 세상의 어두운 면이라고는 모르고 휴머노이드와 사랑에 빠질 수 있다고 믿기까지 하는 그 순수함 때문에 함께 있으면 마음이 평온했으니까.

"연애 모드를 '인간 외'로 활성화해야 한다는 거."

애석하게도 도현의 시스템에는 에러가 없었다. 기계는 거짓을 출력할 수 없었다. 거짓을 뱉으라고 입력하지 않는 이상.

"빨리 가져가. 팔 아파."

유리가 지나의 가슴께로 툭 레모네이드를 갖다 댔다.

정원 한가운데, 여름에만 가동한다는 분수가 사치스럽게 물줄기를 뿜어댔다. 유리가 하늘을 올려다봤다. 지나도 따라서 고개를 뒤로 젖혔다. 새파란 하늘에 흰 구름이 뭉게뭉게 피어올랐다.

"나는 복제됐어."

유리가 지나를 돌아보았다.

"이 집에는 나랑 똑같은 사람이 있어. 그 사람이 진짜 유리지."

유리의 눈에 금방이라도 쏟아질 듯 눈물이 그렁그렁 맺혔다.

"나는 아니고."

그러나 쏟아져 내린 것은 유리의 머리칼이었다. 유리가 고개를 숙이며 펜던트를 끌렀다. 지나는 유리의 뒷덜미를 확인한 순간, 탄식을 뱉었다. 복제인간을 뜻하는 C코드가 또렷하게 자리하고 있었다.

복제인간은 휴머노이드와 달리 뇌를 지녔고 인간과 유전학적 형질이 동일함에도 법적으로 별도 관리 대상이었다. 복제법은 그 이유로 인간의 존엄성을 들었다.

복제법 제1장 제1조

① 인간은 고유하다.

② 인간의 고유성을 상실하지 않기 위해 복제인간에게는 코드를 부여한다.

복제인간은 복제법 통과 후에도 휴머노이드보다 도덕성 관련 논란이 잦았다. 이를 잠재우고자 정부에서는 매해 통계청을 통해 복제인간 수의 증감을 발표했으나 그들의 삶에 대해서는 공개하지 않았다. 부와 권력을 지녔을 그들 소유주의 프라이버시를 지키기 위해서였다.

"진짜 유리는 오래전부터 유전병으로 몸을 움직이는 게 어려웠어. 27년 전에는 유전체 교정술이 지금처럼 발달하지 않았잖아. 유리는, 그러니까 진짜 유리는 교정을 받고 태어났는데도 병을 피해 가지 못한 거야."

'진짜 유리'의 아버지는 살아 있으나 죽은 것이나 다름없는 딸이 있다는 슬픔을 잊고자 건강한 버전의 딸을 만들었다. 지나가 지금 보고 있는 유리는 그 아버지의 숙원 같은 딸이 되었다. 잘 웃고 잘 먹고 용돈을 달라고 애교를 부리며 아버지와 팔짱을 끼고 함께 여행을 다니는. 그에게는 거액을 들여 만들어낼 만한 가치가 있었을 것이다.

"아빠는 내가 유리로 살길 원했어. 그래서 나는 정말 열심히 유리인 척했어. 기억도 복제되었으니 아빠가 네가 요만할 때, 하고 옛날이야기를 꺼내면 맞아, 내가 그랬지, 하고 맞장구를 쳤어. 그런데 그럴 때면……."

유리가 흐느끼기 시작했다.

"나를 보는 아빠 눈이…… 너무 공허한 거야."

유리의 소유주는, 유리를 누구보다 유리처럼 살게 해놓고 결국 누구보다 받아들이지 못했다. 오히려 진짜를 향한 갈증만 깊어졌을지도 모른다. 지나는 자신의 과거가 떠올랐다. 진짜를 갈망했던, 진짜로 인정받고자 발악했던.

"머리로는 알았지만 그래도 궁금했어."

유리가 말했다.

"도현 씨가 나를 인간으로 인식할지."

지나는 유리의 뒷덜미를 떠올렸다. 선명하게 박혀 있던 C코드.

"바보 같은 짓이었어."

알파벳 코드가 박혀 있는 한, 기계는 누구도 인간으로 인식하지 않을 것이었다. 인간은 더욱 그랬다. 복제인간은 복제품일 뿐 인간으로 봐주지 않았다. 웃기는 일이라고, 지나는 생각했다. 복제된 인간 또한 '인간'이지 않은가. 지금 자기 눈앞의 유리처럼.

#3 편의점, 낮

유리는 꽃을 산다. 깨끗한 노란빛의 해바라기 한 송이.

"이거요."

유리가 도현에게 해바라기를 건넨다.

"저에게 주시는 건가요?"

도현이 눈을 깜박거린다. 왼쪽 눈이 유난히 여러 번 감겼다 뜨인다.

"오래전부터 도현 씨를 좋아했어요."

유리가 카메라를 등진 채 토끼탈을 벗는다.

"항상 다정하고 예쁜 말만 해주시는 게 좋았어요. 또 정말 잘생기셨어요!"

환희에 가득 찬 목소리가 편의점을 사랑으로 물들인다. 도현이 얼떨떨한 표정으로 해바라기를 받아 든다. 고개를 옆으로 돌리고 헛기침한다. 뒷덜미를 긁적거린다.

"손님, 당신의 이름은 무엇인가요?"

유리를 응시하는 도현의 얼굴이 붉게 물든다.

"알고 싶습니다."

여름 햇살이 두 사람을 향해서 쏟아진다.

지나는 골치가 지끈거렸다. 유리는 도현이고 다큐고 다 집어치우라는 지나의 만류에도 꿈쩍하지 않고 기어코 세 번째 촬영에 임했다. 지나가 별의별 핑계를 대서 촬영을 미뤘는데 유리는 그대로 촬영하겠다고 바득바득 우겼다.

"그냥 하던 대로 인간이랑 사귀고 지지고 볶다가 헤어져. 로봇하고 대체 뭘 하겠다는 거야. 그것도 실시간으로 중계까지 하면서."

"네가 하라며. 로맨스 영화처럼 찍을 거라고 네가 그랬잖아."

"그거야 네가 복제……라는 걸 몰랐을 때 얘기고."

"그래서 토끼탈 썼잖아. 괜찮아. 아빠는 모를 거야."

복제인간을 촬영하려면 그의 소유주에게 반드시 허가를 받아야 했다. 유리네 집 안 곳곳에 설치된 카메라로 미루어봤을 때, 유리의 소유주는 이미 이 다큐멘터리에 관해 알 수도 있었다. 그렇다면 유리는 '진짜 유리'가 아니니 출연 계약도 무용지물이었다.

"그 로봇은 너를 인간으로 인식하지 않았잖아. 그게 알고 싶었다며. 알았으니 이제 됐잖아."

"그게 뭐?"

"그러니까 그만두자고."

"그건 이거랑 다른 얘기지."

"대체 뭔 소릴 하는 거야!"

지나가 발칵 화를 내도 유리는 개의치 않았다.

"말했잖아. 사랑. 나는 그게 중요해."

세 번째 에피소드가 올라가면서 채널 반응이 더욱 달아올랐다. 도현이 일하는 편의점은 매출이 네 배로 뛰었고 그의 팬카페까지 생겼다. 유리 역시 '토끼탈'로 불리며 시청자의 호기심을 끊임없이 불러일으켰다.

"자기야, 토끼탈도 로봇이라는 루머가 자꾸 돌아서 말인데 우리 유리 님 얼굴을 공개하는 건 어떨까? 그냥 여자 사람보다야 예쁜 여자 사람이 훨씬 화제가 되지 않겠어? 자기가 유리 님 설득해봐."

팀장의 사기가 하늘을 찔렀다. 팀장은 유리가 얼굴을 공개하지 않겠다는 조건으로 한 계약을 어떻게든 뒤집고 싶어 했다. 지나는 칼같이 고개를 저었다.

"그건 계약 사항 위반이라서요. 그리고 여기 댓글 좀 보세요. 기살단이 좌표 찍은 거 같은데 상황이 심상치 않아 보여요. 지금이라도 출연진 보호를 위해……."

"자기야, 기살단 애들이 그러는 게 한두 번이야? 걔넨 모두의 해방 대표도 죽이겠다고 난리잖아. 거기 대표는 어제도 뉴스에 잘만 나오던데, 뭘. 그건 됐고, 유리 님한테 말이라도 해봐. 계약 수정하면 출연료도 올려준다고 흘리고. 응? 우리가 손해 볼 건 없잖아?"

"그건 아닌 것 같아요. 전 그렇게 하고 싶지 않습니다."

"그럼 내가 물어본다?"

지나는 대답 대신 턱을 괴고 댓글만 하염없이 스크롤했다. 도현과 똑같이 생긴 로맨틱이드를 만들어야겠다는 댓글이 눈에 들어왔다. 지나도 유리에게 차라리 도현처럼 생긴 로맨틱이드를 사라고 했었는데. 유리가 그렇게 했더라면, 그랬다면…… 아직까지도 유리가 복제인간이라는 사실을 알지 못했겠지. 심경이 복잡했다.

"자기야, 유리 님이 하겠대. 탈을 벗겠대!"

잠시 자리를 비웠던 팀장이 해맑은 얼굴로 돌아왔다.

지나는 유리와 백화점에서 만났다. 유리는 도현과의 첫 데이트를 앞두고 쇼핑을 한다고 했다. 지나는 유리에게 탈을 벗겠다니 너 미쳤냐고 따지러 왔다가 분위기에 휩쓸려 옷을 골라주고 말았다. 연보라색 셔츠에 흰색 슬랙스. 유리는 연보라색이 잘 어울렸다. 유리가 연보라색을 입으면 꼭 함박눈이 내린 꽃밭처럼 환해 보였다.

"생각해보니까 돈이 좀 있어야겠더라. 아빠가 아무리 돈이 많아도 그건 아빠 돈이잖아? 너도 알다시피 그게 나한테 올 것도 아니고."

"그래도 얼굴을 공개하는 건 너무 위험해. 분명 널 알아보는 사람이 나올 거야. 그러면 네 소유주, 아니 아버지가 알게 되는 건 시간문제야."

"지나야."

유리의 목소리가 평소보다 차분했다. 유리는 셔츠 단추를 위에서부터 차례로 잠갔다. 펜던트는 셔츠 안쪽으로 집어 넣었다.

"나는 네가 부러웠어."

유리가 거울을 통해 지나와 눈을 맞췄다.

"넌 회사에서 사람들하고 어울리려고 애써 노력하지 않았잖아."

지나는 그땐, 하고 입을 열었다가 다물었다. 지금은 에이스 대우를 받으며 일하고 있지만 2년 전까지 있었던 안드로이드 시스템 개발사에서는 마음 한편이 항시 무거웠다. 인간에게는 기계일 뿐일 안드로이드의 수많은 회로와 시스템을 만지면서 동료를 뜯어먹고 사는 듯한 기분이 떠나지 않았으니까.

"넌 되게 자유로워 보였어. 나는 그럴 수가 없었지. 진짜 유리의 병이 심해지기 전에 걔 주변에는 늘 사람이 넘쳤거든. 난 네가 부러운 만큼 친해져야 한다는 의무감이 들었어. 그게 유리다운 행동이라서. 진짜 걔라면 혼자 있는 너한테도 다가갔을 거 아냐."

유리는 셔츠의 맨 아래 단추까지 잠그고 지나를 돌아봤다. 웃는 것도 우는 것도 시무룩한 것도 삐친 것도 아닌, 아무것도 담기지 않은 무의 표정으로. 지나는 자신이 한 번도 만나보지 못한 '진짜 유리'를 상상했다. 그 애도 저만큼이나 연보라색이 잘 어울릴까.

"어젯밤에 유리가 손가락을 움직였어."

유리가 거울에 몸태를 비춰 보면서 덤덤히 말을 이었다. 지나는 수없이 다양한 지식을 학습했지만 복제인간의 마지막 운명은 알지 못했다. 딥웹을 파헤쳐도 그런 정보는 나오지 않았다.

"연명치료만 하는 줄 알았는데 아빠가 포기하지 않았더라."

유리는 머리카락을 말총처럼 쥐고 높이 들어 올렸다. 유리의 뒷덜미가 드러나면서 펜던트 줄에 가린 C코드가 보일락 말락 했다. 그러나 유리는 이제 그런 것은 상관없다는 듯 고무줄로 머리를 꽉 묶었다.

"사실 데이트하면서는 탈을 쓰고 싶지 않았거든. 그런데 출연료를 올려준다니 정말 잘되지 않았어?"

지나는 끝내 유리의 뜻을 꺾지 못했다.

지나는 사무실에서 좀처럼 집중할 수 없었다. 유리가 토끼탈을 쓰지 않고 도현과 촬영 중이라고 생각하니 신경 쓰이는 점이 한두 가지가 아니었다. 유리는 촬영하면 안 되는 처지였고, 그의 소유주가 이 방송을 알고 있을지도 모르는 상황이었고, 여차하면 회사에까지 불똥이 튈 수도 있었다.

“현장에서 촬영은 잘하고 있대요?”

지나는 촬영팀과 통화하고 돌아오는 팀장에게 물었다. 팀장은 왠지 어안이 벙벙해 보였다. 안색 또한 눈에 띄게 파리했다. 팀장이 벽을 손으로 짚으며 비틀비틀 걸어왔다.

“자기야, 어떡하지? 도현 님이…….”

“왜요? 무슨 일인데요.”

지나가 다가서자 팀장이 쓰러지듯 몸을 기대 왔다.

“도현 님이 기살단 놈들한테…….”

지나는 팀장이 말을 끝맺기 전에 사무실을 박차고 나섰다. 기살단은 일전에 촬영을 접게 하려고 꺼낸 이야기였을 뿐 심각하게 생각지 않았는데 간과한 게 잘못이었다. 댓글을 더 제대로 살폈더라면, 조금이라도 대처했더라면, 그랬더라면.

“받아라. 좀 받아.”

지나는 도현의 편의점으로 향하는 택시에서 유리에게 전화했다. 핸드폰이 꺼져 있다는 멘트가 반복됐다. 음성 메시지를 남기려는데 촬영팀이 편의점 CCTV 영상을 보내왔다.

정장을 차려입은 도현이 계산대에서 나온다. 매대를 훑고 있던 한 남자, 음료수 냉장고 앞에 있던 다른 남자, 편의점으로 들어오던 또 다른 남자, 남자 셋이 눈빛을 교환한다. 한 남자는 야구방망이를, 다른 남자는 망치를, 또 다른 남자는 쇠파이프를 든다. 그들이 동시에 도현의 앞을 가로막는다. 야구방망이가 도현의 후두부를 후려치고 망치가 그의 안구를 가격한다. 도현이 쓰러지자 쇠파이프가 그의 안

면을…….

지나는 눈살을 찌푸리며 영상을 껐다. 그들의 둔기에는 모두 한자로 살(殺)이라는 글자가 박혀 있었다. 기살단은 단순히 로봇을 부수는 것에 그치지 않았다. 로봇을 파손한 후에는 당당하게 기계값을 변상했다. 때로는 시세보다 값을 비싸게 쳐주기도 했다. 지나는 영상을 보내준 스태프에게 전화를 걸었다. 스태프가 받자마자 한숨을 푹푹 내쉬었다.

"현장 철수했죠. 남주도 없는데 이제 뭘 찍어요."

"유리는요?"

"너무 많이 우셔서 들어가시라고 했어요."

"……도현 씨는요?"

"점주님이 데려갔어요."

지나가 통화를 마치고 편의점에 도착할 때까지도 유리의 핸드폰은 꺼져 있었다. 점주에게 연락하니 건물 꼭대기 층이 자신의 집이라며 올라오라고 했다. 지나는 건물을 올려다봤다. 이제 보니 군데군데 금이 가 있었다. 언제 무너져도 이상하지 않을 만큼 낡고 허름했다. 편의점과 인간형 휴머노이드를 소유한 이의 것치곤 변변찮은 느낌이었다. 지나는 출입구 옆 초인종을 눌렀다.

"방송국분이신가."

점주는 지나가 대답하기 전에 문을 열어주었다.

"작년에 은행엘 갔는데 무슨 신년 예금을 들면 추첨해서 로보뜨를

준다는 거야. 행원이 로보뜨 얼굴이 반반하니까 사업장에서 쓰면 좋을 거라고 했어. 마침 정년퇴직하고 받은 퇴직금이 있었거든. 그래서 예금에 가입했는데 운 좋게 당첨이 됐어요. 로보뜨는 24시간 굴려도 되고 휴게시간, 주휴수당 같은 거 안 챙겨줘도 되니까 편의점에 딱이었지."

점주는 다소 격양된 목소리로 말을 쏟아냈다. 지나는 소파에서 그렇군요, 하고 맞장구를 치면서 도현이 있는 쪽을 힐끗거렸다. 마룻바닥에 널브러진 도현의 얼굴 위에는 마른 수건이 덮여 있었다.

"저걸 갓 데려왔을 때는 우리 편의점에 알바생이 있었거든. 그 애를 당장 자르기가 뭣해서 저거는 그냥 소파에 인형처럼 앉혀뒀지. 그런데 하루 이틀 지나니까 꼭 사람처럼 느껴지더라고. 그래서 나도 모르게 얘야, 넌 이름이 뭐니, 그랬어. 그랬더니 저것이 또 넙죽 대답을 해요. 그러고 나니까 뭐, 같이 밥도 먹고 장도 보러 가고 했어요. 그런데 그해 설인가, 추석인가. 우리 아들이 왔지. 우리 아들이 저걸 보더니 저 비싼 걸 왜 집에서 썩히냐고 하데. 그때 정신이 퍼뜩 든 거야. 그래서 알바생을 내보내고 저걸 편의점으로 보낸 거지."

"도현 씨를 저렇게 만든 그 사람들은 어떻게 됐나요?"

"경찰이 잡아갔어요. 나는 보험사 불렀고."

"도현 씨는 이제 어떻게 하실 건가요?"

지나는 점주가 내준 결명자차를 한입 마시고 탁자에 내려놓았다. 레모네이드를 마시고 싶었다. 얼음이 잔뜩 든, 상큼하고 달콤한 레모네이드가.

"글쎄. 보험사에서는 그 때려 부순 놈들이 보상할 거라고 했어요. 보험료도 따로 나온대고. 이참에 최신식으로 바꿀까 해. 이번에는 너무 인간처럼 생기지 않은 걸로 선택해야겠어. 괜히 이런 일이나 겪고 말이야. 물론 거기 방송 덕분에 우리 매장 매출은 많이 올랐지. 그건 고맙게 생각해요."

점주가 도현을 쳐다보면서 결명자차를 호로록 들이켰다.

"그래도 쓸데없이 너무 잘생겼었어. 사람이 반했다고 했을 때부터 내가 별일이다 싶었는데. 로보뜨 주제에 여자랑 연애한다고 저렇게 될 줄은 누가 상상이나 했겠어? 그렇지 않아요, 방송국 양반?"

"제가 저 친구를 데려가도 될까요?"

지나는 이 집에 들어와 줄곧 하고 싶었던 말을 꺼냈다.

"그게 뭔 소리래요. 절대 안 되지."

점주가 펄쩍 뛰면서 손사래를 쳤다. 점주에게 도현은 돈과 맞바꾸어야 하는 귀중한 자산이었다. 지나라고 모르지 않았다.

"저게 얼만데. 우리 아들 알면 뒤집어져요. 그리고 보험사에서 최신식으로 바꾸려면 기존 것을 반납해야 한댔어요."

"제가 보험사보다 딱 두 배로 더 쳐서 드릴게요."

점주는 다행히도 혹한 것 같았다. 기세등등했던 노기를 누그러뜨리더니 찻잔을 슬며시 내려놓았다. 점주가 핸드폰을 들고 일어서며 지나를 향해 미소를 지어 보였다.

"우리 아들이랑 상의를 좀 해봐야겠네. 기다릴 수 있겠어요?"

지나가 고개를 끄덕이자 점주가 방으로 들어갔다.

"살아 있죠?"

지나는 방문이 닫히는 것을 확인하고 도현을 돌아봤다. 도현의 손가락이 꿈틀하더니 느릿느릿 오케이 사인을 그렸다.

지나는 도현을 둘러메고 태서의 작업실로 갔다. 태서는 '로봇권은 이태서'라는 말이 있을 정도로 연관 업계에서는 저명인사였지만 그의 작업실 위치를 아는 이는 한 손에 꼽았다. 작업실에는 늘 그랬던 것처럼 기름 냄새가 진동했다. 태서가 작업대 앞에서 콜라를 병째 들이켜다가 지나를 발견하고는 사레가 들린 듯 콜록댔다. 태서는 뉴스에서 보았던 정장 차림과는 딴판으로 새까만 기름때로 찌든 회색빛 작업복을 입고 있었다.

"배신자, 이게 얼마만이야."

태서가 작업용 고글을 머리 위로 얹고는 씩 웃었다. 지나는 성큼성큼 걸어가 도현을 작업대에 내려놓았다.

"이 친구 부탁 좀 하자."

"이야, 이 양반이 나한테 올 줄이야."

태서가 히죽 웃으며 도현을 아는 척했다.

"너 사고를 제법 크게 쳤더라. 기살단이 얼마 전에 쿡 로봇 하나 작살낸 거 몰라? 쿡 로봇도 그런 마당에 인간형 휴머노이드가 간도 크지. 인간형은 어지간한 뒷배 없인 전파를 안 타요. 기살단이 때려 부수는 건 대부분 기계형이지만, 진짜 싫어하는 건 인간형이거든. 불쾌한 골짜기 이론 들어봤지? 걔네가 러다이트 어쩌고 해도 실은 그

이론 열혈 신봉자라 최종 목표가 인간형 휴머노이드의 비생산화야. 근데 인간형은 높으신 분들이 갖고 있을 확률이 높거든. 까딱하면 피곤해지는 거야. 그래서 기살단이 쉽게 못 건드리고 간만 살살 보는 게 인간형인데 이 양반은 너희 방송에서 사이즈 딱 나왔잖아. 소유주가 나 몰라라 하는 휴머노이드."

태서가 도현을 살피면서 주절거렸다.

"그래서, 얼마나 걸릴 것 같아?"

"얼굴 왼쪽이 완전히 갈렸어. 원상복구는 안 돼."

태서가 도현의 턱을 쓱 들었다가 놓았다. 고칠 수는 있다는 말이었다. 지나는 태서의 눈길을 피해 핸드폰을 내려다봤다. 유리에게선 여태껏 연락이 없었다. 다시 전화하려는데 태서가 앞을 가로막고 섰다. 지나는 고개를 들었다.

"잘 살았어?"

태서가 장난기 가득한 얼굴로 물었다.

"뭘 물어. 너희 직원들한테 다 보고받고 있으면서."

"그래도, 직접 듣고 싶잖아. 가끔은."

지나는 태서를 보면 H코드가 있었을 때의 기억이 파도처럼 밀려들었다. 기억을 떠올리는 것만으로도 고통스러웠고 때로는 구토가 일었다. 태서가 자신을 인간으로 살아갈 수 있게 H코드를 끊고 신분을 만들어주었음에도 그를 떠난 데에는 그러한 연유가 따랐다. 그 뒤로는 내내 태서를 버렸다는 죄책감에 시달렸다.

어느 푸른 새벽녘, 태서가 지나를 찾아왔었다. 술 냄새를 풍기며 일장 연설을 늘어놓는 얼굴이 조금은 괴롭고, 조금은 외로워 보였다.

"배신자, 내 말 잘 들어. 인간이 원래 그래. 인간 마음이란 게 원래 그렇다고. 넌 그냥 마음이 깨어난 거야. 그게 네 탓은 아니야. 네 마음이 깨어난 것도, 따지고 보면 인간 때문이잖아. 인간이 너를 차별하지 않았다면 네가 인간이 되고 싶었을까. 인간처럼 만들어놓고 로봇이라고 걷어차는 세상이 아니었다면 너는, 그대로였을지도 모르지. 그러니까 그딴 걸로 힘들어하지 말고. 살아, 그냥."

지나는 태서가 왜 그렇게까지 로봇을 위해 애쓰는지 자세히 알지는 못했다. 단지 그가 유모였던 휴머노이드를 친부로부터 잔인하게 잃었다는 이야기만 스쳐 지나가듯 들었을 뿐이다. 지나는 그 새벽이 지나고 안드로이드 시스템 개발사에 사직서를 제출했다.

"시답잖은 소리 말고 잘 고쳐주기나 해."

지나는 일부러 퉁명스럽게 말했다. 옛일을 떠올리자 감회가 새로웠고 태서가 반가워지려고 했다. 그러나 이런 마음을 태서에게 들켰다간 어떤 놀림을 받을지 몰랐다.

"수리비는 있어? 이 양반 데려오는 데만도 상당히 썼을 것 같은데."

"카드 할부 되잖아."

"너 정말 인간 다 됐구나."

태서가 낄낄거리면서 본격적으로 도현을 들여다봤다.

"이봐요, 잘생긴 양반. 정신이 들어요?"

태서의 말에 도현이 손가락을 까딱까딱했다. 베테랑 기술자 손에 들어갔으니 도현은 어떠한 형태로든 살아남을 수 있을 것이었다. 지나는 안심하고 유리에게 전화를 걸었다. 이윽고 신호가 갔다.

"……지나야, 나 너무 무서워."

유리의 목소리는 두려움에 가득 차 있었다.

"지금 어디야? 내가 그리로 갈게."

지나는 재빨리 택시를 호출했다. 태서는 어느덧 도현을 복구 중인 듯했다. 아파요? 여기? 여기가 아파? 어쩔 수 없어. 얌전히 있어야지. 시종일관 농담을 하면서도 태서는 손이 빨랐다. 수리는 사흘이 채 걸리지 않을 것이었다.

"나 이만 가볼게. 마치는 대로 연락 줘."

지나는 걸음을 재촉하며 작업실 문을 밀었다. 문틈으로 습한 밤바람이 새어 들어왔다. 지나가 소유주로부터 도망치던 밤에도 비슷한 바람이 불었다. 바람을 막아준 이는, 옆집에 살던 태서였다.

"대표, 요즘도 코드 끊어?"

"간간이?"

지나가 태서를 돌아봤을 땐 그 역시 지나를 보고 있었다.

"C는?"

"그것도 끊지. 근데 그쪽은 소유주가 집착이 강한 경우가 많아서 끝까지 찾거나 다시 복제하는 경우가 있으니까 아무래도 좀 우려스럽지. 왜, 뭘 또 데려오려고. 아시다시피 코드 제거하는 건 비용이 무시무시합니다."

"대출도 몇십 년씩 갚는데, 뭘."

"우리 사이에 그만한 채무를 끼우시겠다? 난 찬성."

지나는 씩 웃는 태서를 뒤로하고 작업실을 나섰다. 문 너머로 위잉 하는 기계 소리가 들렸다. 아마도 도현은 유리가 반했던 얼굴로 돌아갈 수는 없을 것이다. 휴머노이드는 인간형에 가까우면 가까울수록 수리가 어려웠다. 차라리 새로 사는 편이 싸게 먹혔고, 망가진 것은 버리거나 회수해서 부품만 재사용했다. 그야말로 작동을 멈추고 죽음을 맞을 때까지.

지나는 택시에 올라타 차창 밖을 보았다. 네온사인 아래를 걷고 있는 인간들. 저 중에 인간은 과연 몇 명일까. 복제인간은. 휴머노이드는. 눈으로 봐서는 알 수 없었다. 지나 또한 유리가 복제인간이라는 것을 5년 만에 알지 않았는가.

점프. 점프.

공연이 끝나고 난 뒤, 지나는 유리와 펍에 갔다. 펍에서도 리드미컬한 음악이 흘러나왔다. 지나는 흥분이 좀처럼 가시지 않았다. 자꾸만 인간들을 둘러보게 되었다. 웃고 떠들면서 잔과 병을 부딪치는 광경. 그것은 일종의 설렘이었다. 태서가 주었던 인간 신분만으로는 느끼지 못했던 생생한 현장감.

"연구원님은 뭐 마실래요?"

"저는…… 유리 씨가 마시는 거요."

"전부터 생각했는데요. '유리 씨'라고 하는 거 있잖아요. 그거 이제 그만하죠."

연갈색 머리칼 위를 비추던 오렌지빛 조명.

"그냥 유리라고 불러요. 저도 연구원님 이름 부르게."

바 너머 점원에게 "500시시 두 잔이요!"를 외치던 유리의 목소리. 폭포수처럼 시원하게 떨어져 잔을 채우던 황금빛 액체. 지나 앞으로 무심하게 툭 내밀어지던 맥주 잔. 잔과 잔이 부딪치며 흘러내리던 흰 포말. 목구멍을 간질이던 탄산의 향연.

"지나야! 이제 우리 친구 하자."

유리는 장난스럽게 윙크해 보였다. 지나는 마음이 세차게 너울졌다. 친구. 그 단어가 너무도 묵직하게 다가와서 비로소 세상에 속한 것 같았다.

지나가 회상에 잠긴 동안 택시는 부지런히 달려 유리네 집 앞에 다다랐다. 차에서 내리고 보니 유리가 머리가 쑥대밭이 된 채로 대문을 부여잡고 있었다. 지나는 한숨을 쉬었다. 유리가 지나에게 삶의 감각을 일깨워준 은인이라고 해도 손이 너무 많이 갔다. 지나는 유리를 질질 끌다시피 해 정원 벤치에 앉혔다.

"왔구나. 우리 지나가 왔어."

유리의 얼굴에는 눈물이 홍건했다.

"다 내 잘못이야. 도현 씬 나 때문에 그렇게 된 거야. 내가 욕심을 부려서, 그래서……."

유리가 옷소매로 눈가를 벅벅 문질렀다.

"유리 넌 아무 잘못 없어. 내가 출연하라고만 안 했어도……."

지나는 태서를 보며 느끼는 죄책감과는 또 다른 죄책감이 온몸을 짓눌러오는 것 같았다. 돌이켜보면 자신이 유리와 도현을 이용한 것이나 마찬가지였다.

"그건 아니지!"

유리가 냅다 지나의 등을 후려쳤다.

"야, 친구끼리! 그딴 건 됐어."

유리는 버럭 내지르더니 하늘을 올려다봤다. 별이 많네, 참 예쁘다. 중얼거리다가 훌쩍훌쩍 코를 삼켰다. 두 뺨으로는 눈물을 주룩주룩 흘리면서 도현 씨 어떡해, 하고 어깨를 들썩거렸다. 술에 취한 인간이란 도대체 그 감정을 종잡을 수가 없었다.

"그래도 제법 로맨스 영화처럼 나왔잖아."

지나는 손을 뻗어 유리의 어깨를 감싸 안았다.

"도현 씨가 손님, 당신의 이름이 무엇인가요, 하던 장면. 사람들도 그 구간을 제일 많이 봤더라."

말을 마치기도 전에 유리가 아이처럼 소리 내어 울었다. 지나는 알고 있었다. 유리에게 출연료는 구실에 불과했다. 유리는 그저 도현과 로맨스 영화 같은 영상을 남기고 싶었을 뿐이었다. 눈이 부신 햇살 아래, 아름다운 연인으로. 유리가 지나의 품에 얼굴을 묻고 팔을 꽉 붙들었다. 온기가 전해져왔다. 콩닥콩닥 뛰는 심장의 고동도.

"너무 아파 보였어."

유리는 한참이 지나서 입을 열었다.

“도현 씨 아플 것 같았어. 그런데 무서워서 도망쳤어. 나도 언젠가 그렇게 될 것 같아서. 아빠가 알게 되면 나도 그렇게 버려질까 봐. 좋아한다고 했으면서 비겁하게 도망쳤어.”

유리는 당시 심정을 주정처럼 늘어놓다가 스르르 잠이 들었다.

그날 밤, 지나는 정원에서 유리의 소유주와 마주쳤다. 유리에게 들은 바가 있어 잠시 망설였으나 통념상, 그를 친구 아버지로서 대하기로 했다.

“네가 지나구나.”

지나가 인사를 꾸벅하자 그가 인자하게 웃었다.

“이 녀석이 술이 과하지. 지나가 여러모로 고생이 많네.”

그는 곤히 잠든 유리를 기꺼이 둘러업고는 지나에게 5만 원짜리 지폐 한 장을 건넸다. 시간이 늦었으니 택시를 타고 가라고 했다. 지나는 그의 각진 안경 너머 눈동자를 바라봤다. 몹시 익숙한 연갈색이었다. 그는 유리의 소유주보다 아버지에 한없이 가까워 보였다.

“감사합니다.”

지나가 돌아서 대문으로 향하는데 등 뒤에서 구시렁대는 소리가 들렸다. 인석아, 적당히 마시지. 넌 친구 보기 부끄럽지도 않어? 으이구, 무슨 생각을 하고 사는지.

대문 밖에선 훗훗한 바람이 불었다. 지나는 5만 원을 바지 주머니에 넣었다. 바람을 즐기며 집까지 걸어가기로 했다. 그 정도 여유는 부려도 괜찮을 것 같은 밤이었다.

NOON은 다큐멘터리 채널의 새로운 지원자를 찾았다. 미남 미녀 휴머노이드와 연애하실 분! 동시에 백방으로 휴머노이드 소유주를 섭외했다. 높은 출연료를 보장합니다. 불상사를 대비하여 보험도 빵빵하게 들어드립니다.

"아예 미팅 프로그램으로 만들면 어떨까?"

지나는 신이 나 나불거리는 팀장을 말없이 보았다. 팀장은 벌써 유리와 도현을 까맣게 잊은 듯했다. 두 사람의 연애 다큐멘터리는 미완으로 남았으나 그들의 불행이 화젯거리가 되면서 NOON의 이용자 수를 크게 늘렸다.

"자기, 내 말 듣고 있어? 자기 의견은 어때?"

지나는 회의실에 들어올 때마다 자신이 이곳에서 섣불리 굴지만 않았어도 도현이 지금쯤 태서의 작업실이 아닌 편의점에 있었을 거라고 생각했다. 어서 오세요, 또 오세요, 를 반복하던 그 모습 그대로. 지나는 글쎄요, 하면서 핸드폰을 내려다봤다. 태서에게서는 일주일 넘게 아무 연락이 없었다.

"에이스, 잘 생각해봐. 머릿속에 있는 걸 마구 끄집어내보라고."

팀장이 지나의 머리를 어루만지는 시늉을 하며 히쭉히쭉 웃었다. 지나는 태블릿으로 시선을 옮겼다. 이번에는 태서의 이름이 빼곡하게 적혀 있었다. 행여 팀장이 볼까 봐 후닥닥 지우는데 핸드폰이 울렸다. 지나는 회의실에서 나와 주변을 살피고 조심스레 전화를 받았다.

"다 됐다. 와라."

태서였다.

지나는 유리를 태서의 작업실로 데려갔다. 안에 들어서자마자 유리가 코를 감싸 쥐었다.

"으, 냄새. 이게 다 뭔 냄새야?"

"그쪽 애인 고치느라 나는 냄샌데. 싫어요? 계속 애인일는지는 두고 봐야 알겠네요."

태서가 헝겊으로 손을 닦으며 다가왔다. 유리는 태서의 말에 순간 발끈한 듯했으나 곧 목을 길쭉이 빼고 도현을 찾았다. 태서의 작업실은 흡사 개미굴 같아서 한눈에 살피기가 쉽지 않았다. 유리가 급기야 팔을 걷어붙이고 도현 씨, 도현 씨, 하며 수색에 나섰다. 태서가 그런 유리를 흥미롭게 바라보며 지나의 어깨에 팔을 걸치고 섰다.

"생각보다 내상이 심하더라. 이전에도 누가 괴롭혔던 모양이야. 아무리 편의점이라도 그렇지. 어떻게 24시간을 쉼 없이 굴리냐. 그러면 멀쩡한 것도 망가지지."

태서가 지나의 어깨에 팔을 걸치고 섰다.

"그래서 도현 씨는, 어디에 뒀어?"

"잠깐 바람 쐬러 나갔는데. 저기 오네."

태서가 문 쪽을 향해 손을 흔들었다. 지나는 도현을 보고 자기도 모르게 흠칫했다. 도현의 왼쪽 얼굴은 상아색 고무로 덮여 있었다. 오른쪽 얼굴만이 손상을 입기 전 모습 그대로였다.

"유리……."

지나는 유리를 불렀으나 그가 이미 도현을 향해 발을 내디딘 후였다. 유리는 절뚝대는 도현과 발을 맞추듯 천천히 앞으로 나아갔다. 이제 어디에도 카메라는 없는데 두 사람 사이로 슬로우가 걸린 듯 만남이 서서히 이뤄졌다.

"도현 씨 보고 싶었어요."

마침내 유리가 도현과 마주 섰다. 지나는 유리의 발아래에서 흐르는 사랑을 보았다. 사랑이 파동을 일으키며 도현의 발에 가 닿았다.

"잘 지냈나요?"

도현이 오른쪽 얼굴을 일그러뜨리면서 웃었다. 유리가 닭똥 같은 눈물을 뚝뚝 흘렸다. 유리는 고개를 세차게 가로젓더니 강하게 도현을 끌어안았다. 이내 도현이 느릿한 손길로 유리의 등을 감싸 안았다.

"나는 잘 지냈습니다. 유리 씨 생각을 하면서요."

유리와 도현의 첫 데이트가 있었던 날, 유리는 바닥에 쓰러진 도현을 보고 도망쳤다고 했다. 점주와 경찰, 촬영팀이 한데 모여 대화가 오가는 와중에 아무도 도현을 일으켜주지 않아서, 차가운 바닥에 누워 눈만 끔벅이는 그를 안아줄 용기가 도저히 나지 않아서 집으로 돌아가 내리 울었다고 했다. 그렇게 행동한 자신이 끔찍했고 도현이 안쓰러워 가슴이 옥죄어왔고, 처음으로 신에게 빌었다고 했다. 당신이 나를 창조하지는 않았어도 이 세상을 만들어놨으니 부디 도현을 살려달라고, 그러지 않으면 나는 당신을 저주하고 또 저주하겠다고.

"신이 아니라 나한테 빌었어야지."

태서가 피식 웃으며 지나에게 속삭였다.

"근데 저 친구, 여기가 깨어났던데 너 알았어?"

태서가 자신의 가슴께를 가리키며 물었다. 지나는 고개를 끄덕였다. 눈치는 진즉 챘다. 왼쪽 눈이 오른쪽과 다르게 유달리 깜박거리면 그것은 마음이 깨어났다는 신호였으니까. 지나는 도현의 왼쪽 얼굴을 가만히 보았다. 이전에 비하면 살짝 어색하기는 해도 중요한 건 그런 게 아니었다.

"지나야, 너 운동화 끈 풀렸다."

유리가 도현과 눈물의 재회를 마치고 막 돌아섰을 때였다. 지나는 발등을 내려다봤다. 단단히 묶어놓았던 운동화 끈이 느슨하게 풀려 있었다. 지나는 한쪽 무릎을 굽히고 앉았다.

"근데 지나야, 나 예전부터 묻고 싶었거든."

유리가 다가와 지나의 뒷덜미를 살며시 눌렀다.

"이 뱀 문신 등까지 이어져 있는 거 맞지? 어디서 한 거야?"

지나는 반사적으로 유리의 손목을 잡아챘다. 유리가 깜짝 놀라서 뒷걸음질 쳤다. 지나는 운동화 끈을 채 묶지 못하고 자리에서 일어섰다. 유리의 연갈색 눈동자가 자신을 보고 있었다. 상대를 향한 애정이 듬뿍 담긴 저 눈. 저 눈을, 지나는 열렬히 동경했다.

"유리야, 너한테 해줄 얘기가 있어."

코드를 끊고 신분증을 얻고 직업이 생겨도 떨칠 수 없던 소외감, 그리고 고독. 지나는 인간다운 삶에는 타고난 자격이 중요하다고 생각했다. 그런데 유리가 지나의 삶으로 들어와 말했다. 중요한 건 그런 게 아니라고. 중요한 건…….

“좀 앉을까. 길어질 것 같아서.”

“뭔데, 왜 그래?”

유리는 고개를 갸웃하면서도 순순히 자리에 앉았다. 태서가 슬쩍 눈치를 보더니 도현을 끌고 바깥으로 나섰다. 저 조금 전까지 바람 쐤는데요. 또 쐽시다. 쐬면 좋지 뭐. 도현과 태서가 아웅다웅하는 소리가 아득해지면서 지나는 긴 이야기의 물꼬를 텄다.

“나는 한 창고에서 출하됐어.”

지나는 자신의 캄캄했던 삶을 총천연색으로 물들여준 인간의 눈동자를 바라봤다.

변함없이 사랑으로 반짝이고 있었다.

too much love will kill you

◇

지겨운 이야기를 미리 하고 넘어갈 테니 참아주기를 바란다.

[美 제약사 A, 주사용 뇌수막염 치료제 임상시험 실시. 피험자의 20퍼센트에서 이상 반응 발현. 공통 증상은 피부 괴사 및 청색증, 강한 공격성, 인육 기식(嗜食). 시험실에서 발생한 신생 바이러스 감염으로 추정하여 감염자 격리 조치하였으나, 격리 병동 담당 간호조무사를 필두로 민간에 전파 중.(질병관리청 종합상황실 최초 보고)]

맙소사. 웬만한 지성인은 거들떠보지도 않을 클리셰다. 그러나 진부하다고 폄하하던 그 일이 현실이 되자 이성으로 쌓은 인간들의 탑은 영화보다 더 잔악하게 무너지고 말았다.

좀비 바이러스*가 국내에 상륙하고 사망자가 5만 명에 이르자 정부는 '총기

* WHO에서는 '공격적인 시체(belligerent corpse) 바이러스'로 명명하는 한편 사용자 편의를 위해 혼용을 허용했다.

류 소지 및 감염자 사살 허가 법령'을 긴급 시행하는 것으로 대응했다. 뒷날 따위는 전혀 고려하지 않은 처분이었으나 당시에는 도리가 없었다. 바이러스 치료제가 개발되기까지는 그로부터도 장장 10개월이 걸렸고, 그사이에 승인된 백신들이 바이러스를 종식할 만한 유효성을 갖지 못했으므로 뒷날이 있기나 할지 회의가 드는 시대였으니 말이다. 그런 덕분에 유일한 구원책이 된 총기는 파종 무렵 씨앗처럼 사방에 흩뿌려졌다.

후에 85퍼센트라는 경이로운 치료율을 자랑하는 치료제가 개발되자 정부는 원거리 단발 발사가 가능한 주사용 약제를 도입하여 한강의 기적을 이룬 나라답게 치료에서도 속도전을 치렀다. 문제는 일상이 회복되는 속도가 치료 속도를 따라가지 못했다는 것이었다. 혼란에 빠진 사람들을 뒤로한 채 총과 치료제를 양손에 든 정부는 당당히 좀비 바이러스로부터의 해방을 선언했다. 그리고 무책임과 성급함의 대가가 하나둘 날아들기 시작했다.

죽은 자는 죽음의 이유가 무엇이든 사망 집계 속 숫자가 되어 사라졌지만 살아남은 이들의 온도 차는 컸다. '비감염자'와 '치료자'라는 라벨링이 이뤄졌고 치료자에게는 낙인이 찍혔다. 감염 당시 신체의 외상을 입지 않은 치료자는 소위 '스텔스'로 사회에 복귀할 수 있었지만 눈에 띄는 상흔을 얻은 이들은 재앙의 원흉처럼 취급되며 사회의 절벽으로 내몰렸다. 부당한 일이지만 그 누구도 나서서 옹호하지 않았다. 완전한 가해자도 완전한 피해자도 없는 세상에서 사람들은 원망할 대상을 간절히 찾고 있었다.

[박○○ 前 인권위원회 비상임위원,
'제2회 좀비 바이러스 종식의 날' 기념 칼럼 일부]

지금

해가 저물자 사방이 푸르스름한 빛에 잠겼다. 검은색 코트를 입은 한 남자가 나무 상자를 들고 빌라 주차장에 서 있었다. 그는 흠집이 많이 난 흰색 승용차의 조수석 문을 열고 손에 들고 있던 나무 상자를 좌석에 내려놓았다. 상자 안에는 흰색 도기로 된 유골함이 들어 있었다. 코트를 벗어 든 그는 옷을 조수석에 함께 두려다가 이내 뒷좌석으로 던졌다. 문을 닫고 돌아가서 운전석에 탔다. 핸들에 손을 올려놓고 잠시 생각하더니 팔을 뻗어서 조수석 안전벨트를 끌어내어 나무 상자에 둘러 채웠다. 남자는 시동을 걸지 않고 한참 동안 헤드레스트에 뒤통수를 대고 가만히 있었다. 파랗게 물든 거리를 바라보면서 상념에 잠겼다.

1

남자는 살점이 떨어지고 없는 왼쪽 뺨을 손으로 가리며 내게서 뒷걸음쳤다. 창백한 얼굴과 손등에 비친 핏줄이 푸른빛을 띠었다. 그에게 겨눴던 권총을 잽싸게 등 뒤로 숨겼지만 이미 엎질러진 물이었다. 실수했구나 싶어 머리가 아찔했다.

보건당국은 좀비 바이러스 감염자를 매일 2천 명 넘게 치료하고 있다는데 여전히 거리엔 오물과 시체가 넘쳐났고 저격소총으로 무장한 쓰레기차는 사흘에 한 번 동네를 돌았다. 마침 수거 시간이 되었기에 집 안에 쌓인 재활용품을 모아다가 현관문을 나서던 참이었다. 손에는 부스럭대는 봉지를 들고 바지 뒷주머니엔 장전한 총을 꽂고서 빌라 복도로 나왔더니 어쩐 일인지 맞은편 집 문이 동시에 열렸다. 앞집 사람이 살아 있었구나 싶어 가만히 지켜보자 한 남자가 고개를 푹 숙인 채 나왔다. 그의 움직임은 조금도 이상하지 않았지만, 고개를 든 그의 한쪽 뺨이 푹 패여 있는 것을 발견하고는 곧장 총을 뽑아 들었다.

그가 치료자인 걸 깨닫자마자 총을 거두었지만 그런다고 없던 일이 되는 건 아니었다. 더욱이 손가락이 방아쇠에 걸쳐 있었단 사실도 마음에 무척 거리꼈다. 국가재난이 선포되고 1년 만에 이렇게 성마른 사람이 되다니.

남자에게 사과하려던 그때, 남자가 순서를 가로챘다.

"놀라게 해서 죄송합니다."

"제 잘못인데요."

갑작스러운 사과를 받아서 당황했다. 뺨을 가리고 선 그의 다른 손에는 나처럼 쓰레기 한 묶음이 들려 있었다. 나는 선뜻 손을 내밀었다.

"이리 줘요."

"아닙니다."

"제가 실수한 거 조금이라도 만회하고 싶어서 그래요."

빼앗다시피 쓰레기봉투를 건네받고 계단을 내려갔다. 등 뒤에서 그가 고맙다고 말하는 소리가 작게 들렸다. 빌라 주차장을 통과해 건물 밖으로 나오자 쨍한 햇볕과 대조적으로 싸늘한 바람이 몸을 스쳤다. 길에는 간밤에 죽은 사람들이 형체를 알아볼 수 없는 모습으로 흩뿌려져 있었다.

돌아왔을 때 앞집 문은 굳게 닫혀 있었다. 집 안으로 들어왔지만 찜찜했다. 머릿속에는 앞집 남자의 모습이 계속 아른거렸다. 살아 있었구나, 멀쩡히는 아니지만. 이 빌라는 한 층에 두 가구씩 있고, 바이러스가 퍼지기 훨씬 이전부터 그를 알았다. 마주치면 인사만 하던 정도의 사이였는데도 방금 그의 상태를 본 뒤로 기분이 한없이 가라앉았다.

마지막으로 인사한 게 언제였을까. 기억 속에 떠오른 그는 검은색 반팔 셔츠와 청바지 차림이었다. 여름이다. 그날 앞집 문은 활짝 열려 있었고 그는 현관에 서서 안에 있는 누군가와 말을 주고받고 있었다. 뭘 챙겼느니 어쨌느니 물어보는 말들. 안에서는 여자의 목소리가 들려왔다. 나는 두 사람이 연인이거나 이른 나이에 결혼한 부부일 것이라고 짐작했다.

출근하려던 나와 눈이 마주친 그가 먼저 인사했다.

"안녕하세요."

"어디 외출하시나 봐요?"

형식적으로 묻자 그가 쑥스럽다는 듯 고개를 끄덕였다.

"다음에 봬요."

역시나 인사치레를 하고서 깔끔하게 정리된 앞집 거실을 문틈으로 흘끔 들여다보고 돌아섰던 게 마지막이었다. 다음에 보자던 내

인사의 '다음'은 오늘이 된 셈이다.

이 기억을 떠올리자 애써 외면했던 이름 모를 감정들이 파도처럼 밀려왔다. 가슴에 차오르는 물살을 견디며 느껴본 그 감정의 이름은 비통함이었다.

나는 다시 슬퍼하고 있었다. 그동안 너무 많은 이들을 순식간에 잃어서 대체 누구를 애도하고 무엇을 통탄해야 할지 몰라 무뎌진 마음이었다. 항의해야 할 상황에서도 오히려 먼저 사과를 건네는 그의 태도가 침전되어 있던 나의 마음을 흔들었다. 부유하는 탁한 감정들의 틈새로, 이제부터 그가 살아가야만 하는 황폐한 세상이 아주 조금 엿보이는 것 같았다.

왠지 앞집 남자에 관한 생각을 멈출 수가 없었다. 그는 내가 아는 사람 중 유일한 치료자였다. 그의 피부 상태로 짐작해보자면 완치된 지 오래되지 않은 듯했다. 사지가 멀쩡하므로 감염 기간도 길지 않았을 것이다. 언제 감염된 것일지 추측해보려 했지만 가늠이 안 됐다. 이 건물 안에서 감염 사고가 일어났다면 굉장히 소란스러웠을 텐데 전혀 낌새가 없었으니, 그는 외부에서 감염되어 배회하다가 치료를 받고 돌아왔을지도 몰랐다. 그것이 아니라면 모든 일은 2개월 전에 일어났을 것이다.

길에서 감염된 사람들은 대개 발견 즉시 총살되므로 후자로 보는 게 합리적일 것이었다. 당시 나는 집을 비운 채 한 달 가까이 바깥 생활을 하느라 이곳의 일이라면 알 길이 없었으니 말이다.

집으로부터 겨우 두 블록 떨어진 도로변에는 약국 하나가 있다. 생긴 지 3년 정도 되었는데, 규모가 작긴 해도 노인 인구가 많은 지역에 있다 보니 늘 문전성시였다. 바이러스가 퍼진 뒤로는 쭉 휴업 중이었다가 2개월 전에 감염자 치료가 시작되자 지역 약국을 치료제 보급 거점으로 삼는다는 공문이 내려왔다. 그곳도 강제로 영업을 재개했다. 계기야 어쨌든 약국이 문을 여니까 소소한 약품이 필요했던 사람들도 다녀가고 주민끼리 생사도 알게 되어 좋았다.

하지만 큰 문제가 있었다. 그 약국의 단 한 명뿐인 약사가 바로 나라는 것. 말이 거점이지 치료제를 둘러싼 전쟁터가 되는 바람에 나는 한 달간 꼼짝없이 그곳에 갇혀 있어야 했다.

재난대책본부에서는 특수부대로 구성된 큐어 TF팀을 전국에 파견해 치료를 진행했지만 어디까지나 치료가 가능한 경증 감염자에 한해서였다. 중증이 되면 치료제를 맞아 바이러스가 사멸하더라도 이미 신체 손상이 심해 합병증으로 사망하기 일쑤였다. 국가가 치료제를 낭비하지 않기로 결정함에 따라 그들에게 쓸 수 있는 자원은 총알뿐이었다. 합당한 규정이지만 중증 감염자에게 보호자가 있을 경우에는 이야기가 복잡해졌다. 보호자들은 '비록 좀비가 되었지만 여전히 내 소중한 가족'이라며, 사살은 결코 용납할 수 없다고 반기를 들었다. 국가로부터 외면당한 그들은 약국으로 몰렸다.

약국에 들어오는 치료제는 지역 큐어팀의 물량이 떨어지거나 긴급 치료가 필요할 때를 대비하는 용도라 확실한 증명이 있어야만 내어줄 수 있다. 그런데도 물불 가리지 않는 보호자들은 약국을 찾아와 사정하거나 동네 장사하는 주제에 쫄딱 망하고 싶냐고 으름장을 놓거나 칼을 들이대며 협박하기도 했다. 때로는 준다고도 안 했는데 자기들끼리 서로 가져가겠다며 싸우기도 했다. 다들 용케도 감염자를 감금해놓고 돌본 모양이었다. 개중엔 치료제를 한정판 운동화쯤으로 생각하고 리셀을 위해 접근하는 이들도 있어 정신이 두 배로 사나웠다.

치료제 수송차가 다녀가면 나를 때려눕히고 약국을 점거하려는 사람들이 바깥에서 어슬렁거렸다. 이미 옆 동네의 약국 몇 곳이 당했다는 소문이 돌았다. 귀찮은 사업장이야 빼앗겨도 그만이지만 여태 살아남았는데 감염자도 아닌 놈들에게 죽임 당하고 싶지는 않았다. 그렇게 권총을 들고 밤새도록 그들과 대치하기를 한 달. 결국 지친 나는 치료제 거점 중단을 신청했다. 충분히 버텼다는 생각이 들었다.

그리고 더 이상 치료제가 들어오지 않는다는 안내문을 붙인 지 이틀째 되던 날 약국에 불이 났다. 그 전날 큐어팀이 치료제를 모두 회수해 간 덕분에 적당히 가벼운 마음으로 퇴근했는데, 다음 날 아침에 출근해보니 그보다 더 홀가분할 수 없을 정도로 전소해 있었다. 치료제도 없는 약국 따위는 사라져야 한다고 믿는 비감염자가 그랬을 것이다. 더 이상 화도 나지 않았다. 차라리 잘됐다 싶어 이참에 무기한 휴업하기로 했다. 어차피 건물주 가족도 모두 좀비가 되어서 임대료도 나가지 않은 지 오래니까.

그러니 그 무렵 앞집에서도 전쟁 같은 일이 일어난 게 아닐까 싶었다.

손을 씻고 뒷주머니에 있던 권총을 빼서 거실 탁자 위에 두었다. 감염자를 사살해도 된다는 임시법이 시행되고 닷새 만인가 총기 방문판매 사원이 약국에 왔었다. 비싸기도 비싸고 끈질기게 권유하는 게 성가셔서 내보내려고 하는 사이 마치 짠 것처럼 유리문을 향해 감염자가 달려들었다. 방판 사원은 그 감염자를 총으로 깔끔하게 처리했다. 그걸 보자 생각이 달라져서 한 자루 결제하고 말았다. 기왕이면 자동권총으로 하라는 말은 무시했다. 온종일 총질만 하고 다닐 것도 아니니까.

소파에 앉아서 옛날 예능과 멜로 영화밖에 나오지 않는 TV 채널을 돌리다가 미끄러지듯 누웠다. 이유도 없이 지쳤다. TV 속에서 현재는 생사를 알 수 없는 연예인들이 아무런 근심 없는 얼굴로 웃고 떠들었다. 미국에서 좀비 바이러스가 막 발생했을 때는 예습이라도 하라는 듯 좀비물을 연일 방영하더니. 실제로 좀비 바이러스가 창궐한 세상이 되자 이제는 문밖의 현실을 잊고 방구석에서 즐겁게 지내라고 강요하는 듯했다.

한참 멍하니 TV 화면을 바라보고 있었는데 해가 기울자 방송이 끊겼다. 잠시 기다리자 저녁 뉴스 CM송이 흐르면서 검정 재킷을 입은 아나운서의 모습이 나타났다. 데스크 뒤에 앉아서 인사말을 읊는 아나운서는 일주일 만에 또 다른 사람으로 바뀌어 있었다. 그녀는 간략하게 전임자의 부고를 전했다. 그러고는 치료자가 스스로 목숨을 끊는 사고가 오늘도 전국에서 발생했다고 경직된 목소리로 말했다.

감염은 누구에게나 일어날 수 있는 사고다. 운이 좋은 사람과 그렇지 않은 사람이 있을 뿐이다. 나는 앞집 남자도 그저 자신의 운이 나빴을 뿐이라고 여기길 바랐다.

2

머리카락은 정말 빨리 자랐다. 오랫동안 의료용 가위로 어설프게 이발하다가 종내에는 포기하고 장발로 다니기 시작했는데 최근 2킬로미터쯤 떨어진 사거리에 미용실이 문을 열었다. 이제는 사람답게 살고 싶어서 큰맘 먹고 차에 기름을 채워 미용실에 갔는데 근방에 하나뿐이라 그런지 대기자가 많았다. 겨우 머리를 자르고 집에 도착하니 해가 진 뒤였다. 차에서 내려 주차장에 서자 덥수룩한 머리카락이 사라진 목덜미를 차가운 공기가 훑었다. 가을이구나. 어쨌든 지구는 평온하게 제 할 일을 하고 있었다. 우주만큼은 정상적으로 돌아가고 있다는 사실이 그나마 위안이 됐다.

머리가 가벼워진 덕에 기분이 좋아져 5층까지 가뿐하게 올라갔다. 현관문 가까이 다가간 그때 옥상으로 가는 좌측 계단에 누군가가 앉아 있는 것이 보여 걸음을 멈췄다. 나는 반사적으로 재킷 자락을 걷고 뒷주머니에 있는 총을 짚었다.

앞집 남자였다. 계단에 앉아 있던 그는 나와 눈이 마주치자 벌떡 일어섰다. 두 번이나 실수하는 놈이 되고 싶지 않아서 나는 서둘러 총에서 손을 뗐다. 그는 이번에도 살점이 없는 뺨을 가리며 내게 고개를 숙였다. 나 역시 눈인사를 하고 돌아섰지만 열쇠로 문을 따는 동안 주의는 온통 남자에게 쏠렸다. 그는 자기 집으로 들어가려는 듯하더니 문고리를 잡고 그대로 멈춰 섰다.

신경 쓰이긴 하지만 상관할 것 없지. 그렇게 생각했으나 발이 떨어지지 않았다.

"저기요."

결국 그를 부르고 말았다.

"잠깐 들어왔다 가실래요?"

부엌 찬장을 뒤져 유통기한이 1년쯤 지난 녹차 티백을 꺼내 냄새를 맡아보고 뜨거운 물에 우렸다. 원래 녹차 향이 이랬는지 약간 미심쩍었지만 먹고 죽지는 않을 것 같아서 거실 소파에 앉아 있는 앞집 남자에게 갖다 주었다. 솔직한 당부도 덧붙였다.

"이상할 것 같으면 안 마셔도 돼요."

그러자 그는 웃으면서 괜찮을 것 같다고, 내가 자기에게 이상한 걸 먹이진 않을 것 같다고 했다. 어디서 비롯된 믿음인지 의문스럽던 차에 그가 말했다.

"약사시잖아요."

"약국에 온 적 있어요?"

"몇 번 갔어요. 그런데 앞집에 사는 분이 그 약사님이랑 같은 사람이라는 건 엊그제 알았어요."

"나도 거기서 만나면 가족도 못 알아봐요."

내가 맞은편 스툴에 앉자 그는 녹차를 한 모금 마시고는 요즘에도 영업을 하냐고 물었다. 방화로 인해 약국이 전소되었다고 알려주자 그는 놀란 표정으로 나를 똑바로 봤다가 금방 고개를 왼편으로 돌렸다. 그가 테이블에 찻잔을 내려놓자 철제 상판과 도자기 잔 사이에서 달그락 소리가 났다. 집 안에 나 이외에 소음을 만드는 존재가 있는 이 순간이 문득 낯설었다. 지난 1년간 누군가를 초대할 일이 없었던 이유도 있지만 서울로 대학을 진학하면서부터 20년 가까이 혼자 살았던 터라 집이란 대개 혼자만의 공간이었다. 가끔씩 애인과 지내기도 했지만 좀비 바이러스와 함께 마지막 연애도 끝나버린 지 오래였다.

"계단에서 왜 그러고 있었어요?"

내가 묻자 그는 "아" 하고 입술을 살짝 벌리고 뭔가 생각하는 듯하더니, 이내 "악몽을 꿔서요"라며 별것 아니라는 듯 말했다.

"평소에는 기억도 안 나는데 꿈에서는 감염됐을 때 일들이 조금씩 나오더라고요."

그는 더 언급하지 않으려는 듯 어깨를 가볍게 올렸다 내렸다. 나도 더 캐묻지 않았다. 차를 몇 모금 더 마신 그는 이만 돌아가겠다며 일어섰다.

"얼굴 그렇게 계속 가리고 있으면 불편하지 않아요?"

자꾸만 고개를 비틀고 있는 그의 모습이 못내 신경 쓰여 더는 무시하지 못하고 말을 꺼냈다. 예전 같으면 타인이 무슨 행동을 하든 잘만 무시했을 텐데 요상한 세상에 살다 보니 나란 사람도 조금 이상해진 것 같다. 내 말의 진의를 모르겠다는 듯 그가 경계하며 눈썹을 찌푸렸다. 그는 알지 않느냐는 듯 "상대를 불쾌하게 만드느니 제가 불편한 게 낫죠"라고 답했다.

"안 그래도 돼요."

"아닐 텐데요."

그는 제대로 보고 판단하란 듯 정면으로 얼굴을 들었다. 하지만 그의 의도와 다르게 내 시선은 상처를 지나쳐 그의 눈에 더 오래 머물렀다. 외꺼풀이라고 생각했는데 아니었다. 눈을 치켜뜨니 눈두덩이에 짙은 선이 졌다. 여태 생기라곤 없던 까만 눈동자가 또렷해지고 그 위에 반항기가 어렸다. 역시 내 질문이 불쾌했구나. 하지만 훨씬 좋잖아. 이렇게 똑바로 보고 성질이라도 부리니까 비로소 산 사람 같잖아.

그의 도톰한 입술과 고운 이목구비에 비해 각진 턱선을 바라보다가 뒤늦게 그의 상처를 제대로 살폈다. 왼쪽 광대 아래서부터 턱뼈 바로 위까지 살이 없었다. 빨갛게 드러난 진피와 근육 사이로 어금니가 보였다. 뭉툭하고 가지런하고 하얬다. 염증이 진행되는 것 같진 않았다. 그냥 그렇게 아물어버린 것이다. 그만큼 혹은 그보다 더 심하게 다친 사람이 저 밖에 수두룩하니까 그의 상처가 절망적인 수준은 아니라고 생각했다. 하지만 나는 위로랍시고 '당신 정도면 괜찮아' 같은 소리를 해대는 인간은 아니었다.

하지만 비감염자인 내가 뭐라고 달래든 그에게는 와닿지 않을 것 같아서 아무 말이나 내뱉었다.

"내가 방금 머리를 하고 왔거든요. 저쪽에 미용실이 문을 열어서."

"네?"

"미용실 사장님도 치료자인데. 눈에 띄는 외상이 있지만 그래도 손님들이 신경 안 쓰고 잘 지내요."

"네."

"이거 보여요?"

내 오른쪽 이마를 가리키며 그에게 물었다. 눈썹에서 거의 윗 머리카락 선까지 닿는 긴 흉터가 마침 가르마를 바꿔서 드러나 있었다. 시간이 지나 색이 옅어지긴 했어도 저민 것처럼 파인 자국은 사라지지 않았다. 나는 보지 않고도 그 자리를 정확히 짚을 수 있다.

"어릴 때 생긴 건데 이것 때문에 한 20년은 앞머리를 내리고 살다가 몇 년 전부터 까고 다니기 시작했어요. 처음 보는 사람은 좀 놀라긴 하지만, 뭐…… 내 탓도 아니고. 그 사람들이 적응하면 되는 일이라고 생각해서. 아무튼 너무 움츠리지 말아요."

그는 나를 의아한 표정으로 바라봤다. 요지가 전달되지 않았어도 모쪼록 긍정적으로 받아들이길 바라던 찰나, 그가 경계가 풀어진 목소리로 알겠다고 말했다. 그는 미소를 짓고 있었다. 한쪽 뺨만으로 웃는 그를 보니 괜히 내 속이나 편하자고 한 소리였던 것 같아 미안해졌다.

"아무튼 가끔 놀러 와도 돼요."

"고맙습니다."

"집에 있기 불편한 거면 여기서 눈 좀 붙여도 되고."

"아니에요. 이제 일하러 가야 해서요."

이 시간에 일을? 무슨 일을? 하지만 궁금증을 입 밖으로 꺼내진 않았다.

그가 반쯤 마시고 간 찻잔을 정리하고 화장실에서 거울을 들여다봤다. 4센티쯤 되는 이마의 흉터를 손으로 눌러봤지만 별 느낌이 없었다. 상처가 아물고 오랜 시간이 지난 뒤에도 누르면 아팠는데 이젠 아무렇지 않았다.

화장실에서 나오는데 밖에서 자동차 경적이 울렸다. 창가로 가서 내려다보니 시커먼 승합차가 보였다. 조수석 창문에 비죽이 튀어나온 물체는 총부리 같았다. 곧 공동현관에서 사람이 나왔다. 앞집 남자였다. 승합차는 남자를 태우고 유유히 길을 빠져나갔다.

그 일이 있고 몇 주가 지났을까, 10월 내내 영상 20도를 오르내리던 기온이 하루아침에 3도까지 떨어졌다. 오전 내내 온 집 안이 냉골이었다. 치료자가 벌써 25만 명이나 된다고 하는데 도시가스는 여전히 복구되지 않아 보일러를 틀 수가 없었다. 전기나 수도와 다르게 가스 시설은 폭발 피해가 심했던지라 재건이 어려운 모양이었다.

두꺼운 옷을 껴입고 거실에서 볕을 쬐며 고민했다. 문에 잠금장치를 한 개 더 달아야 할까? 기온이 내려가면 거리의 악취가 줄어들고 감염자들의 행동도 느려져 비감염자들이 생존하기에 훨씬 수월해졌다. 하지만 추위를 느낀 감염자들이 건물 안으로 들어오려고 아우성을 쳐서 보안에 더 신경을 써야 했다. 질병관리청 브리핑에서 들은 바로는 바이러스에 감염되어도 기본적인 신체감각은 남아 있어 기온 변화를 느낄 수 있다고 한다.

"다만 그 감각이 점차 무뎌질 뿐"이라고 사무적으로 발표문을 읽던 질병관리청장의 얼굴을 떠올리는데 갑자기 초인종이 울렸다.

초인종이 울린 것이 너무도 오랜만이라 모양이 빠질 만치 놀라고 말았다. 발소리를 죽이고 다가가서 문에 귀를 기울였다. 혹시 벌써부터 찬 바람을 피해 들어온 감염자들이 건물을 장악한 건가 생각하며 그들 특유의 그르렁대는 숨소리가 들리지는 않는지 조용히 숨죽였다. 그러다가 초인종을 누르는 좀비는 없다는 걸 깨닫고 물었다.

"누구세요?"

"죄송합니다."

앞집 남자인 것 같았다.

방호용 체인을 건 채 문을 열자 정말로 그였다. 승합차 타는 모습을 본 뒤로 꽤 오랜만이었다. 가끔 현관 밖에서 들려오는 인기척에 그가 살아 있구나, 일하러 가나 보다, 짐작하며 지냈을 뿐이었다. 그를 보고서 나는 눈을 크게 떴다.

그의 오른쪽 얼굴은 온통 붉은 멍이 들어 있었다. 입술이 터진 자리는 딱지가 앉기도 전이었다. 이제 막 다친 듯한 모습으로 그는 겸연쩍게 웃고 있었다.

처음에는 그가 혐오 범죄를 당한 줄 알았다. 치료자를 특정해서

린치를 가하는 조직이 횡행하는 탓이었다. 외모에 감염 흔적이 있으면 무조건 표적이 되었다. 그들은 치료자를 폭행하거나 심할 경우 총을 쏴 살해했다. 비슷한 사건이 동시다발적으로 일어나자 분석가들은 좀비포비아가 일으킨 조직범죄로 추정했다. 그 와중에 실제로 조직원이라고 주장하는 사람이 체포되어 그들이 스스로를 '디케'로 칭한다는 사실이 알려졌다. 그리스 신화 속 정의의 여신의 이름을 딴 것이라고 했다.

사람 죽이는 정의라니?

하여간 그는 반창고가 있으면 빌릴 수 있을까 해서 왔다고 했지만 그보다 냉찜질을 하는 게 좋을 것 같아 안으로 들어오게 했다. 소파에 눕히고 오른쪽 얼굴에 찬 수건을 얹어놓고 보니 얼굴보다 오른손이 더 엉망이었다. 손등이 온통 까지고 찢어져 있고 손톱은 까맣게 죽어 있었다. 혹시 디케의 짓인지 물었지만 그는 덤덤하게 아니라고 했다. 더 묻지 않고 조용히 소독약을 가져다가 솜에 적셨다. 그의 손을 잡고서 크고 작은 상처들을 느리고 꼼꼼하게 솜으로 닦았다.

소독이 끝나고 드레싱을 시작할 때서야 그가 입을 열었다.

"일하다가 손님한테 맞았어요."

"무슨 일인데요?"

"밤에 하는 일인데, 뻔하죠."

"요즘에도 그런 데가 있어요?"

"요즘이니까 더 있어요."

의미심장한 말이었다. 섣불리 판단하지 않고 치료에만 집중했다.

그가 계속해서 이야기했다.

“대학 졸업하고 입시 미술학원에서 강사를 했는데 일이 이렇게 돼서……. 나중에 학원이 다시 문을 연다고 해도 돌아갈 수 없겠더라고요. 이런 얼굴을 한 사람한테 아이를 맡길 부모는 없으니까.”

“사람들 의식이 나아지면 다른 일이라도 할 수 있지 않겠어요?”

“당장 먹고살 게 막막한데 언제까지 기다리겠어요?”

월셋집인데 집주인도 멀쩡히 살아 있어서 곤란하다고 그는 농담처럼 말했다.

그의 말에 따르면 근래에는 좀비 페티시를 가진 사람이 많아서 아예 치료자만 모아놓은 유흥업소가 유행인 모양이었다. 그가 일하는 곳은 오랫동안 방치된 노래방을 개조한 가게라 환경이 형편없지만 같은 콘셉트의 업소 중 규모가 가장 커서 손님이 많고, 2차를 뛰면 팁이 세다고 했다.

그 대목에서 이미 골치가 아팠는데, “그쪽에선 오히려 이렇게 된 얼굴이 더 수요가 있더라고요”라는 말에 얻어맞은 기분이었다. 좀비 페티시면 그렇겠지. 납득이 가면서도 그들을 이해하고 싶지 않았다.

“어쨌든 좋은 직업은 아니니까 비난하셔도 괜찮아요.”

그는 체념한 듯 빙긋이 웃었다. 미술학원 선생이 어떤 경로로 그곳에 흘러들어갔는지 궁금했고. 간절한 사람에게는 유혹의 손길이 늘 도사리기 마련이니까, 그도 그런 미끼에 넘어갔으리라 짐작할 뿐이었다. 비난이라니. 나는 그럴 생각이 전혀 없다는 뜻으로 고개를 저었다. 그저 드레싱을 마무리하기로 했다.

"뼈는 이상 없어서 다행이네요."

"워커에 밟혔는데 이 정도면 선방한 것 같아요."

아까의 집주인 이야기처럼 이번에도 농담조지만 전혀 웃기지 않았다. 마지막 드레싱 테이프를 붙이고 그의 손을 얌전히 돌려놓았다. 세련된 얼굴과는 다르게 뭉툭한 손이었다.

"물 안 닿게 조심하고 새벽까진 붙이고 있어요."

테이블 위에 흩어진 거즈와 드레싱 테이프 조각을 한데 모아서 구긴 뒤 쓰레기통으로 던졌다. 달관한 표정을 한 그는 테이프가 칭칭 감긴 자기 손을 한참 들여다봤다.

"고맙습니다."

착한 목소리로 건네는 인사가 내 마음을 흔들었다. 동요하지 않으려 애썼지만 그에게 묻어 있는 파렴치한 인간들의 그림자는 계속해서 나의 양심을 공격했다. 현관문 바깥의 세상은 내가 아는 것보다 훨씬 더 엉망이고, 그게 바로 우리가 살고 있는 곳이라고 그의 빨갛게 부은 얼굴이 알려주고 있었다. 치료자쯤이야 노리개로 취급해도 상관없다고 하는 미친 세상이었다.

"어느 정도 벌고 나선 그만둘 생각이에요?"

"모르겠네요. 상황이 어떻게 될지. 얼굴 한쪽이 날아갈 줄도 평생 몰랐는걸요."

"나중에 다른 직업을 갖고 나면 업소에서 일했던 게 들킬까, 손님이었던 사람이라도 만날까 전전긍긍하게 될지도 모르잖아요. 그 이력이 살아가는 내내 발목을 잡을 수도 있는데 알고 있어요?"

이토록 무례한 말까지 한 이유는 자포자기한 듯 '모르겠다'는 대답이 마음에 들지 않았기 때문이다. 그의 멍한 눈빛과 무심한 말투가 거슬렸다. 혼이 빠져나간 껍데기가 누워 있는 것 같아서 걱정스러웠다. 나의 물음에 불쾌한 티를 냈던 지난번처럼 그가 스스로를 비호하거나 반격하길 바랐다. 그러나 그는 침착하게 대답했다.

"이미 더 잡힐 발목도 없는 처지라는 건 알죠."

죽었어야 했는데 안 죽었고, 망할 줄 알았던 세상이 망하지 않았기 때문이라고 했다.

3

오전 중에 현관 밖을 살필 때마다 앞집 남자는 계단에 앉아서 졸고 있었다. 매일같이 악몽을 꾸는 모양이었다. 밤사이에 무슨 일이 있었는지 빌라 전체에 살 썩는 냄새가 진동하는 날에도 어김없이 그랬다. 1층 공동현관이 부서지고 뻥 뚫려 있으므로 저러다가는 위험해질 게 빤했다. 그는 생을 끝내기 위해 일부러 위험을 기다리는지도 몰랐다. 하지만 그가 원한다고 해서 가만히 지켜볼 수만은 없었다. 나는 매일 문을 열고 그를 살폈다. 난간에 머리를 기대고 앉아 있는 그를 발견할 때마다 깨워서 집으로 데리고 들어오고, 소파에 눕혀 뒀다가 잠에서 깨어나면 밥을 먹였다. 인간에 대한 애정이나 측은지심은 나의 생존에 전혀 도움이 되지 않는다는 교훈을 약국에서 지낸

한 달 동안 뼈에 새기고도 그랬다. 내가 이렇게 행동하는 이유가 그를 걱정해서인지, 일말의 인류애 때문인지, 하루하루 살아남기에 지쳐버린 외로운 마음 탓인지는 스스로도 정확히 알 수 없었다.

좀비 바이러스를 치료하고 나면 여러 가지 후유증이 남는데 그중에서도 섭식장애는 대표적인 증상이었다. 그는 내가 퍼준 밥을 반 이상 덜어내고 물에 말아서 겨우 먹곤 했다. 반찬이라고 해봐야 보잘것없는데 그나마도 채소로 된 것에만 손을 댔고, 가끔은 그마저도 게워냈다. 그러고는 미안하다면서 말린 과일 껍질처럼 소파에 누웠다. 잠이라도 잘 자면 다행일 텐데 자는가 싶다가도 문득 내게 말을 걸어왔다.

"어제는요……."

대부분이 그의 손님에 관한 얘기였다.

"남자 손님이 왔는데 물어달라고 하는 거 있죠."

"뭘 물어요?"

"그러니까, 좀비처럼…… 자길 물어뜯어달라고."

미친 일들이 그 세계엔 빈번한 모양이었다.

힘없이 누워 있다가도 해가 지면 언제 그랬냐는 듯이 그는 벌떡 일어나서 자기 집으로 돌아갔고, 잠시 뒤엔 빌라 밖에서 자동차 경적 소리가 났다. 그러면 어김없이 그는 승합차에 올랐다. 또 무슨 일을 겪을지 염려스러운 마음에 매번 그 모습을 내다보게 됐다.

이런 와중에도 좋은 소식이 하나는 있었다. 약국에 들어놨던 화재 보험금을 청구한 지 넉 달 만에 지급받은 것이었다. 인터넷이 복구되자마자 검색해본 보험사 사이트가 폐쇄되지 않고 남아 있어서 반신반의하며 신청한 건데 그걸 처리할 직원이 출근하고 있었다는 사실이 감격스러웠다. 좀비 바이러스가 퍼져도 한국인은 아침마다 꾸역꾸역 일터에 나갈 것이라는 유머가 근거 없는 이야기는 아니었다.

4

너무 피곤하면 잠이 오지 않는다고 하던가. 총알과 식료품을 사러 마트에 다녀오느라 하루를 다 쓰고 기진맥진한 상태인데 침대에 누워서도 눈은 말똥말똥했다. 한때는 주인 없는 슈퍼에 들어가서 유통기한이 조금 지난 물건을 갖고 나오는 방식으로 쇼핑을 했지만 치료율이 확 뛰고 백신 효과로 신규 감염도 줄어들자 대형마트가 문을 열었다. 사람들은 바이러스 창궐 이전처럼 질서 정연하게 서서 물건값을 계산했다. 온라인으로 주문하면 배송도 해준다고는 하는데, 배송기사 위험수당만 30만 원을 얹어줘야 해서 포기했다. 30만 원을 아낀 대가로 왕복 네 시간을 쓰고 마트 주차장에 감염자가 떼로 출몰하는 바람에 두어 시간을 더 갇혀 있었으니 무엇이 더 경제적인 선택인지는 모르겠지만.

집에 돌아와 6구짜리 권총 약실에 탄환을 장전하고 물건을 정리했을 뿐인데 새벽 2시가 넘었다. 꾸역꾸역 씻고서 침대에 누웠는데 몸만 늘어지고 정신은 너무 맑았다. 최초의 생각이 뭐였는지 기억나지 않을 만큼 잡생각이 꼬리를 물고 길게 늘어졌다.

"너는 아마 끝까지 살아남을 거야."

마지막으로 애인과 극장에서 좀비 영화를 봤던 날, 엔딩 크레디트가 올라갈 때 계단을 내려가며 그 사람이 말했다.

"언제 죽을지 조마조마한 것도 귀찮아서 제일 먼저 죽어버리려고 했는데."

나는 농담 반 진담 반으로 말하고 그 사람의 손목을 잡아줬다. 내려오다가 넘어지지 않게.

"넌 지금도 살기 싫고, 인간도 싫다고 입버릇처럼 말하지만……. 비타민도 꼬박꼬박 챙겨 먹고 적금도 들고 약국에 오는 할머니들한테 안 줘도 되는 음료수까지 매번 갖다 바치잖아."

"갖다 바치긴 누가."

"그러니까 너는 사실 살고 싶은 거야. 대충도 아니고 아주 잘."

그 말이 맞는 것도 같다. 막상 당장 죽어도 이상하지 않은 세상이 오자 나는 살아남는 데 전력을 다했다. 수고롭게 쇼핑까지 하고 올 만큼 누구보다도 멀쩡하게 살아 있다. 나보다 삶의 의욕이 넘치던 그 사람은 이제 연락조차 되지 않는데.

극장 로비로 나왔을 때 그 사람이 귓가에 속삭였던 말이 기억에 남았다. 당시에는 이해하지 못한 말이었다.

"내 생각엔 말이야. 영화 초반에 죽은 사람들은 업장이 적은 사람들이었을 거야. 이번 생에는 더 갚을 게 없으니까 빨리빨리 좀비한테 물어뜯기고 다음 생으로 넘어가는 거지."

"너 아까, 나는 끝까지 살아남을 거라고 하지 않았냐?"

"응. 너는 업장이 많아 보이거든."

그렇게 나를 놀리고 그 사람은 큰 소리로 웃었다.

그래서 너는 이번 생의 업장을 다 소멸하고 나보다 먼저 건너갔느냐고 묻고 싶다.

슬며시 잠에 빠져들려던 순간, 적막을 찢고 스포츠카 배기음이 동네를 뒤흔들었다. 잠시 빌라 앞에 멈춘 듯하더니 다시 신경질적인 굉음을 내며 멀어졌다. 저 정도 존재감이면 골목을 배회하던 감염자들이 분명 쫓아갈 텐데 간도 크다고 생각했다. 아니나 다를까 으르렁거리는 소리가 창문 너머로 들려오기 시작했다. 제발 스포츠카를 따라가라고 간절히 빌었으나 감염자들의 소리는 빌라를 에워쌌다. 결국 이불을 걷어차고 일어나 머리맡에 있는 총을 집어 들었다. 거실로 나와 창밖을 살피니 길에 열댓 명 정도가 보였다. 어두워서 식별이 어렵지만 절뚝거리는 느린 움직임으로 봐선 중증 감염자들이 대부분이었다. 감염된 지 얼마 안 됐을 무렵에는 미약하게나마 의식이 있고 움직임도 빠르지만, 시간이 흐르면 본능만 남고 더 지나면 본능조차 소멸한 몸뚱이가 되어 신체가 다 바스라질 때까지 걸어 다닌다고 했다. 좀비가 된다는 건 죽음 이후의 과정을 생시에 겪으며 마지막 순간을 향해 가는 일이라고 들었다.

어쨌든 그들은 썩어 무너져가는 몸을 겨우 끌고 다니는 시체에 지나지 않지만, 사람 하나 잡아먹을 힘은 충분할 것이었다. 길 위에서 천천히 탐색하던 그들이 무엇을 감지한 듯 빌라 공동현관으로 몰려들었다. 빠르진 않지만 격렬한 움직임이었다. 큰일 났군. 현관 옆에 있는 3단 대형 서랍장을 옮겨서 문을 막으려고 다가갔다. 그때 불현듯 앞집 남자가 떠올랐다. 머리는 빨리 서랍장을 끌어오라고 하는데 이번에도 제멋대로 손이 문을 벌컥 열었다. 사람에게는 직감이란 게 있다. 그것은 항상 높은 확률로 들어맞는다. 문을 열자 감염자들이 울부짖으며 계단을 올라오는 소리가 귀를 울렸다. 그리고 그 아우성을 향해 앞집 남자가 내려가려는 중이었다. 일터에 있어야 할 시간임에도 그는 내 앞에 서 있었다. 환각이 아니었다. 그가 나를 돌아봤고 눈이 마주친 순간 소름이 돋았다. 그가 서 있는 층계의 난간 밑에서 시커멓고 너덜너덜한 손이 나타나 허공을 휘저었다. 더 생각할 겨를 없이 남자의 옷깃을 잡고 안으로 끌어당겼다.

감염자들이 5층에 당도한 것과 내가 현관문을 닫은 것은 동시였다. 살과 뼈들이 와락 부딪치는 충격이 둔탁하게 문을 울렸다. 수십 개의 손톱이 틈새란 틈새를 전부 긁어댔다. 널석거리는 문고리를 무여잡은 채로 모든 보조키를 잠그고 서랍장으로 한 번 더 막았다. 자주 겪는 상황인데도 적응이 되지 않아서 손이 떨렸다.

너무 세게 당긴 탓에 남자는 현관 앞에 넘어졌다. 영하의 날씨에도 그는 외투도 없이 속이 비칠 정도로 얇은 검은 셔츠를 입고 있었다. 셔츠에는 백합이 그려져 있었다. 그를 일으켜 세우진 않았다. 침착하게 굴자고 다짐했지만 화가 났다. 얇은 옷, 곱게 세팅한 머리, 이대로 죽어도 상관없다는 표정이 싫다. 그가 거기 있을 거라는 생각이 들어 문을 열었던 내가 한심하게 여겨졌다. 스포츠카가 그를 집 앞에 내려놓고 떠났고, 그가 지나온 체취를 맡은 감염자들이 쫓아온 것이 분명했다.

"일찍 들어왔네요."

"사고가 좀 있어서요."

"그 차는 뭐예요?"

"손님 차요."

"내려가서 어쩌려고 했어요?"

"지긋지긋하잖아요."

"뭐가요?"

"전부요."

아무리 몰아붙여도 그에게선 변론의 의지조차 찾아볼 수 없었다. 그에게 어떤 말을 해도 소용없을 것이라는 생각이 들자 일순간 맥이 풀렸다. 마침내 문밖의 소리도 잦아들었다. 한숨 돌리고는 그의 옆에 앉아 나직이 물었다.

"무슨 사고가 있었는데요?"

그러자 그의 코끝이 빨갛게 물들었다. 눈에는 빠르게 눈물이 차올랐다. 막을 틈도 없이 뚝뚝 떨어지는 눈물방울의 작은 낙하가 내 가슴에 거대한 돌처럼 쿵쿵 내려앉았다. 그는 급히 손바닥으로 눈가를 닦았다. 채 닦이지 않은 눈물이 왼뺨의 붉은 살을 타고 내려와 어금니 사이로 스며들었다.

이윽고, 가게에서 가장 친했던 동료가 오늘 살해당했다고 그가 말했다. 손님으로 가장한 디케에게.

"종종 있는 일이니까 조심하라고들 하지만 마땅한 방법도 없거든요. 디케라고 써 붙이고 오는 것도 아니라서요."

사건이 난 직후 사람들이 사태를 파악하기도 전에 디케는 유유히 도망쳤는데 불법 업소이기 때문에 사장은 신고조차 하지 않았다고 했다.

"총소리가 났지만 매니저가 방마다 다니면서 아무 일도 아니라고 해서 믿었어요. 어차피 손님은 총기 반입이 안 되니까 경호원이 실수했나 생각했죠. 그러다 손님 배웅하러 같이 나갔는데……."

한 방 앞에 경호원과 웨이터들이 모여 있었다고 그는 설명했다. 그는 지나가는 길에 무심코 고개를 돌려 방 안을 바라봤고, 어둑어둑한 붉은 조명 아래 누워 있는 한 얼굴과 시선이 마주쳤다. 기름을 뒤집어쓴 듯 검게 번들거리는 얼굴 속에 부릅뜬 눈을 보는 순간 그는 온몸이 굳어버렸다고 했다. 그에겐 너무나 익숙한 얼굴이라서, 그리고 기름이라고 생각했던 것이 사실은 붉은 조명에 색을 잃어버린 그녀의 피였기 때문에.

그는 무서워서 아무 생각이 들지 않았다고 했다. 모른 척 손님을 따라 나가자 가게 입구에 서 있는 경호원들이 "그나마 디케가 죽인 것이 가게 에이스는 아니어서 다행"이라고 뇌까렸다. 견딜 수 없어진 그는 손님에게 자기도 데리고 가달라고 부탁했고, 손님은 흔쾌히 그를 스포츠카에 태우고 집까지 데려다주었다고 했다.

말을 마치고 그는 고개를 푹 떨궜다가 다시 들었다.

"죽은 사람이 그럴 리가 없지만 꼭 나를 쳐다본 것 같았는데……."

무언가 마주하기 싫은 것을 떠올린 듯 거듭해서 도리질하더니, 이내 그것을 기억의 서랍에서 꺼내기로 결심한 듯 거침없이 말했다.

"예전에도 본 적 있어요. 그런 눈."

5

7월 장마가 그치고 햇살이 비친 날이었다고 했다. 치료제가 국내에 들어왔다는 뉴스가 승전보처럼 연일 전해졌다. 이제부터 잘만 버티면, 혹은 좀비에게 물리더라도 죽지만 않으면 괜찮을 거라고 그와 동거하던 여자친구는 희망을 가졌다. 그렇다고 해서 방심한 건 아니었다. 단지 며칠 내내 비가 와서 이불과 카펫이 눅눅해져 있었고, 여자친구는 집먼지진드기 알레르기가 있었고, 그날따라 오래간만에 해가 쨍쨍했을 뿐이다. 이런저런 필연적인 이유가 겹치고 겹쳐서 결국 옥상에 이불을 널기로 했단다.

한 번에 들 수 있도록 현관 앞에 이불을 쌓아두고 여자친구가 먼저 올라가겠다며 문을 열었다. 그는 뒤따라가려고 카펫을 둘둘 말고 있었다. 여자친구는 평소에 검도며 주짓수며 운동 마니아였기 때문에 순발력도 좋고 운동신경도 뛰어나서 그는 크게 걱정하지 않았다.

하지만 사고는 예기치 않게 벌어지는 법이다. 바깥의 동향을 한참이나 살핀 후에 문을 열었는데, 아무것도 없다고 안심한 바로 그때 감염자가 튀어나왔다. 너무 순식간이라 그가 돌아봤을 때는 이미 여자친구가 감염자에게 깔려 있었다. 그녀는 호신용으로 들고 있던 목검으로 간신히 감염자의 이빨을 막아내는 중이었다. 그가 달려가서 감염자를 밀치고 목검을 빼앗아서 배를 찔렀다. 살이 다 썩은 뱃가죽은 쉽게 뚫렸다. 목검에 꿰인 채 발광하는 감염자를 현관 밖으로 힘껏 밀쳐내고 문을 걸어 잠갔다.

몸에서 썩은 냄새가 진동했다. 그는 숨을 고르며 여자친구를 봤다. 여자친구는 다치지 않은 것 같았지만 바닥에 주저앉은 채로 그를 뚫어지게 쳐다보기만 했다. 그녀의 표정을 해석해보려 했으나 숨이 점점 더 가빠와서 생각을 할 수가 없었다. 팔뚝이 쓰라렸다. 내려다보니 잇자국이 나 있고 피가 흐르고 있었다. 믿기지 않아서 가지런한 잇자국과 여자친구의 하얗게 질린 얼굴을 번갈아 보다가 그는 급히 문고리를 잡았다.

이를 악물고 문에 달린 잠금장치를 하나하나 풀었다. 나가야만 했다. 감염 증상이 시작되기 전에 그녀에게서 떨어져야 했다. 하지만 마지막 자물쇠를 부여잡은 그의 손가락이 엉키기 시작했다. 몸이 말을 듣지 않았다. 눈앞이 흐려지는 와중에도 그는 여기서 나가야 한다고 스스로를 다그쳤지만 곧 머릿속에 어둠이 내렸고 내면의 외침은 사라졌다. 그들은 그곳에 꼼짝없이 갇혔다.

담담하게 이야기하던 목소리가 멈췄다. 그의 얼굴은 생기가 모두 빠져나간 듯이 창백했다.

"그 뒤에 일주일 정도 집에만 있다가 큐어팀 헬기 수색대에 발견돼서 치료받았어요."

그가 정신이 들었을 때는 거실 유리창이 깨져서 비가 들이치고 있었다. 습기에 섞인 악취가 코를 찔렀다. 무장한 큐어팀 대원들이 자기를 들것에 싣고 옮기는데 그는 몸에 아무런 감각도 힘도 없었다. 무전기 소음과 시끄러운 목소리들 때문에 귀가 먹먹한데 모든 소리를 뚫고 어디선가 카메라 셔터음이 들렸다. 그가 겨우 돌아본 곳에는 등에 국과수라고 쓰인 방역복을 입은 사람들이 바닥에 쪼그리고 앉아서 뭔가를 촬영하는 중이었다. 그들의 발 앞에는 빨갛게 살점이 붙은 뼈들이 흩어져 있었다.

그걸 보고 그는 별로 놀라지 않았다고 했다. 무의식중에 그는 상황을 다 알고 있었던 것 같다. 하지만 카메라를 든 요원 하나가 일어서서 자리를 뜨는 순간 그는 숨을 쉴 수 없었다. 요원이 가리고 있던 자리에서 살이 반쯤 뜯겨 나간 여자친구의 머리가 몸과 분리된 채 그를 쳐다보고 있었다.

이런데도 자기가 계속 살아야 하느냐고 그는 내게 물었다.

살아야 하지 않을까? 나는 답을 모르겠지만 내가 알던 사람의 말이 맞다면 당신과 나는 갚아야 할 업장이 남아 있어서 아직 숨이 붙어 있는 거야. 그렇다면 죽이 되든 밥이 되든 살아서 그걸 다 감당해야지. 그래야만 먼저 간 이들을 만났을 때 떳떳하지 않을까.

그러나 그가 울기 시작했고 차마 면전에 대고 그럼에도 살아야 한다는 말은 나오지 않아서 그저 그의 어깨를 감싸 안았다. 그는 저항

없이 내게 안겼다. 얇은 레이온 셔츠 밑으로 만져지는 몸이 앙상했다.

그리 특별할 것 없는 그의 이야기는, 너무 많은 사람과 너무 많은 사연 중의 하나일 뿐이다. 그래도 세상에 신이 있다면, 대체 이 많은 사연을 모아서 무엇에 쓰려는 건지 묻고 싶었다.

6

그가 일을 그만뒀다고 했을 때 반가웠지만 한편으로 착잡했다. 밖에 나갈 구실이 사라져서 그 집에 갇혀 온종일 홀로 지낼 그는 무슨 생각을 할까. 나는 바깥 복도와 맞닿은 거실 벽을 바라보며 그의 생활을 궁금해했다. 신경을 끊기에는 늦어버린 것 같았다. 돌이켜보니 우리는 꽤 많은 이야기를 공유한 사이가 되어 있었고 그와 그의 이야기는 거실 소파에, 식탁 의자에, 내 생활 곳곳에 스며 있었다. 그는 이 기묘한 관계에 아쉬울 게 없너라노 나는 자려고 누우면 코가 빨개진 채 눈물을 뚝뚝 흘리던 그의 얼굴이 생각나서 한참을 뒤척이는 사람이 됐다.

그러나 차마 그의 집 초인종을 누를 용기가 나지 않아 괴로웠다.

"난 네가 왜 그러는지 알아."

마지막 애인의 목소리가 들리는 것 같다. 우리가 만난 시간은 그리 길지 않았지만, 그이가 내게 남긴 유산은 너무나 많아서 이렇게나 생생히 살아 있다. 털이 짧은 검은색 고양이를 키우던 그 사람은 1인 가구에는 고양이만 한 반려동물이 없다며 내게도 키워보라고 권하곤 했다. 나 역시 동물을 좋아하고 그 사람이 키웠던 고양이도 세상에 둘도 없이 사랑스러웠지만 나는 그때마다 아니라고 고개를 저었다.

"털도 많이 날리고, 아프면 병원 데려가야 되고 병수발 들어야 하고 귀찮아."

얼버무리며 넘어가려는데 그 사람은 내가 반려동물을 꺼리는 진짜 이유를 안다고 했다.

"왜 그러는 것 같은데?"

"지나치게 사랑할까 봐 그런 거야."

"무슨 소리야."

"너무 사랑해버릴까 봐. 넌 정말 마지막의 마지막까지 최선을 다할 테니까. 그 미래를 알기에 아예 시작조차 안 하려는 거라고."

"한번 극복해봐. 인생이 달라질걸?" 하며 옷도 안 입고 침대에서 뒹굴던 그 모습이 지금도 선명히 떠올라서 얄밉다.

고민 끝에 그를 만날 수 있는 마땅한 명분을 만들어냈다. 약국 화재로 받은 보험금에 생각이 미친 것이다. 시기가 앞당겨지긴 했으나 언젠가 하리라고 계획하던 일이기도 했다.

앞집 초인종을 눌렀다. 망설임의 무게에 비해 버튼 하나 누르는 행위는 무척 가벼웠다. 기척이 있길 기다리는 동안 초조해져 머릿속이 새하얘졌다. 외출했을까, 하고 불안해하는 사이에 안에서 신발 신는 소리가 나는 듯하더니 문이 열렸다. 특별히 더 잘 지낸 것 같지도 못 지낸 것 같지도 않은 얼굴이 나타났다. 그는 뜻밖에도 반가워했고, 수줍은 미소까지 지었다. 내게 안겨서 울고 간 게 마지막이라 그가 나를 만나는 걸 꺼리면 어쩌나 했는데 다행이었다.

"물어보고 싶은 게 있어서요."

우선 화재보험금이 들어왔다는 것을 알렸다. 잘됐다고 기뻐해주는 그에게 그 자금으로 약국 공사를 시작하려는데 혼자 하기가 어려우니 시간이 괜찮으면 도와줄 수 있느냐고 물었다. 여전히 감염자들이 길 위를 점거하고 있는 데다 지금은 한겨울이니 공사를 시작한다는 게 억지스럽게 느껴지진 않을까 염려되었다. 자신을 불러내기 위한 어설픈 핑계라는 걸 그가 눈치챌까 걱정하는 사이, 그는 잠시 생각하는 듯하더니 자기가 어떤 걸 도와야 하는지 물었다. 맨 처음 그 자리에 약국을 차릴 때는 나 혼자서도 충분했기에 어떤 역할을 나눌지 고민스러웠다. 페인트칠이나 바닥 공사 같은 인테리어라고 두루뭉술하게 설명하는 동안 밑천이 점점 드러나는 것 같아 자괴감이 들었다. "그냥 같이하면 안 될까요?" 하고 내뱉기 전에 그가 고개를 끄덕이며 말했다.

"필요하면 할게요."

7

"제가 죽을까 봐 잘해주시는 거예요?"

화재 청소업체가 다녀간 뒤 그럭저럭 그을음의 흔적이 사라진 약국 벽면에 페인트칠을 하고 있을 때 그가 물었다. 오방난로를 발전기에다 연결해 틀어뒀지만, 웃풍이 스며서 목장갑을 낀 손이 수시로 곱았다. 반대편 벽에서 모서리 칠을 마무리하고 있던 나는 진심을 들킬까 봐 그를 쳐다보지 않고 방어적으로 반문했다.

"일 시키는 게 잘해주는 거예요?"

"항상 신경 써주시잖아요."

"사람끼리 이 정도는 당연히 하지 않나요?"

"아뇨. 아예 관심 없거나 모른 체하는 사람이 더 많은걸요."

"할 수 있는 걸 하는 거죠. 이웃이라곤 둘뿐인데."

대화가 멎자 한동안 페인트가 묻은 롤러를 벽에 굴리는 소리만 들렸다. 트레이에 덜어둔 페인트가 바닥을 보여서 잠시 난로 앞에 웅그리고 온기를 쬐었다. 앞집 남자도 빈 트레이를 들고 왔다가 내 맞은편에 앉아서 난로 열기에 손을 녹였다. 추워서인지 뭔가를 의식해서인지 종일 옷에 달린 후드를 머리에 덮어쓰고 마스크로 얼굴을 가리고 있었다. 그는 후드티를 자주 입었다. 편한 옷을 좋아한다고 일전에 그가 겸연쩍어하며 말했다. 그의 낮은 목소리는 어떤 말을 하든지 조심스럽게 들렸다. 고맙다든가 죄송하다는 표현도 무척 자주 했다. 예의가 바른 사람인 건 알고 있었지만 도가 지나쳤다. 그가 이렇게까지 자신을 낮추게 된 건 일련의 사건들로 인해 자존감에 큰 생채기가 난 탓이리라.

자조적인 농담도 습관적으로 했다. 어제저녁에는 "뺨에 구멍이 난 덕분에 입을 벌리지 않아도 몇 마디는 정확하게 할 수 있다"고 말했다. 약국에서의 업무 중 30퍼센트는 할머니 할아버지들의 맥락 없는 이야기를 듣고 맞장구치는 일이라 어지간한 대화에는 이력이 났지만 "이도 저도 안 되면 복화술사가 되어야겠다"는 말은 도저히 받아넘길 수가 없었다. 그는 나를 잔뜩 곤란하게 만들고는 해사하게 웃었다.

궁지에 몰렸지만 그가 장난치며 웃는 모습을 볼 수 있다는 사실만으로도 기뻤다. 이렇게 매력적인 그가 바이러스가 도래하기 이전에는 어땠을지 궁금했다. 외모도 성격도 서글서글하니까 미술학원 원생들에게 인기가 많았을 것이라는 상상은 됐다. 그때의 모습은 죽었다 깨어나도 나는 볼 수 없을 테지만 상관없었다. 만약 그가 생각하기를 자신이 망가졌고 다시는 이전으로 돌아갈 수 없다고 한다면 꼭 말해주고 싶다. 지금도 괜찮아. 나무에 꽃이 피어도 져도. 잎사귀마저 다 떨어지고 가지 몇 개가 잘려나가더라도 나무는 언제나 나무이지 않니.

난로의 불빛이 그의 눈동자와 하얀 이마에도 불그스름하게 비쳤다. 이렇게 그의 얼굴을 찬찬히 뜯어볼 수 있는 시간이 더없이 좋았다. 까만 눈동자와 시선이 마주치자 강한 중력에 빨려들어가는 기분이었다. 가슴에서 전극이 부딪쳐 스파크가 일었다. 결국 이렇게 됐다. 나는 그를 중심으로 맴도는 위성이 되어가고 있었다.

"커피 마실래요?"

침묵에서 벗어날 겸 물어보자 그는 괜찮다고 했다. 페인트 냄새 때문인지 속이 답답해서 밖에 나가고 싶었다. 편의점까지의 거리는 약국에서 길모퉁이까지 대략 60미터, 돌아서 100미터만 더 가면 됐다. 오늘은 감염자를 한 명도 못 봤으니까 빠르게 다녀오면 무사하지 않을까 싶었다. 그에게 문을 잠가두라 하고 길로 나섰다.

겨울바람이 머리카락 사이사이에 차가운 손가락을 집어넣는 것 같았다. 얼어붙은 거리를 서둘러 통과하며 주변에 맴도는 냄새와 소리에 잔뜩 경계를 했지만, 코끝이 쨍하도록 짙은 겨울 냄새가 날 뿐이었다. 가끔씩 바람이 보도블록 위에 떨어진 낙엽이나 비닐봉지 따위를 쓸어내는 소리가 났고 그 뒤엔 다시 조용했다. 긴장을 늦추자마자 생각은 이리저리 뻗어나가서 또 앞집 남자를 떠올렸다. 이번에는 그에게 붙어 있는 짙은 그림자도 함께였다.

사실 나는 그의 여자친구와 짧게나마 말을 섞은 적이 있었다. 처음이자 마지막이었지만.

바이러스가 한창이던 작년 봄. 아스팔트는 자박하게 고인 핏물로 반짝거렸고 그 웅덩이에 벚꽃잎이 비처럼 내렸다. 흰 꽃잎은 거리에 방치된 시체들 위에 봉분처럼 덮였다. 하늘은 티 없이 파랗고 너무 아름다워서 분했다. 상황이 통제되기 전까지 모든 국민은 잠금장치가 있는 실내에 머무르라는 명령이 떨어진 지 한 달이 넘었고 나는 단단히 채비를 한 채 집에서 나갈 타이밍만 보고 있었다. 마침내 식수가 떨어진 것이다. 미약하게나마 물줄기가 흐르던 수도꼭지는 언제부턴가 악취가 나는 검은 물을 쏟아내더니 결국 말라버렸다. 창문으로 내려다보면 감염자들은 느릿느릿 걸어 다니거나 이따금 비감염자 하나를 쫓아 수십 명이 내달렸다. 그러나 나는 집에서 탈수증으로 죽기를 선택할 만큼 기개 넘치는 사람이 아니었다. 마트에 갔다가 감염자에게 뜯기지 않고 살아 돌아올 10퍼센트의 확률을 붙잡는 쪽이었다.

총을 움켜쥐고 천천히 1층까지 내려오자 바깥이 소란스러웠다. 빠르게 주차장 기둥 뒤에 몸을 숨기고 살피니, 소동의 진원지는 빌라 앞 찻길이었다. 파란 트레이닝복을 입은 여자의 뒷모습이 보였다. 그녀는 손에 든 장대 같은 물건으로 감염자 하나를 마구 패고 있었다. 자세히 보니 목검이었다. 뭉툭하긴 해도 꽤 단단한 검이라 내려칠 때마다 연약한 감염자의 살점이 사방으로 튀었다. 이윽고 무딘 날이 두개골을 부수자 감염자는 몸부림을 멈췄다.

비위가 좋은 사람이군. 내가 주차장 기둥 뒤에서 모습을 나타내자 여자는 반쯤 풀린 머리를 다시 묶었다. 등을 다 덮을 만큼 긴 머리카락이었다. 그녀는 감염자의 머리에 쑤셔 넣었던 검을 거두고 저만치 내팽개쳐져 있던 쓰레기봉투를 가져다가 전봇대 아래에 얌전히 놓았다. 이미 거리가 온통 쓰레기장인데도 지정된 수거 장소에 갖다 놓는 행동이 인상적이었다. 빌라 주민이었는지, 건물로 돌아온 그녀는 주차장에 있는 나를 보고 인사했다. 아까 우악스럽게 감염자를 때려잡던 사람이 맞나 싶을 만큼 산뜻한 말투였다. 그녀가 내게 몇 층에 사느냐고 물어서 5층이라고 답했다. 그녀는 자기도 5층이라며 화사하게 웃었다. 이웃이 살아 있어서 무척 반갑다며 물었다.

"그렇게만 하고 나가시게요?"

"총 있습니다."

"그럼 저보다 낫네요. 조심해서 다녀오세요."

그러곤 씩씩하게 계단을 뛰어 올라갔다. 그녀의 온몸에 흐르는 활기찬 에너지는 비현실적일 정도였다. 저 사람은 살겠구나. 그런 생각을 했다. 하지만 치료자가 된 앞집 남자를 맞닥뜨린 날 내 생각은 깨졌다. 나는 그녀의 죽음을 짐작해야 했고, 그는 자신의 사연을 털어놓음으로써 짐작을 사실로 만들었다.

"정말 모르겠다."

희뿌연 하늘에 대고 혼잣말처럼 중얼거렸다. 입에서 입김이 하얗게 피어올랐다.

편의점은 영업 중이었지만 이미 한차례 공격을 받은 듯 유리 곳곳에 금이 가 있었다. 깨진 곳은 비닐과 테이프로 겨우 막아놓았다. 계산원도 바뀌어 있었다. 얼마 전까지 앳된 여학생이었는데 지금은 푸들 같은 갈색 파마머리를 한 노부인이 카운터에 앉아 있었다. 바람이 숭숭 들어오는데도 검정 반팔을 입고 직원용 보라색 조끼만 걸치고 있었다. 어서 오시라며 일어서는 그녀의 조끼 사이로 티셔츠의 프린팅이 보였다. 'Queen'이라고 대문짝만하게 쓰인 레터링 밑에 프레디 머큐리가 주먹 쥔 손을 치켜들고 있었다. 저런 옷은 어디서 살까. 노부인이 퀸의 팬인지는 모르겠으나 그걸 보자 기분이 조금 좋아졌다. 노부인의 뒤에는 산탄총과 기관총이 골고루 담배 진열대에 기대 세워져 있었다. 인사 대신 가볍게 물었다.

"총도 팝니까?"

"아이고, 미안하지만 다 내 거야."

노부인은 호탕하게 웃으며 까랑까랑한 목소리로 대답했다. 열은 미소로 답하고 온장고에서 따뜻한 캔커피를 두 개 꺼냈다. 계산하러 카운터로 가자 바코드를 찍으며 노부인이 물었다.

"손님, 총 없나?"

"있습니다."

"잘했어. 반납할 생각 말고 꼭꼭 갖고 있어."

"반납이요?"

"지금 총기 자진 반납 기간이라고 뉴스에 나왔잖아. 좀비 사살령 폐지한다고. 말이 돼? 아직도 길거리에 저렇게 싸돌아다니는데. 제도란 게 언제나 현실이랑은 엇박자를 타게 돼 있지만 해도 너무해. 정치하는 놈들이야 경호원 여럿 두고 철옹성 같은 건물에 숨어 사니까 치료자 숫자만 믿고 설성한 거겠지."

"그렇겠죠."

카드는 무용지물이 된 지 오래라서 현금으로 결제하고 바로 나가려는데 노부인이 말을 이어가는 바람에 발이 묶였다.

"지난주에도 떼로 나타났어, 이 골목에. 그것도 하필 먼저 여기서 일하던 학생이 야간근무 설 때. 밤새 혼자 여기 갇혀 있었대. 다행히 큐어팀인지 뭔지가 와서 소탕했다는데, 그 애는 당연히 즉시 관뒀지. 그래서 내가 후임이야."

"아, 어쩐지."

"젊은 애들은 밖에 나오면 안 돼. 나 같은 늙은이나 죽든 말든 나와서 소일거리 해야지. 나 어릴 때는 무장공비가 수시로 내려와서 경찰이고 군인이고 아주 상시로 마을에 왔었어. 그때도 무진장 살벌했는데 어쩌다 세상이 또 이 꼴이 됐냔 말이야. 세상에, 그때는 무장공비라고 사체를 경찰서 마당에 전시해놓고 마을 사람들 모아다 일장 연설을 해댔어. 하여간 무식들도 하지. 내용은 다 잊어버렸지만, 그 소독약 냄새. 시체에 뿌린 소독약 냄새가 아직도 코에 남아 있다니까. 지금 돌이켜보면 진짜 무장공비였는지는 아무도 모르는 거야. 그래도 또 어린 눈에는 경찰이나 군인들이 무섭기도 하면서 멋져 보이기도 하더라고. 없는 살림에 학교도 못 가고 살다 보니 그렇게 폼나는 직업도 못 가졌는데, 이제 그냥 화끈하게 총질이나 해보고 나서 갈 거야."

"그래서 저렇게 많이 모으셨구나."

노부인의 두서없고 호방한 이야기를 듣고 있자니 응원을 보태고 싶었지만 마땅히 떠오르는 말이 없어서 웃어 보이기만 했다. 편의점을 나서기 전에 노부인에게 티셔츠가 잘 어울린다고 하자 장군 같은 태도로 일관하던 그녀는 금세 소녀처럼 입을 가리고 깔깔거리며 웃었다.

"내가 프레디 광팬이거든!"

패딩 양쪽 주머니에 캔을 하나씩 넣고 거리로 나왔다. 모퉁이까지 절반쯤 남겨둔 지점을 지날 때 뒤에서 총성이 들렸다. 돌아보니 편의점 유리가 산산조각 나고 길바닥에 유릿가루를 뒤집어쓴 감염자 두 명이 뒹굴고 있었다. 기관총과 산탄총을 어깨에 멘 노부인이 헐레벌떡 밖으로 뛰쳐나왔다. 사방을 살피던 그녀가 나를 발견하고 손을 저으며 외쳤다.

"총각, 뛰어! 이놈들 또 온다!"

그러고는 람보처럼 총을 단단히 쥐고 종종걸음으로 골목을 누비며 사라졌다.

서둘러 뒷주머니에 꽂아둔 총을 꺼내 약실을 확인했다. 세 발이 남아 있었다. 약국까지 110미터, 총알은 세 개. 잘하면 무사히 약국까지 갈 수 있을지도 몰랐다.

하지만 내 생각을 비웃듯 길모퉁이에서 중중 감염자들이 비틀거리며 나타났다.

8

천천히 뒷걸음치면서 머리를 굴렸다. 5미터 정도 더 뒤로 가면 양쪽으로 샛길이 나 있다. 담벼락과 담벼락으로 만들어진 좁은 길이었다. 다소 돌아가야 하지만 약국까지 가는 가장 빠른 루트였다. 물론 모험이다. 샛길 반대쪽에서도 감염자가 몰려온다면 꼼짝없이 갇힐 테니.

고민하고 있는 순간에도 그들은 나를 향해 다가오고 있었다. 하나는 피투성이였고, 하나는 턱이 없었으며 다른 하나는 온몸의 피부가 뜯겨져 너덜거렸다. 그 뒤로도 까맣게 그을린 것 같은 이들이 뒤따랐다. 차라리 노부인을 따라갔다면 좀 더 안전했을까?

그러나 마음을 정하기도 전에 옆 골목에서 기관총 소리가 터져 나왔고, 그 소리를 들은 감염자들이 곧장 나를 향해 소리를 지르며 뛰어왔다. 뒤돌아 달렸다. 바짝 뒤쫓아 온 숨소리에 즉흥적으로 오른쪽 샛길을 향해 방향을 틀었다. 돌이킬 수 없었다. 거칠게 그르렁대는 소리에 뒤를 봤더니 피투성이와 무턱이 좁은 샛길 입구에 뒤엉켜서 버둥대고 있었다. 그들의 몸이 벽돌에 쓸려서 잿빛 담장에 검붉은 흔적이 남았다. 아직 길 앞쪽이 비어 있었다. 좁은 길을 비집고 들어와 바짝 쫓아온 피투성이에게 한 발을 쏘고 계속 달렸다. 폐가 찢어지는 것같이 숨이 찼다. 이제 남은 총알은 두 발.

샛길 밖으로 나오자 불길한 썩은 냄새가 훅 끼쳤다. 나를 따라 나오려는 무턱에게 한 발을 더 쐈다. 사방이 고요해지고 아무것도 보이지 않는데 악취는 점점 강해졌다.

더 지체할 수도 없어서 빠른 걸음으로 골목을 벗어나는데 그러는 동안에도 별다른 징후가 보이지 않았다. 그냥 그들이 지나간 냄새인가. 이 길을 벗어나야만 약국이 있는 큰길로 나갈 수 있어서 서둘러 길모퉁이를 돌았다.

방심한 순간, 코와 눈이 흉하게 뭉그러진 얼굴이 바로 앞에서 튀어나왔다. 순식간에 달려든 감염자에게 떠밀려 바닥으로 넘어지며 총을 놓쳐버렸다. 아, 한 발 남았는데. 아스팔트 위로 리볼버가 구르는 소리와 감염자의 짐승 같은 비명이 동시에 울렸다. 끝이구나.

하지만 아무 일도 일어나지 않았다. 질끈 감았던 눈을 떠보니 감염자는 없었다. 대신 펑퍼짐한 회색 점퍼를 입은 누군가가 자동권총을 내 쪽으로 겨누고 서 있었다.

"운이 좋네요."

그 사람이 말했다. 내게 달려들었던 감염자는 바닥에 쓰러져 있고, 허물어진 얼굴에 총알 구멍 두 개가 뚫려 있었다. 내 몸에 이상이 없는지 재빨리 살폈다. 물리지 않더라도 작은 상처나 점막에 감염자의 체액이 닿으면 전염된다고 들었다. 무사하다는 것을 확인하고서야 온몸의 긴장이 풀려서 계속 주저앉아 있었다. 나를 구해준 사람이 내 총을 집어 건네주었다.

"감사합니다."

총을 받으며 올려다보니 여자였다. 어깨까지 오는 단발머리가 파란색이었다. 눈꼬리가 치켜 올라간 커다란 눈과 갸름하고 뾰족한 얼굴이 익숙한데 기억나지 않는 걸로 봐선 약국에 왔었거나 내가 아는 누군가를 닮은 것 같았다. 여자가 손을 내밀어서 붙잡고 일어났다. 지금껏 잡아본 중에 가장 차가운 손이었다. 한기가 느껴져 몸을 떨었다. 여자는 코를 훌쩍이면서 물었다.

"이 동네 사세요?"

여자의 물음에 그렇다고 답하니 그녀는 대뜸 길을 알려달라고 했다. 어디로 가냐고 했더니 뜻밖에도 내가 사는 빌라 이름을 대며 아느냐고 물었다.

"글쎄요."

정신 없는 와중에도 여자가 수상하게 느껴져서 대답을 미뤘다.

"저쪽 길로 들어가면 주택가니까 있을지도 모릅니다."

대충 손짓으로 가리켰다.

"그렇구나."

여자가 내 손이 가리키는 방향을 보며 혼잣말했다. 그쪽은 약국으로 가는 방향이기도 해서 그제야 앞집 남자가 떠올랐다.

"실례했습니다."

그를 생각하자 갑자기 다리에 힘이 들어가서 달리기 시작했다. 그는 무사할까. 근심에 가득 차 달리다 보니 어느새 약국 앞에 다다랐다. 왜 이렇게 조용한지 불길한 기분을 떨치며 유리문 앞에 멈춰 섰다.

유리 한 장을 사이에 두고 그와 나는 같은 표정을 한 채 마주했다. 그가 다급하게 유리문 잠금장치를 풀고 나를 잡아당겼다. 약국 안은 후끈했다.

"여긴 별일 없었죠?"

"네. 걱정했어요. 총소리가 나서."

"괜찮아요. 큰일은 아니었어요."

그중 두 발을 내가 쐈고 죽을 뻔했다는 말은 하지 않았다. 그가 나를 걱정해주는 것은 기뻤지만 엄살을 부리고 싶진 않았다. 주머니에 넣어둔 캔커피 두 개가 멀쩡해서 그에게 건넸다. 아직 따뜻했다. 그것을 받아 들고서 그는 속을 읽을 수 없는 미묘한 표정을 지었다. 캔을 꽉 움켜쥐어서 그의 손마디가 하얗게 변했다. 그가 말했다.

"돌아오지 않을까 봐 무서웠어요."

그토록 솔직한 감정을 듣는 건 처음이었다.

"이렇게 왔잖아요."

"같이 갈 걸 후회하다가, 그랬으면 오히려 내가 짐이 됐겠지 싶기도 하고. 왜냐하면 지금도 충분히……."

그는 말을 끝맺지 못했다. 내가 그의 이마에 아주 약한 딱밤을 놓은 탓이었다. 놀라서 토끼 눈을 뜬 그에게 "미안" 하고 사과하니 그가 나를 빤히 바라봤다.

그의 시선을 견디기가 쑥스러워서 페인트나 마저 칠하자고 화제를 돌렸다. 그때, 좀 전에 나를 구해준 파란 머리 여자가 통유리 너머에서 이쪽을 보고 있다는 걸 알아챘다.

파란 머리는 유리문을 톡톡 두드렸다. 문 쪽으로 다가가서 무슨 용건인지 물었더니 태연하게 "불 좀 쬐고 가도 되죠?" 했다. 나를 올려다보는 초점 흐린 눈빛이 마음에 걸렸지만 "그래도 제 덕에 좀비 안 됐잖아요"라는 말에 어쩔 수 없이 잠긴 문을 열었다.

약국에 들어온 파란 머리는 가벼운 목소리로 "실례합니다" 하며 난로 앞에 와서 섰다. 앞집 남자는 그녀에게 조심스럽게 인사하고 의문스러운 눈빛으로 나를 쳐다보다가 다시 페인트 롤러를 들었다. 파란 머리는 앞집 남자보다 조금 어리거나 또래일 것 같았다.

"하던 일들 하세요."

원래 자기가 이곳의 주인인 것처럼 파란 머리가 어깨를 으쓱했다.

어디서 봤더라. 동네 지리를 잘 모르는 걸 보면 약국에 왔던 사람도 아닌데 왜 익숙하지. 내가 사는 빌라는 왜 찾고 있지. 일하면서도 신경을 곤두세우고 그녀를 주시했다. 그녀는 내가 가져다준 플라스틱 의자에 다리를 꼬고 앉아서 점퍼 주머니에 두 손을 넣고 한참 동안 가만히 난로만 쬐고 있었다. 멍한 얼굴로 텅 빈 실내 이곳저곳을 둘러보다가 나를 향해 입을 열었다.

"여기 뭐, 하세요?"

"네."

"뭐 하는데요?"

"약국이요."

"어어. 누가 하시는 거예요?"

"제가요."

"어어."

무심한 추임새를 계속 뱉어대는 그녀의 말투는 지나치게 털털했다. 예의가 없다고 느껴질 만큼. 잠시 입을 다무는가 싶더니 이번엔 앞집 남자를 향해 물었다.

"그럼 그쪽은 뭐예요?"

"저는 잠깐 돕고 있어요."

앞집 남자가 표현을 신중하게 골라서 대답했다. 파란 머리는 또 질문을 퍼부었다.

“형제? 친구?”

“네, 친구요.”

“좋네. 요즘 세상에 친구.”

그녀가 말을 하면 할수록 공간 안에 갑갑함이 쌓였다.

“치료자?”

그녀가 앞집 남자에게 다시 물었다. 그녀의 무례한 태도에서는 별다른 의도가 느껴지지 않아서 더욱 불안했다. 나는 대화에서 물러나 있으면서도 언제라도 파란 머리의 입을 막을 준비를 했다. 그가 대답했다.

“네.”

“언제 그랬는데요?”

“몇 달 됐어요.”

“그래서 마스크 쓰고 있구나? 얼굴 다쳤어요?”

선불리 나서서 그를 불편하게 만들지 않으려고 잠자코 있었으나 파란 머리가 선을 넘었다.

“좀 보면 안 돼요?”

구해준 건 고맙지만 적당히 하라고 제지하려 돌아섰다. 그러나 앞집 남자는 특별히 불쾌하거나 혼란스럽지 않은 표정으로 마스크를 턱까지 내리고 파란 머리를 보고 있었다.

“됐죠?”

그는 별일 아니란 듯 다시 마스크를 올려 쓰고 묵묵히 롤러에 페인트를 묻혔다. 파란 머리도 입을 다물고 조용해졌다.

"그러는 그쪽은 이 동네에 무슨 일이 있어서 왔는데요?"

작업 구역을 옮기려고 도구를 챙기며 내가 물었다. 그러자 파란 머리 여자의 멍한 눈에 총기랄 만한 게 반짝 빛났다가 사라졌다.

"그 빌라에 언니가 살아서 찾으러 왔어요."

그 한 문장으로 파란 머리의 얼굴이 익숙했던 이유를 깨달았다. 심장이 철렁했지만 모른 체하는 것 외에 다른 수도 없어서 가장 안쪽 벽 바닥에 비닐을 깔며 그녀에게 물었다.

"연락은 됐고요?"

"통신망도 이제 막 복구됐는데 뭘. 어차피 부모님 돌아가신 뒤로 10년 가까이 연락 끊고 살아서 번호도 몰라요. 그 빌라로 이사 갔단 것만 어쩌다가 알게 됐지. 남자친구랑 같이 산다고 들었는데 본 적도 없고."

파란 머리는 툭툭 털어내듯 이야기하고 "병신"이라고 중얼거렸다. 아주 작은 목소리였는데 이상하게 가슴에 꽂혔다.

"그런데 왜 찾는 거예요?"

"죽었는지 어쨌는지는 궁금하잖아요. 그래도 하나 있는 혈육인데."

애정이라곤 전혀 느껴지지 않는 말투였다.

"죽었다면요?"

"글쎄. 복수할 수 있으면 해볼까 어쩔까."

무서운 말을 장난처럼 해서 진심인지 잘 파악이 안 됐다. 자동권총을 쓰는 걸 보면 충분히 복수를 하고도 남을 사람으로 보이지만.

파란 머리가 의자를 소리 나게 밀며 일어섰다.

"불 잘 쬐고 갑니다."

무수한 말로 공간을 온통 침수시켜놓고 그녀는 떠나갔다.

9

파란 머리가 떠난 뒤 그와 나는 서로 한마디도 하지 않았다. 머릿속은 복잡한데 단 한 줄도 말이 되어 나오지 않았다. 위로도 경고도. 묵묵히 작업을 마무리하고 도구를 정리한 뒤에 차를 타고 집으로 돌아왔다. 계단을 다 올라와서 각자의 현관문을 열 때서야 그를 겨우 붙잡을 수 있었다.

"오늘은 이쪽에서 자고 가요."

"아니에요."

"아니면 내가 그쪽으로 갈게요."

그의 침묵이 파란 머리의 정체를 알아차렸다는 뜻이고, 바닥만 내려다보는 두 눈에 진 그늘이 죄책감이라면 혼자 견디게 두고 싶지 않았다. 그의 머릿속에 들어가서 생각을 멈추게 만들 수 없다면 옆에 머물며 그를 지키고 싶었다. 한참 망설이던 그는 집 상태가 별로지만 개의치 않는다면 들어오라고 내게 문을 열어주었다.

이렇게 생겼구나. 거울에 비친 창처럼 앞집의 구조는 모든 것이

내 집과 반대로 되어 있었다. 거실엔 두 사람 정도가 누울 수 있을 만큼 큰 카펫 한 장만이 덩그러니 깔려 있었다. 헤링본 패턴으로 탄탄하게 짜인 남색 카펫이었다. 거실과 연결된 부엌에도, 손을 씻으러 들어간 화장실에도, 꼭 필요한 물건이 한 사람 분씩 놓여 있을 뿐 군더더기를 찾을 수가 없었다.

깨끗하지만 그가 여기서 어떻게 살고 있나 싶을 만큼 공기가 무거웠다.

밤이 되자 그는 싱글 사이즈 요와 온수매트가 깔린 방에 나를 밀어 넣었다. 침구가 한 벌뿐이니 자기는 거실에서 자겠다고 담요를 챙겼다. 난방이 되면 모를까, 터무니없게 느껴져서 그를 붙잡아 매트 위에 눕혔다. 그가 올려다보며 나는 어떡할 건지 묻기에 그의 옆에 나란히 누웠다. 둘 중 하나가 감기에 드는 것보단 나을 것이다.

방에 가구라고는 붙박이로 된 흰색 옷장밖에 없었다. 어둠 속에서도 옷장은 희끄무레하게 빛이 났고 침대 생활을 오래 해서 그런지 그와 누워 있는 바닥이 유난히 딱딱하게 느껴졌다.

내가 몸을 뒤척이며 돌아눕자 그가 물었다.

"낮에 그 사람이랑 무슨 일이 있으셨어요?"

"우연히 도움을 좀 받아서요."

무슨 도움이었냐고 물어서 총알을 몇 개 빌렸다고 했다.

그가 담요 속에서 꼼지락댔다. 그도 나처럼 돌아눕는가 싶었는데 "저기" 하는 목소리가 내 바로 뒤에서 아주 가깝게 들렸다. 신경이 온통 뒤통수와 등에 쏠리고 열이 올랐다.

"좀비가 되면…… 어떤 느낌인지 아세요?"

예상하지 못한 질문이었다.

"온몸 마디마디가 다 무너지는 것같이 아프다고는 들었죠."

굳이 예를 들자면 독감 몸살의 열 배쯤 된다던가. 병리적인 증상은 인이 박히게 들어 알고 있었다. 안다고 하기에는 단지 방송으로 접한 정보에 불과했지만. 그는 내 말이 맞다 하고는 기어들어가는 목소리로 속삭였다.

"몸이 아픈 것도 아픈 건데 너무 무섭고 외롭고 슬펐어요. 그래서 이 좁은 집 안을 끊임없이 걷고 또 걷고. 그래도 떨쳐지지 않았어요. 속이 타는 고통을 그만 끝내고 싶은데 죽지도 않고. 정말 너무 화가 나서 눈에 보이는 건 전부 찢어 죽이고 싶고. 나 자신까지도……."

평소에 기억나지 않는다고 한 건 거짓말인 모양이었다. 그가 말하는 단어 하나하나가 내 피부를 저미는 것 같았다.

"치료받은 뒤에 그 감정들이 사라진 줄 알았는데…… 아니었어요. 한번 뚫린 심연은 다시 안 메워지는 거였어요. 살 시내나가도 악몽이라도 꾸면 다시 풍덩 빠져서 허우적대게 되고. 많이 괜찮아졌다고 생각했는데…… 그런데도."

"그걸 혼자 버텼어요?"

"그래도 어느 순간부터는 형이 있었거든요."

그가 형이라고 부른 상대가 나라는 건 조금 뒤에 깨달았다.

"처음에는 정말로 못 견뎌서 계단에 나와 있던 건데, 나중에는 형이 나와줄 걸 알아서 거기 있었어요. 같이 있으면 다 잊히는 것 같아서. 같이 있고 싶어서."

"잘했어요."

"저는 형이 좋고, 필요해서 붙어 있는 거지만 형은 연고도 없는 사람한테 왜 이렇게까지 하세요?"

유독 정적에 잠긴 밤이었다. 바깥세상이 통째로 사라지고 이 방만 뚝 떨어져서 존재하는 것 같았다. 그의 숨소리가 들렸다. 등에 그의 손이 닿는 감촉이 느껴졌다. 내 몸을 만지는 절박한 손길 때문에 나는 내내 들고 있던 방패를 버렸다.

"사랑하나 보죠."

정말 그러고 싶지 않았지만 어쩔 수 없이 그렇게 되었다고.

그는 내 등을 끌어안고, 부디 죽지 말라고 부탁했다.

10

약국 전기공사를 신청했지만 한 달 정도 기다려야 한다는 답변이 돌아왔다. 일정이 붕 떠버렸지만 애써 다른 계획을 만들진 않았다. 남아도는 시간을 때우러 대형마트에 갔더니 벌크 포장된 탄환을 종류별로 쌓아뒀던 매대가 이젠 두루마리 휴지로 채워졌다. 건물 안팎에 총기류 자진 반납 기간과 탄환 판매 중단을 알리는 현수막이 걸려 있었는데 '무허가 총포 소지는 3년 이상 15년 이하의 징역……'이라는 문구가 빨간 글씨로 적혀 있었다. 기대만큼 회수가 안 되는 모양이었다. 당장 나만 해도 여전히 리볼버를 갖고 있었다. 지난번에 남은 한 발이 장전돼 있을 뿐이지만. 조금만 더 지니고 있다가 반납하든가 처분할 생각이었다.

돌아오는 길에 지하도 터널을 통과해 동네로 들어서는데 조수석에 던져둔 핸드폰 벨이 울렸다. 통신이 복구되어도 연락이 닿는 사람은 없었고, 공사에 필요한 업체와 통화하는 게 전부여서 이번에도 업무와 관련된 전화겠거니 하고 받았다. 교차로 신호에 걸려 멈췄다. 수화기 너머에선 아무 소리도 들리지 않았다. 누구인지 물어보려던 찰나 낮은 목소리가 말했다.

"약국에 불이 났어요."

그리고 끊겼다. 전화를 건 사람이 여자라는 것만 알 수 있을 뿐 다른 단서가 없었다. 화재를 목격한 사람치고는 침착하고 차가운 말투였다. 전기도 없는 곳에 또다시 불이 났다는 게 믿기지 않지만 꺼림칙하니까 확인하기로 했다. 집으로 가다 말고 좌회전해서 약국 골목으로 들어섰다.

연기는 전혀 보이지 않는데, 가까워질수록 탄내가 진동했다. 마침내 빨간 소방차의 뒤꽁무니가 보이고 방염복을 입은 소방대원 서너 명이 분주하게 움직이는 광경이 눈에 들어왔다. 앞집 남자와 하얗게 페인트를 칠하고 타일을 붙인 공간이 마치 꿈처럼 그을려 있었다. 그래도 첫 번째 화재만큼 충격적이진 않았다. 맥이 풀렸을 뿐.

깨진 유리 벽 앞에 경찰 두 명이 서 있었다. 차를 세우고 경찰들에게 내가 여기 주인인데 어떻게 된 거냐고 물었더니, 그들은 안 그래도 연락을 하려던 참이었다고 말했다.

"방화 같아요."

경찰이 약국 바닥에 액체가 흐른 흔적을 가리키며 말했다. 그리고 바로 앞에서 찾았다며 지퍼백에 담겨 있는 찌그러진 시너 통을 보여줬다. 시커멓게 탔지만 그 모양을 유지하고 있는 오방난로에 눈길이 닿았다. 안에 있던 유일한 물건이었다.

간판도 없는데 전화를 건 이는 여기가 약국인 걸 어떻게 알았을까.

경찰이 내게 어디 가느냐고 물었지만, 곧장 차로 돌아가서 시동을 걸었다.

10-1

남자는 거실 바닥에 엎드려 있었다. 등 뒤에서 여자가 박스 테이프를 뜯는 소리가 났지만 벗어나야겠다는 생각은 들지 않았다. 짙은 푸른색 카펫에 살 없는 뺨을 대고, 보풀처럼 일어난 카펫의 섬유를 보고 있었다.

'역시 싸구려야.'

치료자 병동에서 퇴원한 직후에 사서 깔았으니까 오래되지 않았는데도 벌써 그랬다. 상관없다. 마루에 스며든 핏자국을 가리는 것 외에 다른 용도는 없었으니까.

파란 머리 여자는 남자의 손을 등 뒤로 모으고 테이프로 칭칭 둘렀다. 이골 난 업무를 해치우듯 무심한 얼굴이었다. 감기에 걸렸는지 코를 훌쩍이면서 그녀는 어기적 어기적 남자의 다리 쪽으로 이동했다.

“묶을 필요 없어.”

남자가 말했다. 수고를 덜어주고 싶어서가 아니라 도망치지 않으리란 걸 확실히 하고 싶어서다. 여자가 대답했다.

“난 그냥, 묶는 게 좋아. 그게 내 스타일이거든. 그리고 난 여자고 넌 남잔데, 네가 달려들면 난 꼼짝 못 할 거 아냐. 대비는 해야지.”

그런 일은 없겠지만 일리는 있다고 남자는 생각했다.

5분 전에 남자는 초인종 소리를 듣고 문을 열었다. 앞집 약사가 왔으리라 예상했지만, 문틈으로 햇빛을 반사하는 새파란 머리카락을 보고서 자신의 끝을 직감했다. 그녀가 불을 쬐겠다며 약국에 들어온 순간, 죽은 여자친구와 꼭 닮은 얼굴을 마주할 때부터 이미 예상했던 일이다. 하지만 이렇게 예고장을 날리고 차분히 찾아오는 죽음도 있다는 사실에 남자는 도리어 안심했다. 잔익하게 굴던 운명에도 일말의 친절은 있나 보다. 현관문 사이로 멍한 눈이 남자를 올려다보며 말했다.

“찾았다.”

이야기를 좀 하자며 여자는 다 열리지도 않은 문 사이로 총부리를 밀어 넣었다. 곧이어 총구가 남자를 향했다.

“야, 언니 네가 죽였지?”

이미 답을 알고 온 여자의 목소리엔 어떤 감정도 없었다. 남자가 현관 문고리를 잡은 손을 풀었다. 여자는 들어오자마자 남자에게 바닥에 엎드리라 지시했고 그는 순순히 따랐다.

마침내 남자의 두 손과 다리를 모두 묶은 여자는 신경질적으로 코를 들이마시고 바닥에 내려뒀던 총을 집어 들었다.

"네 친구가 오려나?"

약사를 말하는 것 같았다. 남자가 근심하기 시작할 때 여자는 태연하게 말을 이었다.

"근데 그 아저씨, 약국인지 뭔지 잿더미가 돼서 지금 정신없을 거야."

그러니 친구가 와서 구해주리란 희망일랑 갖지 말라고 했다. 여태 덤덤하던 남자는 약국을 태웠다는 그녀의 고백에 당황했다.

"그 사람은 상관없잖아. 놔둬."

"유인만 한 거야. 놔둘지 말지는 내가 결정할 테니까 명령하지 마. 너랑 붙어 다니는 거 보면 그 아저씨도 제정신 아닌 것 같은데."

"그 사람은 놔두라고."

"웃긴다, 너. 여자친구 잡아먹은 놈이 생판 남은 더럽게 챙기네."

함부로 말하지 말라고 반박할 수도 있었을 텐데 남자는 아무런 대답도 하지 않았다. '잡아먹은'이라는 표현이 그의 깊숙한 곳에 있는 심연을 건드렸다. 얼굴을 대고 있는 카펫을 뚫고 비릿한 피 냄새가 진동하는 듯한 착각에 빠졌다.

"내 말이 맞지? 조용해졌네."

여자가 어린아이를 다그치듯 말하고는 남자의 옆구리에 두 손을 넣고 그의 몸을 뒤집었다. 묶인 두 팔이 불편했지만 어쨌든 남자는 똑바로 누워서 여자를 쳐다볼 수 있게 됐다. 남자는 여자의 얼굴을 찬찬히 관찰했다. 이제는 만날 수 없는 그 사람과 닮은 부분을 발견할 때마다 사무치게 반가웠다.

여자가 남자의 옆에 쪼그리고 앉아서 총구로 남자의 왼뺨을 지그시 눌러 얼굴을 돌렸다. 이번엔 살점이 떨어져 나간 볼 사이로 드러난 어금니를 총구로 툭툭 쳤다. 남자는 경직되어 있는데 여자는 충분히 여유를 즐길 생각인 듯했다. 여자가 차분한 목소리로 물었다.

"나 알아봤지? 그런데 왜 모른 척했어?"

"거기선 소란 피우기 싫었거든."

"역시나 더럽게 모순적이고, 침착하고, 수동적이군."

"원래 죽음 앞에선 다 그렇지 않아?"

남자의 대답에 여자는 한숨을 내쉬고는 곧 미소를 지었다.

"다른 놈들에 비해 너무 차분해서 개운치가 않긴 하지만, 이것도 나름 괜찮네."

남자의 명치끝이 서늘해졌다. 여태 이것이 가족을 잃은 것에 대한 복수극이라고만 생각했는데 여자의 말에서 다른 의도가 느껴졌다. 그제야 어떤 생각이 남자의 머리를 스쳤다. 어둠 속에서 자신을 내려다보는 번뜩이는 눈을 응시하며 남자가 말했다.

"너, 디케구나."

여자는 대수롭지 않다는 듯 어깨를 으쓱했다.

"얼마나 좋은 세상이니. 보기 싫은 놈들을 다 쏴버려도 된다는 게.

특히 사람을 잡아먹었는데도 나라에서 치료해주고 면죄부까지 줘서 뻔뻔하게 고개 쳐들고 다니는 놈들."

"애초에 언니가 죽은 건 별 상관없었지?"

남자가 한 말에 자극되었는지 여자는 눈살을 찌푸렸다.

"왜 그렇게 생각해?"

"서로 아주 지긋지긋했다며. 부모님이 돌아가신 뒤로는 언니랑 마주치기만 하면 입에 못 담을 욕까지 해대고. 그러다가 네가 다 뒤집어엎고 떠났다던데. 그래놓고 복수 운운하는 건 이상하잖아."

"그년이 아니었으면 엄마 아빠가 죽지도 않았을 텐데, 이 얘긴 안 하디? 학원 다니는 게 뭐 대수라고 저녁마다 부모가 차로 데리러 오게 해서 빗길에 구르게 만들고 지랄이냐. 욕먹을 짓 한 거야. 그리고 아무리 싫어도 일말의 정은 있었어. 그러니까 구질구질하게 SNS까지 뒤져서 어디 사는지 알아냈지. 살아 있으면 그냥 인사나 하고 갈랬는데 널 보니까 이미 죽었구나 싶더라."

하여간 겸사겸사 잘됐다고 여자가 중얼거렸다. 남자는 무엇이 잘됐다는 건지 묻지 않고 가만히 여자를 노려보기만 했다. 그녀는 팔을 들어 기지개를 쭉 켜더니 상쾌해진 얼굴로 덧붙였다.

"이놈 저놈 다 겪어봤는데, 나랑 사연 있는 놈 죽이는 게 가장 재밌더라고."

결국 그거라니. 자신의 죽음마저 타인의 놀잇감이라니. 남자는 문득 허탈해졌다.

여자가 무릎을 짚고 일어섰다. 팔을 조금 들어 총구가 남자의 다리를 향하게 했다. 머리부터 쏘는 건 재미가 없어서, 밑에서부터 차근차근 올라갈 것이라고 친절하게 안내까지 한 다음 너그러운 목소리로 말했다.

"그리고 꼭 받고 싶은 건 아니지만…… 나도 피해 유족이잖아? 사과할 기회는 지금 줄게."

남자는 고개를 저었다.

"디케한테는 안 해."

여자의 눈빛이 번쩍이고 입꼬리 한쪽이 꿈틀거리며 올라갔다.

"좋아. 그러면 사죄는 당사자한테나 하셔."

"네가 안 시켜도 해."

장전하는 소리가 났다.

그때 현관문이 활짝 열렸다. 약사였다. 상황을 살피는 약사는 남자만큼이나 당혹스러운 얼굴이었다. 약사의 손에 리볼버가 들려 있었다. 여자가 손으로 머리를 헝클어뜨리며 꺼지라고 고함을 질렀다. 약사의 표정이 서늘하게 굳었다. 여자가 남자를 향해 곧장 총구를 겨눴다.

여자가 방아쇠를 당기려는 순간 총성이 울렸다. 남색 카펫 위에 폭발하듯이 피가 흩뿌려졌다. 남자는 떨면서 고개를 들어 카펫에 쓰러진 여자를 바라봤다. 여자의 파란 머리카락 사이사이로 피가 강줄기처럼 흘렀다. 믿기지 않는 눈으로 남자가 약사를 올려다봤다.

약실이 텅 빈 리볼버를 들고서, 창백한 얼굴이었다.

11

종일 비가 오다 말다를 반복했다. 오후가 되어도 딱히 약국에 들어오는 손님이 없어서 데스크 안에 앉아 멍하니 바깥만 내다봤다. 늦은 봄비에 전부 떨어진 하얀 꽃잎이 유리 벽에 점점이 붙었다. 인도엔 핏자국 하나 없었다. 국내 감염자 완치율이 80퍼센트를 넘겼다고 했다. 노란 어린이집 가방을 멘 아이가 엄마 손을 꼭 잡고 빗물 웅덩이를 밟으며 걸어갔다. 차가 도로를 쌩하니 지날 때마다 비에 젖은 꽃잎 뭉치가 투명하게 짓눌렸다. 꽃 냄새가 날 것 같았다.

앞집 남자도 이 풍경을 보고 있다면 돌아온 일상이 조금은 반가울까 아니면 여전히 야속하게 느껴질까, 하고 생각했다.

그날 이후로 본 지가 너무 오래됐다.

파란 머리가 쓰러지자마자 곧장 앞집 남자의 손과 발에 감긴 테이프를 뜯어냈다. 뒤늦게 파란 머리의 상태를 확인했지만 무의미했다. 끝내 감염자도 아닌 살아 있는 사람을 죽였는데 심각하게 느껴지지 않았다. 결국 나도 이전과는 다른 사람이 되어버린 건지. 미친 세상에서 꾸역꾸역 살아보겠다고 똑같이 미쳐버린 건지.

충격받은 건 오히려 그였다.

"왜 이렇게까지 하세요?"

망연한 눈빛으로 올려다보며 그가 물었다. 이전에 했던 것과 같은 질문인데 다르게 들렸다. 나를 책망하는 것 같았다. 입을 열었지만 변명은 나오지 않았다. 그가 다시 물었다.

"저 때문에 또 다른 누군가를 죽여야 한다면 그렇게 할 건가요?"

"……."

"저 때문에 형이 죽어야 한다면, 기꺼이 죽을 건가요?"

그의 눈시울이 붉어졌다. 나는 입을 굳게 다물었다. 그의 말이 맞다. 그럴 것이다. 나는 그렇게까지 하는 사람이니까. 그는 내가 그렇게까지 하고 싶게 만드니까. 그는 내 침묵을 알아듣고 단호하게 말했다.

"이제 확실히 알겠어요. 내가 없어야 한다는 걸."

어느덧 나는 너의 위성이 되었다고 말할 걸 그랬다. 행성을 잃은 위성이 어떻게 되는지 아느냐고 물어볼 걸 그랬다.

내가 말하지 않고 묻지 않았기 때문에 그는 돌아섰다. 다신 보지 않으려는 듯 나를 피했다. 한 번이라도 우연처럼 마주치고 싶어서 그가 하던 것처럼 계단에 앉아 기다려봤지만 소용없었다. 내가 할 수 있는 일은 거실에 앉아서 현관문 밖에서 나는 기척에 귀를 기울이는 것뿐.

며칠씩 그의 기척이 느껴지지 않는 날에는 뉴스에서 들리는 치료자의 자살이나 혐오 범죄 소식을 꼼꼼히 살폈다. 피해자의 인적사항이 그와 다르다는 것을 확인할 때마다 안도했다. 안도하고는 부끄러워졌다. 무엇이 다행이란 말인가. 나라에서는 치료자에 대한 혐오 범죄를 강력하게 처벌하겠다고 했으나 폭력은 뿌리가 끊어지지 않는 식물처럼 어디서든 다시 자라났다. 세상은 모든 위험이 종식되었다고 선언했지만 여전히 길 어디서 총알이 날아들지 모르는 삶을 사는 기분을 내가 감히 이해할 수 있을까. 이런 내가 그를 위해서랍시고 했던 수많은 일들이 그를 지치게 했을까 봐 괴로웠다.

구름이 걷히고 햇살이 비쳤다. 바람이 많이 부는지 유리에 붙어 있던 꽃잎들이 하나둘씩 떨어져서 날아갔다. 누군가가 약국 문을 열었다.

"어서 오세요."

햇살과 함께 방문한 오늘의 첫 손님을 맞으려고 의자에서 일어나다가 멈췄다.

그는 입구에서 비닐로 된 장우산을 말아 접고 성큼성큼 들어왔다. 나를 보고 마스크를 턱까지 내렸다. 상처는 어찌할 수 없겠지만 혈색이 돌아와서 보기 좋았다. 그는 실내를 둘러보며 인테리어가 잘됐다고 칭찬을 건네고 어색하게 미소 지었다. 잘 지냈냐고 묻자 그는 고개를 끄덕이곤 인사를 하러 들렀다고 했다.

"무슨 인사요?"

"곧 이사 가거든요. 월세가 싼 곳으로."

아주 떠나는구나. 듣자마자 마음 한구석이 텅 빈 것 같았지만 "잘됐네요" 하며 고개를 끄덕이는 것밖에 하지 못했다. 그는 계속 일자리를 찾고 있지만 잘되지 않는다고 했다. 사람과 대면하는 직종은 외상이 없는 치료자만 지원하도록 서류부터 아예 막혀 있고, 웬만한 아르바이트도 면접에서 떨어진다고. 오늘은 지자체에서 지원하는 치료자 심리상담이 있어서 가는 길이라고 했다.

준비한 대사를 읊듯이 근황을 전하던 그가 일순간 조용해졌다. 잠자코 기다리자 그가 고백하듯 말했다.

"사실 이 근처에 자주 왔었어요."

매번 길 건너편에 서서 약국 안을 한참 들여다보다 갔노라고 그는 털어놓았다. 나를 보고 있으면 자기도 혼자가 아닌 기분이 들어서 이 앞에 오면 자꾸만 걸음이 느려졌다고 말하고는 웃었다. 자기는 나처럼 강하지 않아서 조용히 떠나자는 다짐도 못 지키고 이곳에 섰다고 쓸쓸하게 웃었다.

"보니까 좋네요."

이토록 작은 고백에도 가슴에 빛이 스미는 듯했다. 나는 여전히 그의 중력에 붙잡혀 있었다.

그는 우산 끝으로 바닥 타일의 줄눈을 따라 그렸다. 이윽고 툭 멈추고 데스크에 우산 손잡이를 기대어 세웠다. 여전히 바닥만 내려다보는 그를 기다리다가 먼저 말했다.

"너무 멀리 가는 거 아니면 가끔 들러요."

"그래도 될까요?"

"뭐, 이사 간 동네 약국이 형편없을 수도 있잖아요."

"저 때문에 형이 계속해서 안 해도 될 일을 하고 안 겪어도 될 일을 겪으면요?"

"……그게 내 업장인가 보죠."

11-1

마스크를 쓴 남자가 약국에서 나왔다. 버스 정류장은 약국 바로 앞에 있었다. 덕분에 약사는 데스크 안에서 남자의 뒷모습을 볼 수 있었다. 뒤통수가 여전히 동그랗군. 언젠가 남자의 머리를 만졌던 기억을 되짚었다. 어릴 때 누군가가 아주 정성스레 고개를 돌려 눕혀주었으리라 짐작했었다.

무심코 시선을 돌린 곳에 남자가 놓고 간 우산이 기대어 있었다. 이걸 핑계로 다시 만나면 그럴듯하지 않을까 속이 빤히 보이는 생각을 하다가 이내 지웠다. 오늘 남자가 돌아가는 길에 다시 비가 올 수 있으니까 나가서 전해주자고 마음먹고 일어섰다.

이어폰을 끼고 있는 그의 등 뒤로 약사가 다가가는데, 반대 차선에서 오토바이 한 대가 달려왔다. 운전자는 검게 코팅된 헬멧을 쓰고 있었다. 앞 건물 때문에 드리워진 그림자 밖으로 나간 약사는 햇살에 눈을 찌푸렸다. 가늘게 뜬 눈 사이로 오토바이 운전자가 등 뒤에서 뭔가를 꺼내 드는 것이 보였다. 시커멓고 길쭉했다. 정류장에서 10미터도 떨어지지 않은 곳까지 오토바이가 오고서야 약사는 운전자가 들고 있는 것이 소총이라는 걸 발견했다.

남자는 버스가 오는 쪽만 바라보고 있었다. 약사가 달려가서 남자의 왼팔을 붙잡아 당기자 남자의 몸이 뒤로 젖혀졌다. 약사가 자신의 몸으로 남자의 앞을 가렸다. 남자는 무슨 상황인지 몰라 혼란스러운 얼굴이었다. 두려움이 차오르는 남자의 두 눈에 약사가 시선을 맞추는 그때 총성이 연달아 터졌다.

오토바이는 빠르게 정류장을 지나 도로 끝 사거리에서 우회전해서 사라졌다. 약사는 자신이 붙들고 있는 남자가 무사한지 위아래로 살폈다. 멀쩡했다. 안심하는 찰나 남자와 시선을 맞추는데 문득 눈에 뭔가가 흘러들어와 따가웠다. 눈을 감자 어지러웠다. 어지러움을 떨치려고 하는데 뒤통수에 단단한 아스팔트가 닿았다. 일어나야 한다고 생각했지만, 몸이 사라진 것처럼 아무런 감각이 느껴지지 않았다. 머리에서 쏟아지는 피로 흰 가운이 온통 검붉게 물들었다.

"이제 됐어."

그렇게 말하는 목소리가 귓가에 들렸는데 마지막으로 사귀었던 애인의 목소리 같기도 하고 자신의 목소리 같기도 했다. '그런 것 같네.' 다소 허무하긴 하지만 약사는 겸허하게 받아들였다. 마지막으로 남자의 얼굴을 보고 싶었지만, 세상에서 해야 할 일이 끝나서 그런지 아무것도 보이지 않았다.

다시 지금

운전석에 앉아 있던 남자는 상념을 떨치고 약사의 차를 운전해서 큰길로 나갔다. 불이 꺼진 약국 앞을 지날 때 유리문 손잡이에 온갖 전단지가 지저분하게 끼워져 있는 것을 보고 잠시 차를 세웠다. 전단지와 바닥에 떨어진 대출 명함 따위를 모두 주워서 정류장 쓰레기통에 넣었다. 아직도 정류장 바닥에 거뭇거뭇한 핏자국이 남아 있었다. 벽돌 사이사이 스며들어서 며칠 비가 내렸음에도 사라지지 않았다. 남자는 다시 차에 타서 출발했다. 특별히 생각나는 곳은 없었다. 여행을 다닐 여유도 없이 살아서 그렇게 많은 곳을 가보지도 못했으니까.

"……나도 여행을 좋아하지 않아서 잘 모르지만 거기가 괜찮았어요. 속초랑 고성 사이에 있는 해수욕장인데 여름에도 사람이 많지 않아서 산책하기 좋더라고요. 휴가철 끝물이라 그랬겠지만. 아무튼 밤에 모래사장으로 나가서 바다를 보니까 정말 새카매서 묘하더라고. 어디가 하늘이고 바다인지도 모르겠고."

언젠가 약사가 했던 말이 생각나서 무작정 속초에 있는 해수욕장 하나를 내비게이션에 목적지로 입력했다.

오래오래 달렸다. 인적 없는 셀프 주유소에 들르기도 하고 적막한 산간 도로의 졸음쉼터에 잠시 서서 바리케이드 쳐진 절벽 아래를 내려다보기도 했다. 그러다가도 곧 차로 돌아와서 유골함이 잘 있는지 살폈다. 한 치 앞도 보이지 않는 밤이 되어서야 내비게이션 화면에 목적지 깃발이 보였다. 황량한 펜션촌을 통과해서 유리창이 다 깨진 어느 슈퍼마켓 앞에 차를 댔다. 시동을 끄자 찰박거리는 파도 소리가 들려왔다. 남자는 가만히 그 소리를 듣고 있다가 차에서 내렸다. 봄이 되어도 바람이 찼다. 뒷좌석에서 코트를 챙겨 입고 조수석 문을 열었다. 나무 상자에 채워둔 안전벨트를 풀고 조심스럽게 들어 올렸다. 무겁지도 않고 두 손에 쏙 들어오는 크기였다.

차갑고 무심한 얼굴로 따뜻한 손을 내밀어주던 사람이었다.

"감염자가 더 줄어들면 같이 차 타고 멀리 나갑시다. 길이 뻥뻥 뚫려서 다니기 좋겠던데."

남자는 그가 했던 약속을 지키러 왔다.

끊임없이 밀려오는 파도 소리를 들으며 남자는 모래 위를 걸었다. 소금기 어린 해풍을 맞은 모래는 물가로 갈수록 단단했다. 약사의 말대로 어디가 물이고 어디가 하늘인지 보이지 않는 거대한 어둠이 눈앞에 있었다. 깊은 물이 철썩이는 소리만 들려올 뿐이었다. 심연이구나. 눈으로 보면 이렇게 생겼구나. 남자는 희끄무레한 거품이 보이는 곳에서 걸음을 멈췄다. 광활한 공간이 자신을 빨아들이는 것 같았다.

남자는 무엇을 더 어떻게 해야 할지 몰랐고, 그러므로 멈춰서 모래밭 위에 앉았다. 다리를 다 펴지 않고 앉아서 나무 상자가 그의 가슴과 무릎 사이에 꼭 맞게 들어왔다. 상자를 열고 유골함을 꺼냈다. 차가웠다. 점점 세차게 내리치는 파랑의 소리에 압도된 채, 눈을 감고 손끝에서 느껴지는 유골함의 서늘하고 매끈한 감촉에 집중했다. 남자가 부서진 마음으로도 충분히 살아낼 수 있게 붙잡아주었던 단 한 사람. "죽지 말아요." 부탁하며 끌어안았던 몸이 그 안에 있었다. 그가 말했었다.

"……그렇게 약속해주고 싶지만 허망한 소리는 안 하려고요. 대신 싫다고 하지 않는다면, 내 마지막의 마지막까지 같이 있을게요. 어때요? 이제 괜찮아요?"

남자는 눈을 감은 채 머릿속에서 들려오는 목소리에 대답했다.

"네, 이제 됐어요."

이렇게 손에 잡힐 정도로 작아져버린 뒤에도 그는 자기 말을 지키느라 여전히 남자의 품 안에 머무르고 있었다.

남자는 몸을 숙여 살이 없는 뺨을 유골함 위에 대고 속삭였다.

"이렇게라도 계속 있어줘요."

대답이 없는 작은 함을 끌어안고 울었다.

여보, 계
(Hey, chicken!)

0. 그믐

—하으…….

금 간 액정 너머 홍 대표의 말이 끝나기를 기다리며 준규가 궁색한 숨을 포옥 쉬었다. 콧바람이 책상 위 담뱃갑에 꽂힌 빨간색 9자 모양 초를 흔들었고, 어둑한 방 안에 그림자가 잠시 일렁였다.

촛농이 떨어지는 초를 준규가 바로 잡아 세웠다. 이것마저 꺼지면 방 안은 암흑일 터였다. 가로등이 켜진 바깥이 준규의 방보다 밝아 보였다. 차라리 세상 빛이란 빛은 다 꺼져버렸으면. 준규는 생각했다.

너저분한 책상 맞은편엔 유리 대신 종이 상자를 청테이프로 고정시켜 막은 창의 틈이 붕 떠 있었다. 길고양이가 거기로 들락거렸는지 창틈은 그새 더 벌어져 있었다. 준규는 딱히 알고 싶지 않은 개인사를 늘어놓는 홍 대표 말을 듣는 둥 마는 둥 종이 상자 모서리에 붙인 청테이프를 손끝으로 눌러 문질렀다. 진작 접착력을 잃은 청테이프가 책상 위로 힘없이 떨어졌다.

뜬금없이 홍 대표가 법룡의 안부를 물었다.

—예? 누구요?

할 말이 끊어지면 아무 말이나 막 던지는 홍 대표의 버릇이다. 법룡이 놈 이름을 듣는 것만으로도 준규는 돌 때 먹은 송편이 올라오는 듯 심사가 뒤틀렸다.

—에이, 걔하고는 이제 일 안 하죠. 예? 하 참, 친하다고 누가 그래요? 콤비는 무슨……. 걔하고 끝난 지 오래됐어요.

지금 준규에게 중요한 건, 영화판 대표 잉여이자 숙적인 여법룡 따위가 아니었다.

전기가 끊어진 준규의 어두운 옥탑방 안은 모든 게 궁색해 보였다. 그중에서도 가장 궁색해 보이는 건, 시든 준규의 꼬라지였다. 궁색한 9자 모양 생일 촛불이 일렁대는 궁색한 책상에 앉은 준규는 궁색한 후드 차림으로 궁색한 의자에 앉아 궁색한 핸드폰으로 궁색한 영화사 홍 대표와 궁색한 통화를 하고 있었다.

—아뇨. 딱 뭐, 그…… 돈 때문이라기보담은, 그냥 어떻게 지내시나 싶어서……. 제 목소리가요? 피곤한 건 아닌데, 며칠 누굴 좀 간호하느라…….

준규의 궁색한 책상 위엔 배 터진 궁색한 돼지 저금통과 못에 걸린 궁색한 KF94 마스크가 궁색한 촛불에 궁색한 그림자를 늘였다 줄였다 하고 있었다.

홍 대표가 뭐라 묻자 준규는 궁색한 얼굴로 등 뒤 궁색한 방석을 돌아보며 말했다.

—있어요, 우주에 유일한 제 팬.

늙고 병든 푸들 한 마리가 방석 위에서 가쁜 숨을 몰아쉬고 있었다.

푸들을 안타깝게 바라보던 준규는 다시 앞으로 몸을 돌렸다. 헐떡이는 늙은 개를 보기 힘들었다. 꽉 막힌 종이 창 위로 때 낀 손톱 같은 거뭇한 그믐달이 떠 있었다.

—대표님, 그러면 뭐, 제 시나리오만이라도 팔 수 있으면…….

하던 준규가 금세 표정과 말을 바꿨다.

—아니다, 연출은 제가 해야죠. 그럼요. 그래서 죽자고 쓴 건데. 감독은 당연히 제가 하죠. 뭐, 저보다 나은 감독이 있으면야. 아뇨, 봉준호급이면 기꺼이, 제가 양보하겠다, 이거죠. 참, 대표님, 좀 궁색한 말이긴 한데요…….

돈 한 푼이 아쉬운 준규는 홍 대표에게 당장 얼마라도 얻어낼 심산이었다. 하지만 구구절절 제 말만 늘어놓던 홍 대표는 돈 얘기가 나오자마자 먹고 죽으려 해도 돈이 없다며 단길에 전화를 끊었다.

곧이어 전화기에 띵동, 신호가 울렸다. 통화 데이터를 다 썼다는 메시지였다. 기둥뿌리를 무너뜨릴 듯 깊은 한숨을 뿜던 준규가 푸들을 보고 놀라 몸을 던졌다. 종일 헐떡이던 푸들의 숨이 멎어 있었다.

—아롱아!

그렇게 아롱이가 죽었다.

늙고, 하얗고, 조그만 토이푸들. 우주에 유일하던 준규의 편이자 팬.

1. 아롱이

아롱이는 일주일 전부터 죽음의 징조를 보였다. 누워 움직이지 못했다. 비상금과 저금통까지 탈탈 털어 아롱이를 데려간 동물병원의 원장 말에 따르면 '노환'이었다. 갈라파고스 도마뱀처럼 생긴 원장은 일단 비싼 검사를 하고 비싼 주사부터 놓곤 이렇게 말했다.

—마음의 준비를 하셔야 할 것 같습니다.

준규는 주인집 화단에서 몰래 뽑아 온 장난감 꽃삽으로 야산에 아롱이의 무덤을 파며 툭, 뱉었다.

—씨발, 돈 쓰기 전에 말할 것이지.

준규는 땅에서 돌을 골라내며 굳은 채 누운 아롱이를 잠시 내려다봤다.

—18년을 살았으니, 너도 개로서는 호상이다.

아롱이는 처음부터 준규의 개는 아니었다. 재작년 겨울, 애인이었던 윤정이 미국에 이민 가면서 맡겼다. 윤정은 떠나기 전 아롱이를 붙들고는 헤어지기 싫다고 울며불며 콧물 방울을 터뜨렸다.

연락이 끊기고, 이듬해에야 그녀가 미국이 아닌 분당에 세무사와 신접살림을 차렸다는 것을 알았다. 준규는 당장 분당으로 달려가 그녀에게 아롱이를 던져주고 빰을 날리고 싶었으나 한편으로는 이해도 되었다.

준규는 '통계에도 잡히지 않는 실업자', 영화감독이었다.

말이 영화감독이지 영화판에서 버티고 버티다 8년 만에 어렵게 영화 한 편을 찍었을 뿐이다. 영화사는 순진한 입봉 감독의 손발을 묶고 자기들 멋대로 현장을 휘두른 뒤, 너덜너덜해진 영화를 극장에 걸었다. 그래도 개봉이랍시고 여기저기 홍보를 나가고 매스컴도 탔다. 그때 윤정을 만났다.

준규는 윤정과 5년을 사귀었다. 사귀는 동안 준규는 그녀에게 '그 흔한 옷 한 벌 못 해주고, 그녀의 생일날 따뜻한 밥 한번 못 사주고, 그녀가 좋아한 장미꽃 한 송이조차 건네준' 적 없었다. 첫 영화에 흥행 참패한 감독에게 두 번째 기회는 쉽게 주어지지 않았다. 기회를 얻지 못한 영화감독은 움츠림 대신 뻔뻔함으로 속을 숨기는 법이다.

—예술이란 게 원래 그래. 특히 영화감독은 상위 0.001프로만 애인에게 옷 사주고, 밥 사주고, 꽃 사줄 수 있는 거거든.

이따위 한물간 노래 가사로 준규는 그녀를 웃겼지만, 3년째부터는 그녀도 웃지 않았다.

이후에 두 번 더 영화를 찍을 기회가 있었다. 그런데, 이번엔 코로나가 터졌다.

이 염병할 범국제적 역병은 가혹했고, 영화판 전체를 꽁꽁 얼려버렸다. 그 덕분에 그녀는 준규가 백 년을 벌어도 닿을 수 없는 머나먼 분당 40평대 아파트로 날아갔다. 늙고 병든 푸들 한 마리만을 준규에게 남긴 채.

윤정과 헤어지고 늙은 아롱이를 품에 안고 오던 날, 시나리오 쓰는 법룡이 자식은, 개 나이 열여섯이면 사람 나이로 구십이 넘는다며 배를 잡고 웃었다.

파놓은 땅에 궁색한 방석을 깔고, 그 위에 죽은 아롱이를 누이며 중얼거리던 준규의 입술과 광대가 막대 아이스크림을 한입 빼앗긴 아이 표정으로 씰룩거렸다.

—그래, 내가, 그런 연로하신 개님을, 여태 봉양하고 살았다, 이, 내가.

목줄과 강아지 간식을 품에 안은 아롱이의 몸 위에 흙을 덮으며 준규는 끝내 울음을 터뜨렸다. 못내 서러웠다.

—그래도 넌 이렇게 누가 묻어주기라도 하지……. 누가 묻어주기라도 하지…….

진행하던 영화 계약이 코로나로 멈춘 날, 윤정이 미국이 아닌 분당에 살고 있다는 걸 알게 된 그날, 준규는 아롱이마저 죽는다면 자신도 죽겠다고 스스로 결심했었다. 아롱이 무덤이 완성되면 이제 자신과의 그 약속을 지킬 차례였다.

준규는 악문 이로 실룩샐룩 울음을 씹으며 흙을 덮고 동그랗게 봉분을 만들었다. 그리고 네임펜으로 아롱이 이름을 새긴 조그만 십자가를 무덤 앞에 꽂고는 자리에서 일어섰다.

—오냐, 이제 내가 죽을 차례다.

우르릉. 멀리서 먹구름이 울었다. 비가 오려는지 바람이 덥고 눅눅했다. 상관없었다. 곧 죽을 거니까. 자, 어떻게 죽어줄까. 산에서 내려온 준규는 10년째 풀지 못한 이 비극적 시나리오의 반전 없는 엔딩을 풀려 애를 썼다.

목을 맨다? 약을 먹는다? 투신한다? 욕조에 몸을 담그고 손목을 긋는다? 백합 천 송이를 방에 두고 잠들면 그렇게 행복하게 죽는다던데…….

막상 그날이 닥치니 죽을 방법을 정하지 못했다. 목을 매거나 투신하는 것은 어마어마한 담력이 필요했고, 욕조가 그나마 안락하게 느껴졌지만, 준규의 옥탑 자취방에 욕조 따위는 없었다. 백합 천 송이는, 당연히 그걸 살 만한 거액이 없었다. 결국, 약을 먹는 것으로 가닥을 잡았다.

약국 앞에 멈춘 준규가 지갑을 꺼내 펼쳤다. 꽝 맞은 로또 쪼가리와 구겨진 천 원짜리 두 장이 준규 얼굴을 보곤 비명을 지르며 구석으로 숨었다. 이걸로 죽을 만큼의 약을 사기는 힘들어 보였다. 그렇다고, 아무 약이나 2천 원어치만 주세요, 먹고 콱 죽어버리게, 라고 약사를 설득할 수도 없었다.

—일단, 유서를 쓰자. 그래, 그게 순서다. 내 모든 장기는 기증하겠다고 쓰고, 남은 재산은…….

중얼대며 지갑을 도로 뒷주머니에 꽂고 돌아서던 준규가 우뚝 멈췄다.

삐약.

어디선가 병아리 소리가 들렸다. 삐약. 삐약. 삐약.

쪼그라든 우엉조림처럼 늙수그레한 남자가 파라솔 밑에서 병아리를 팔고 있었다. 점점이 구멍을 낸 죠리퐁 박스에 담긴 병아리들은 온몸에 파랑과 노랑, 분홍빛 형광색을 빛내며 삐약대고 있었다. 요즘도 저런 걸 파는구나.

주변에는 아이들도 없었다. 구경꾼이라곤 준규뿐이었다. 상자 속에서 죽음을 기다리며 졸고 있거나, 아니면 살기 위해 어떻게 해서든 밖으로 나가려 발악하는 그것들이 마치 준규 자신 같았다. 우엉조림이 준규를 보고 배시시 쪼개며 다가왔다.

—이뿌지예? 고마 500원에 한 마리 가져가이소. 천 원에 세 마리.

준규는 초등학교 때 교문 앞 가판에서 파는 병아리를 사서 키운 적이 있었다. 장사꾼은 준규의 코 묻은 동전을 병아리로 바꿔주며 자신 있게 말했었다.

—병아리는 퍼뜩 큰다. 금방 중닭 되고, 알도 팡팡 낳고, 그 알이 또 병아리가 된다 아이가.

병아리를 사 집으로 데려온 순수했던 소년 준규는 정성스레 라면 상자로 녀석의 집을 만들고, 물과 밥그릇도 마련해주었다. 밤새 같이 놀았다. 그런데 다음 날 학교에서 돌아와보니 녀석은 죽어 있었다.

준규는 병아리를 집 마당에 묻어주며 꺼이꺼이 통곡했다. 중학교에 다니던 형들은 준규를 비웃으며 놀렸다.

—아이고, 돌빡아. 그러게 금방 죽을 걸 왜 사냐, 사길. 돈 아깝게.

이후에도 준규는 한 번 더 병아리를 사 키웠었다. 장사꾼이 거느린 병아리 중 가장 강해 보이는 세 놈을 골랐는데도 중닭은커녕 일주일을 못 넘기고 죽었다. 길에서 파는 병아리는 전부 폐사 직전의, 알도 못 낳는 수평아리뿐인 걸 어른이 돼서야 알았다.

세상은 그런 것이었다. 꼬마의 코 묻은 돈이라도 먼저 빼앗는 놈이 임자였다. 빼앗긴 놈이 바보였다. 세상이 늘 뺏는 역이라면, 준규는 늘 뺏기는 역이었다. 어른이 될수록 세상의 법칙은 유독 준규에게만 더 작용했다.

—가만, 혹시?

준규는 어렸던 자기에게 결국은 죽고 말 병아리를 판 놈이 이놈이었나 싶어 우엉조림의 아래위를 찬찬히 뜯어보았다. 그때도 이런 파라솔 밑이었지, 아마.

눈을 부라리며 준규가 다가서자 우엉조림이 이게 왜 이러나 싶었는지 움찔움찔 뒤로 물러났다. 순간 사방이 어두워지는가 싶더니, 비가 쏟아지기 시작했다. 빗줄기가 세고 따가웠다.

놀란 우엉조림이 에이, 씨, 에이, 씨를 남발하며 한 손바닥으로 비를 막고, 주변을 두리번거렸다. 사람들이 소나기를 피해 뛰어다니고 있었다. 비 맞은 병아리는 어차피 죽는다. 잡다한 길거리 장사에 이골이 난 우엉조림은 병아리 상자를 아무렇게나 던지고 달아나려다 준규와 눈이 마주쳤다.

—고마 다 가져가소, 에이, 씨.

준규가 어버버 뭐라 말하기도 전에 상자를 통째로 준규에게 넘긴 우엉조림은 잽싸게 파라솔을 걷어 옆구리에 끼곤 멀리 뛰어가버렸다. 당황한 준규는 이러지도 저러지도 못한 채 손에 든 병아리 상자를 내려다봤다.

병아리 입장에선 돌덩이 같을, 굵은 빗방울이 녀석들의 머리 위로 기관총처럼 두두두 떨어지고 있었다.

—에이, 씨. 에이, 씨!

준규는 입고 있던 후드 점퍼의 지퍼를 내리고 상자 속 병아리들을 정신없이 품에 담았다.

놀란 그것들의 보드라운 털의 감촉과 부리질, 발길질이 품속에 느껴졌다. 병아리들로 볼록해진 배를 두 손으로 감싸고 준규는 우엉조림이 뛰어간 반대 쪽으로 뛰었다. 자신의 옥탑방 방향이었다.

소나기를 뚫고 옥탑방에 도착했을 때, 품속의 병아리들은 모두 죽어 있었다. 준규는 축 늘어진 병아리들을 방 안에 내려놓고, 미련 없이 죽을 준비를 했다. 하지만 목을 매려 화장실 문틀에 건 줄이 끊어지며 화장실 문이 내려 앉았고, 덩달아 준규도 발라당 나동그라졌다. 화장실 바닥에 누운 준규의 헛웃음이 점점 울음으로 변해갔다.

—전기도 죽고, 가스도 죽고, 아롱이도 죽고…… 다들 잘만 죽는데…….

바닥에 대자로 누운 준규는 눈물 번진 얼굴로 소리 질렀다.

—나는 왜! 나 같은 건, 왜! 죽는 것조차 난, 왜! 왜!

그때였다. 희미한 병아리 소리가 들린 것은. 삐약!

준규는 콧물을 훌쩍 삼키며 소리가 난 쪽으로 고개를 돌렸다. 죽은 병아리 사이에서 한 마리가 고개를 들었다. 삐약.

준규는 벌떡 자리에서 일어나 앉았다. 그대로 기어가 산 병아리를 고이 두 손 위에 올렸다. 절로 웃음이 삐져나왔다. 쇼생크에서 탈출한 앤디 듀프레인의 심정이 이랬을까.

준규는 생명의 감동으로 콧구멍을 벌름대며 병아리를 소중히 품에 안았다. 삐약.

온기가 느껴졌다. 보드랍고, 따뜻했다.

유일하게 살아남은 병아리를 벅찬 기쁨으로 내려다보며 준규는 눈물지었다. 그리고 문득, 생각했다.

죽지 말고 한 번 더 살아보라는 하늘의 계시 같다고.

준규는 알뜰살뜰 모아둔 폐지 더미에서 택배 상자 하나를 비워 병아리 집을 새로 마련하고, 살아남은 녀석을 옮겼다. 밥그릇에 약수를 담아주고, 쌀알을 따뜻한 입 안에서 으깨고 불려 병아리 앞에 놓아주었다. 병아리가 먹었다.

꼬로록.

아침부터 주린 준규의 위장도 당장 뭔가를 넣어달라고 아우성을 쳤다. 준규는 가스버너에 라면을 끓였다. 생일에 먹으려 아껴둔 국수를 엄지 굵기만큼 더 넣었다.

배가 부르면 모든 게 좋아진다. 그래, 살자. 한 번만 더 살아보자!

북받치는 새 삶의 감동에 준규는 옥탑 출입문의 거무튀튀한 커튼을 힘껏 걷었다. 투명한 유리창 너머로 비가 물러가고 푸른 하늘이 열리고 있었다.

그리고 꿈틀대는 팔뚝으로 일수 가방을 옆구리에 낀 험악한 사내가 서 있었다. 일수를 하는 집주인의 조카였다.

비틀. 흔들린 몸을 벽에 기대는 준규를 노려보며 일수 가방이 물었다.

—소리 질렀냐?

—……예.

—너, 영화 한다며?

—예.

—석 달 밀리네? 방세.

—예.

—내일까지 다 내.

—예.

—또 안 내면, 뭐든 안 내도 되는 몸이 돼.

—……예.

일수 가방이 상자 속 병아리와 준규를 번갈아 보더니 같잖다는 듯, 픽 웃곤 자리를 떠났다. 준규는 죽은 병아리들을 한곳에 모아 아롱이를 묻은 곳으로 갔다.

이름 없이 죽어간 열여섯 마리 병아리들의 이름을 지은 준규는 나뭇가지로 만든 십자가에 일일이 펜으로 그 이름을 적었다. 해피, 희망이, 보람이, 소망이, 캐시, 머니……. 아롱이 무덤 옆에 죽은 병아리들을 하나씩 묻고 십자가를 세웠다. 준규만 아는 동물의 묘지엔 아롱이와 함께 모두 열일곱개의 작은 십자가가 생겼다. 마치 영화 〈금지된 장난〉의 묘지 같았다.

2. 여보, 계

—'치킨이' 어떠냐? 딱 좋네. 원래 치킨이란 게 '겁쟁이'란 뜻이거

든. 쫄보에 닭대가리, 딱 너네. 으하하!

호쾌한 웃음소리가 법룡의 퀴퀴한 반지하 방에 울렸다. 법룡은 꿔 준 돈을 받으러 온 준규에게 병아리 얘기를 듣자마자 '치킨이'라고 이름 붙이라며 놀렸다.

법룡은 준규의 첫 영화 시나리오를 같이 쓴 오랜 동료였다. 하지만 준규의 영화가 흥행에 실패하자 자신도 덤터기를 썼다며 볼 때마다 준규를 힐난했다. 개봉 무대인사 때 찍은 두 사람의 다정스런 사진 옆에서, 때로 둘은 원수가 따로 없는 것처럼 서로를 헐뜯으며 싸웠다.

—작가라는 자식이 그리 작명 센스가 없냐? 그러니까 일이 없지. 아롱이 이름도 '복날이'로 바꾸라고 하더니.

—'복날이'가 어때서? 영어로 '해피데이' 아니냐. 세 마리였으면 초복이, 중복이, 말복이…… 이랬음 대박인데.

—그만해라. 반려견을 먹고 싶냐? 아, 너라면 그럴 수 있겠다.

—다 먹고살자고 이러는 건데, 못 먹을 건 또 뭐야? 정 그러면 '삼계'는 어떠냐? '삼계', 입에 짝짝 달라붙네.

—반려동물은 먹는 게 아니라니까! 헛소리 말고, 빌려 간 돈이나 갚아. 30만 원. 나도 이제 새롭게 살아보려니까.

—없어. 곧 공모전 상금 나오니까, 그때 받든가.

—뭐, 공모전? 붙었어?

—일단 넣었으니까 된단 거지. 3년을 갈아 넣었다. 이번에도 안 되면 난 그냥 죽는 거다.

—넣기 전에 내게도 한번 보여나 주지.

—난 내 작품 말아먹는 감독 새끼하곤 일 안 한다.

—이 새끼가!

법룡은 언제나 힘닿는 대로, 최선을 다해 준규의 신경을 긁었다. 같은 말이라도 어떻게 하면 더 기분 나쁠까 고르고 고른 다음 말을 뱉는 것 같았다. 법룡이 빌려 간 돈만 아니면 준규가 그를 찾을 일은 결코 없을 거였다.

법룡과 티격태격하다가 반지하 방을 나온 준규는 현 선생을 찾아갔다.

현 선생은 지금은 한물간 90년대 액션 배우였다. 주로 악역 전문이었는데, 그의 살벌한 인상 이면에 감춰진 순진함이 준규를 매료시켰다. 섬뜩한 표정 덕에 조폭 영화 어디든 얼굴을 디밀던 그가 언젠가부터 영화에 보이지 않았다. 험악한 얼굴과 거친 연기로 대중에 알려졌어도, 정작 그것 때문에 맡는 역이 늘 거기서 거기라 관객과 감독들이 식상하게 느끼게 된 탓도 있었을 것이다.

준규는 마침 공석이었던 자기 첫 영화의 조연 배역으로 현 선생을 떠올렸고, 수소문 끝에 용인 변두리 물류창고에서 무면허로 지게차를 운전하던 그를 찾아냈다. 현 선생은 고개를 절레절레 흔들며 출연을 고사했다. 초짜 감독의 입봉작이어서가 아니라 얍삽한 영화판 인간들에게 수십 년간 받은 상처가 컸다고 했다.

준규는 밤새 현 선생과 함께 그의 집에서 막걸리를 마시며 자신이 얼마나 그의 팬인지, 왜 자기 영화에 그가 출연해야 하는지 설득했다. 결국 그는 준규의 첫 영화에 출연했고, 두 사람은 이후 가까워졌다. 현 선생은 아예 용인 월셋집을 정리하고 파주 준규의 옥탑 근처로 이사까지 했다. 현 선생은 영화와 관련된 일 외에도 준규의 인생 멘토를 자처했다.

—그 병아리가 자네 은인이구먼.

준규의 얘기를 들은 현 선생이 깊이 생각하다 말했다.

—'여보 계' 어떤가?

—예?

—병아리 이름으로 '여보 계'는 어떠냐고.

—……'여보게'요?

—닭 계(鷄) 자를 써서 '여보, 계'. 동음이의지. 여보게와 여보, 계.

갸웃하는 준규를 보며 현 선생이 살며시 웃으며 뜻을 풀어주었다.

—거 왜, 자기 부인을 '여보'라고 하고, 영어로는 '허니'라고 하잖나. 서로 부부는 아니어도 홀로 살아남은 그 가련한 병아리와 외롭고 배고픈 자네가 서로에게 달달한 벗이 되란 거지. 병아리는 삐약삐약, 자네는 여보게, 여보게 하면서.

왠지 웃기는데 그럴듯했다. 준규는 조용히 발음해보았다.

—음, 여보 계……. 여보게……. 허니, 치킨…… 헤이, 치킨…….

—이름은 듣기 좋고, 부르기 좋아야 해. 원래 이름마다 기운이란 게 있거든. 그래서 천 번이 불려야 그 효력이 발휘되지. 매일 '여보 계'를 먹이고 쓰다듬으며 자네 소원을 빌어봐. 그럼 반드시 소원이 이뤄질 걸세. 내 장담하지.

현 선생은 준규에게 집세로 낼 돈까지 선뜻 건넸다. 준규는 사양하는 척 염치없이 받았다.

그길로 집주인에게 달려간 준규는 밀린 집세를 냈다. 삼류 양아치 영화의 깡패3 같던 일수 가방이 어두워진 계단 아래로 준규를 데려가 옥탑방 두꺼비집을 풀어주었다.

두근두근. 옥탑방 문을 연 준규는 불을 켜고, 조심스레 병아리를 불러보았다.

―여보, 계…….

병아리 기척이 들리지 않았다. 상자를 살폈다. 병아리가 없었다. 놀란 준규가 주변을 뒤지는데, 병아리가 준규를 알아본 듯 구석에서 달려 나왔다. 삐약.

◇

준규는 '여보 계'를 정성스레 키웠다. 아끼던 수건으로 폭신하고 따뜻한 이부자리를 만들어주고, 옆에서 재웠다. 불린 쌀알은 물론이고, 야산에서 지렁이까지 잡아 와 먹였다.

―허니 치킨? 오, 좋아! 왠지 겉바속촉에다가 달달하니 더 맛있을 거 같다. 재능 없는 영화 때려치우고 작명소나 개업해라. 넌 그게 어울린다.

염탐하듯 찾아온 법룡은 여보 계와 준규를 신나게 놀렸다. 그러거나 말거나 준규는 여보 계와 같이 자고, 같이 밥을 먹었다. 현 선생의 말대로 매일 여보 계를 쓰다듬으며 자신의 소원을 들려주었다.

—여보게, 우리 돈 버세. 돈 벌어서 제주도에 가세. 거긴 겨울에도 춥지 않네.

—삐약.

—아니, 완전히 안 추운 건 아닌데, 여기보단 훨씬 안 춥단 거지. 남쪽이잖아. 바람도 따뜻하고, 봄도 빨리 오고, 사람과 사람 사이 미세먼지도 없고.

—삐약. 삐약.

—하하하. 당연히 자네도 같이 가는 거지. 예전에 시나리오로 받은 상금으로 법룡이 놈이랑 거기 간 적이 있었거든. 밤바다였는데 달이 정말 예술인 거야. 어두운 해변에 끝없이 밀려오는 파도, 그 위에 뜬 노랗고 커다란 달. 평생 잊을 수 없는 풍경 중 하나야. 돈 벌면 거기에 그림 같은 작업실 겸 집을 짓고…….

—삐약.

—뭐? 영화는 안 할 거냐고? 해야지. 근데 돈 벌넌 신싸 영화는 직업이 아니라, 취미로만 할 걸세, 취미로만. 영화도 사랑처럼 너무 절실하면…… 잘 안 되더라고.

여보 계와 이야기를 나누다 보면 그동안 억눌렀던 감정들로 이유없이 눈가가 촉촉해지기도 했다. 그럴 때면 준규는 마음을 들킨 것 같아 얼른 얼굴을 돌려야 했다.

여보 계는 빨리 자랐다. 보름이 지나자 햇병아리 티를 벗고 분홍빛 벼슬이 돋아났다. 아롱이 이상으로 그를 따랐다. 준규에게 삶의 새로운 활력이 솟아났다. 시나리오도 잘 써졌다. 지나다 들른 척 라면을 훔치러 온 법룡은 여보 계 근처도 못 가고 문 앞에서 쫓겨났다.

하루는 여보 계와 노는데 영화사 홍 대표에게 전화가 왔다. 준규의 시나리오를 본 곽수민이 만나고 싶어 한다고 했다.

—예? 곽 배우가요? 정말입니까?

곽수민은 유부녀와의 스캔들 이후 이미지가 나빠진 배우였다. 하지만 팬층이 두터워 여전히 투자 가능성이 있었다. 홍 대표는 신이나 있었다.

—그래, 걔 유부녀랑 놀러다니다가 들킨 거 땜에 한동안 슬럼프였던 거 알지? VIP 시사 갔다가 우연히 만나서 장 감독 책을 줬었거든. 감동받았대. 저도 기회를 찾은 거지. 지금 코로나로 영화판 완전 향냄새 맡고 있잖아. 실은, 나도 그동안 배달 라이더 했거든. 새벽까지 대리도 뛰고. 어제 곽수민 전화 받고 바로 접었다는 거 아니냐.

준규는 강남의 조용한 카페에서 홍 대표와 곽수민을 만났다.

—까놓고 말씀드릴게요. 제 이미지가 아직 좀 그래요. 뭐, 이참에 내 이미지를 함 바꿔보자 싶어 달동네에서 연탄도 나르고, 여기저기 봉사도 하던 차에 감독님 책을 딱 봤는데, 좋습디다. 이거는 된다. 역할 주지도 않는 OTT 드라마에 목매느니 작은 영화로 가자, 이건 상업성보단 예술성이다, 국제영화제 감이다, 함 해보자, 위기가 기회다…….

한마디로 준규의 시나리오가 마음에 드니, 영화에 출연하겠다는 말이었다.

어디선가 여보 계의 웃음소리가 들리는 듯했다. 삐약!

—내 혈맹 중에 근사한 배우도 많으니까, 나머지 캐스팅도 걱정 마시고.

인기 배우 캐스팅에 성공하면, 영화는 대부분 굴러간다. 준규에겐 8년 만에 다시 찾아온 천재일우의 기회였다. 준규는 홍 대표와 함께 낮부터 곽수민의 고급 아파트에서 마시고 떠들며 작품에 대해 논의했다.

술자리가 파할 무렵, 짠돌이 홍 대표가 취한 준규를 택시에 태우며 웬일로 돈뭉치까지 찔러주었다.

—다 좋은데, 각색만 좀 하자. 각색고 나오면 빚을 내서라도 계약금 쏴줄게. 장 감독, 우리 잘 버텼어. 이제 고생 끝났다고.

집으로 돌아가는 밤, 준규는 자유로를 달리는 택시에서 휘영청 밝은 달을 보았다. 쟁반같이 둥근 달이 앞길을 밝히며 준규를 따라오고 있었다. 어디선가 제주도의 바다 내음과 파도 소리가 들리는 듯했다. 북받치는 감정을 어찌할지 몰라 하던 준규가 택시 기사에게 봉투에서 만 원 한 장을 뽑아주며 한 가지 양해를 구했다.

—기사님, 죄송한데……. 저 5초만 소리 지르게 해주세요. 딱 5초만.

팁을 받은 택시 기사가 웃으며 고개를 끄덕였다. 준규는 창문을 내리고 밖을 향해 크게 소리쳤다. 이야아아!

3. 만월

준규는 곧바로 현 선생을 찾아가 다음 작품 각색 작업을 시작한다고 말했다. 마당에서 운동 중이던 현 선생은 덤벨을 내려놓고 펄 듯이 기뻐했다.

—거봐, 그 병아리가 은인이라니까.

—병아리 아니고, 여보 겝니다. 여보 계.

현 선생은 자기에게 배역은 주지 않아도 좋으니 이번 작품으로 영화판을 완전히 뒤집어버리라며 크게 웃었다. 그러곤 덤벨을 다시 들어보란 듯 활배근을 펼치며 한마디 덧붙였다.

—혹시 모르니까, 일단 몸은 만들어놓음세.

준규는 웃으며 집으로 돌아왔다. 도착하자마자 주인집 문을 두드려 방세를 미리 내고, 옥탑방으로 뛰어가 날개를 파닥이는 여보 계를 두 손에 보듬었다. 여보 계가 나만 혼자 두고 종일 어디 갔었냐는 듯 제법 자란 부리로 준규의 손바닥을 쪼았다. 준규는 순정만화 주인공 같은 반짝이는 윤슬을 눈망울에 가득 담고 여보 계에게 사랑을 전했다.

—여보게, 고맙네. 다 자네 덕일세.

다음 날부터 준규는 곧바로 홍 대표와 시나리오 각색 회의를 시작했다. 코로나 상황이라 회의는 주로 영상 통화나 카페에서 만나 했다. 열띤 회의가 끝나면 준규는 곧바로 노트북에 내용을 정리하고 전체 플롯을 포스트잇으로 보드에 붙였다.

몇 주간의 회의가 끝나고, 이야기 얼개가 얼추 완성되자 준규는 홍 대표에게 스스로 감금을 선언했다.

—이제부터 씁니다!

옥탑방 문밖에도 '절대 방해하지 마시오!'를 써 붙였다.

작업에 몰두한 준규의 삶엔 영화 〈록키〉의 역동적인 주제가가 흘렀다. 빰빠바 빰바바밤. 물론 사이사이 여보 계를 돌보는 것도 게을리하지 않았다. 여보게, 밥 먹게. 여보게, 어디 가나? 여보게, 이리 오게. 여보게, 이 얘기 좀 들어보게, 하면서.

가끔 현 선생이 반찬이나 먹을거리를 문 앞에 두거나, 준규의 쌓인 빨랫감을 세탁해 다시 가져왔다. 그는 조용히 나타났다가 빙긋이 웃으며 사라질 뿐, 결코 작업을 방해하는 법이 없었다.

준규는 역경이라는 가파른 계단을 뛰어오른 록키, 그 자체였다. 빠바밤 빠바밤!

작업 중에 범룡에게서 전화가 왔다. 각색 작업에 끼워달라는 소리였다.

—벌써 그 똥내 나는 반지하까지 소문이 퍼졌냐?

—각색, 같이 좀 하지? 배고픈 사람끼리.

—난 내 영화 말아먹을 작가 새끼하곤 일 안 한다.

—개애새끼가!

범룡이 수시로 전화를 했지만, 준규는 받지 않았다. 아예 전화기를 꺼버렸다.

준규는 라면을 먹으면서도 시나리오를 고쳤고, 변기에 앉아서도 낡은 노트북으로 신을 수정했다. 부르면 쪼르르 달려와 삐약대는 여보 계와 대사를 주고받으며 시나리오를 고치고 또 고쳤다.

준규는 여보 계의 잠자리를 살피고, 여보 계 전용 스탠드를 꺼주고서야 자기도 침대에 누웠다. 잠들기 전 10분간 핸드폰을 켜면 대부분 070 스팸 문자였고, 가끔 홍 대표와 현 선생의 응원 문자가 있었다. 불을 끄고 누워도 작업은 끝난 게 아니었다. 자다가도 불을 켜고 머리맡 노트에 대사와 아이디어를 적었다.

준규의 낡은 침대 옆에도 신이 가득 적힌 보드 판이 놓여 있었다. 준규는 엎드려 누운 채 그 신의 순서를 옮기고 붙이고 하다가 잠이 들곤 했다. 그런 날들이 이어졌다.

◇

법룡의 반지하 방에 오랜 연인인 상미가 찾아왔다. 전화를 받지 않는 준규를 욕하던 법룡이 전화기를 끄며, 심드렁하게 상미를 맞이했다.

—웬일이야?

—내가 졌네, 이 사람아.

—뭔 소리야? 뭘 져?

—내가 늘 먼저 연락하는 게 지겨워서 이번엔 자기가 먼저 전화할 때까지 기다려보자 했지. 독하게 맘먹었는데, 그런데 또 졌네.

팔을 걷어붙인 상미는 혼자 노래를 흥얼거리며 법룡의 방을 청소

했다. 구석구석 닦고, 치우고, 멈춘 시계의 배터리도 갈았다.

법룡은 지난 달력을 찢어 넘기려는 상미의 뒤태에 욕망을 느끼고 달려들었다. 뜨겁게 입 맞춘 둘은 서로 옷을 벗기며 매트리스 위로 쓰러졌다. 그런데 콘돔이 없었다. 정신없이 서랍을 뒤지는 법룡의 손을 상미가 막으며 말했다.

—없어도 돼.

—얘가, 얘가, 큰일 날 소릴 하고 있어.

한동안 법룡은 상미를 피했었다. 시나리오 공모전을 구실로 작업에 몰두한다는 핑계였지만, 이번엔 기간이 길었다. 상미 입장에선 법룡과의 결혼을 차일피일 미룰 수만도 없었다. 어느새 그녀도 나이가 차고 있었다.

상미는 결혼이 목적은 아니었지만 사랑하는 사람과의 안정을 원했다. 부모의 눈치와 닦달이 아니어도, 만나면 늘 티격태격해도, 영원히 곁에 있어줄 사람이 그녀에겐 필요했다. 비록 무일푼의 이름 없는 작가일지라도 가장 오래 사귀었고, 가장 사랑하니까. 뭐가 됐든 그녀는 이 어정쩡하고 지리멸렬한 관계에 마침표를 찍고 싶었다.

상미가 법룡을 침대에 자빠뜨렸다. 적극적이었다.

—너 오늘 좀 이상하다?

그녀의 거칠고 서툰 리드로 몸이 섞이려는 순간, 법룡이 벌떡 일어나 외쳤다.

—고무장갑! 저기 고무장갑 있어. 그거라도…….

법룡이 가리키는 낡은 싱크대를 보니 빨간 고무장갑의 오동통한 손가락 다섯 개가 보였다.

무슨 말인가 잠시 생각하던 상미는 깔깔깔 웃음을 터뜨렸다. 그런데 법룡의 표정은 진지했다.

상미의 표정이 순식간에 차가워졌다. 그러곤 법룡의 뺨을 날렸다.

짝!

상미는 옷을 챙겨 입고 자리에서 일어섰다. 어색해진 법룡이 모아둔 장초 중 하나를 골라 입에 물었다. 핸드백을 챙겨 밖으로 나가려던 그녀가 돌아서며 물었다.

—법룡 씨, 영화, 그거……. 계속해야 돼?

—참 나, 걱정하지 마. 이번에 상금 타면 내가…….

웃으며 장초에 불을 붙이려던 법룡이 굳었다. 상미는 울고 있었다.

—제발 치우고 살아! 지난 달력은 좀 넘기고. 그 사람이 죽었는지 살았는진 그 사람 집 시계와 달력을 보면 아는 거야!

쾅! 상미는 힘껏 문을 닫고 자리를 떠났다.

—반찬이나 좀 해놓고 가지.

법룡은 피식 웃었을 뿐 그녀를 잡지 않았다.

담배를 피워 문 법룡이 상미가 넘기려다 만 지난달 달력을 찢으려다 굳은 듯 멈췄다.

—하, 씨…….

뒷장 달력에는 형광펜 동그라미로 상미의 생일이 표시돼 있었다. 오늘이었다.

◇

—여보게, 다 썼네. 정말 수고했네.

마침내 준규가 각색 시나리오를 탈고했다. 준규는 길게 기지개를 켜며 여보 계를 불렀다. 쪼르르 달려온 여보 계는 몇 주 사이 어엿한 중닭을 넘어서고 있었다. 꺼놓았던 전화기를 켜자 카톡과 스팸 문자들이 날아들었다. 스팸을 지우던 준규가 문자 하나를 보고 놀라 눈이 휘둥그레졌다. 홍 대표에게 온 것이었다.

준규는 홍 대표 집 근처 공원에서 그를 만났다. 홍 대표는 배달용 바이크를 타고 나타났다. 방역 마스크와 헬멧을 벗으며 홍 대표가 어색하게 웃었다.

—미안, 좀 늦었지? 낼 우리 애 학원비 내는 날이라…….

—곽 배우가 어쨌다고요?

—곽수민 걔, 드라마 들어간단다. 웹툰 원작 뭐라던데, 400억짜리 대작이라고 하더라. 요새 OTT 난리잖아.

—그걸 왜 이제 말을 해요? 제게 전화라도 하셨어야죠.

—전화했지. 근데, 장 감독이 계속 꺼놨잖아.

준규는 속이 뒤집힐 것 같았다. 세상사 초월한 아련한 눈빛으로 홍 대표가 한숨을 섞어 말했다.

—일단 곽수민이한테 각색고 주고 기다려보자고.

—기다리면, 기다리면 해준대요? 곽수민이?

—이 바닥 알잖아. 낯짝에 분칠하는 게 직업인 것들은 계약서 도

장 찍어도 어떻게 될지 모른다는 거.

축 처진 어깨로 돌아서는 준규에게 홍 대표가 기어코 한마디를 더 물었다.

—고깝게 듣진 말고, 그때 자네가 말한 거 말야……. 그 시나리오, 그것만 팔 수도 있는 거지?

힘 빠진 준규는 슈퍼에서 귤 한 상자를 사 들고 현 선생을 찾아갔다. 당장 현 선생의 위로가 필요했다. 골목에서 억지로 웃음을 연습한 준규는 현 선생의 집 대문 벨을 누르려다 얼어붙었다. 대문에 '상중(喪中)'이란 글자가 붙어 있었다.

잊힌 배우의 장례식장은 초라하고 썰렁했다. 화환 몇 개가 전부였다. 코로나의 영향인지 핑계인지 직계 가족 외에는 식장을 지키는 사람도 없었다. 세탁소에서 검은 양복을 빌려 입은 준규는 현 선생의 빈소로 들어섰다. 준규는 현 선생이 준 돈을 모두 털어 조의함에 넣고, 액자 속 활짝 웃는 현 선생의 영정 사진에 절을 올렸다.

—장 감독님 새 영화 곧 들어간다고 그렇게 기뻐하셨는데…….

현 선생의 아들이 입구까지 준규를 배웅하며 말했다. 돌아서는 준규 눈에 휴게실 TV 화면이 들어찼다. 왁자한 예능 프로그램이 방송되고 있었다. 진행자와 방청객의 과장된 웃음소리를 배경으로 곽수민은 웹툰 원작의 400억짜리 대작 드라마를 준비한다며 활짝 웃고 있었다.

◇

법룡은 상미를 다짜고짜 자리에서 끌어냈다. 상미는 단골 바에서 법룡과도 인사한 적 있는 회사 팀장과 와인을 마시는 중이었다. 법룡은 취해 있었다. 오래 공들인 시나리오가 공모전에 떨어진 참이었다.

상미에게 위안받고 싶었는데 며칠째 연락이 끊긴 그녀는 다른 남자와 웃고 떠들고 있었다. 퇴근 시간에 맞춰 회사 앞 편의점에서 캔맥주를 홀짝이며 상미를 기다리던 법룡은 팀장과 만나는 그녀를 보았고, 여기까지 뒤를 쫓아왔다. 빈속에 마신 맥주 탓인지 쫓아오는 동안 배신감이 용암처럼 끓어 올랐다.

—난 또, 뭐 재벌 3세나 되나 했다. 내 전화까지 씹고, 기껏 꼬시고 있는 남자가 너희 팀장이냐?

한바탕 소란이 일었다. 법룡은 말리는 팀장과 서로 주먹질까지 주고받았다. 얼굴이 벌게진 상미는 법룡을 밖으로 끌고 나와 골목에서 곧장 이별을 통보했다. 법룡이 그 자리에 꿇어앉았다. 뭐든 다 잘못했다며 빌었지만 소용없었다.

—그날 넌 영화와 나, 둘 중에 그 잘난 영화를 택했어.

—그럼 이제 와서 내가 뭘 해? 배운 게 그 잘난 영화질뿐인데.

—그 순간 우린 완전히 끝난 거야. 끝! 디 엔드! 쫑! 시마이! 모르겠어?

—웃기고 있네. 그럼 너도 나랑 똑같잖아. 그냥 나, 인간 여법룡이가 아니라 영화 안 하는, 4대 보험 되고, 퇴직금 보장되는 월급쟁이

어법룡이를 택하겠단 거 아냐? 그게 사랑이냐? 그게 의리야?

—사랑? 사라앙? 기가 차서. 너 정말 모르는구나? 넌 사랑한다는 여자에게 싱크대에 걸린 싸구려…….

뭔가 더 말하려 입술을 실룩이던 상미는 한숨만 깊게 내쉬고는 그냥 돌아섰다. 그러곤 팀장이 챙겨 온 핸드백을 받아 어깨에 걸치며 진심으로 법룡이 안타까운 듯 말했다.

—야, 너도 이제 마흔이 넘었다. 그건 아니?

상미가 떠났다. 법룡은 고개를 꺾고 앉은 채로 한동안 움직일 줄 몰랐다.

4. 그믐달과 초승달 사이

옥탑방에 들어서던 준규는 낯선 기척에 화들짝 얼어붙었다. 종이 상자와 청테이프로 막은 창틈으로 고양이가 후다닥 달아나고 있었다.

—설마.

불을 켜고 급히 방 안을 살폈다. 준규 소리에 진작 달려 나왔을 여보 계가 보이지 않았다. 택배 상자 안에도 여보 계가 없었다. 준규의 가슴이 불안으로 크게 방망이질 치기 시작했다.

—여보게? 여보게?

좁은 거실 한쪽에 흩어진 닭 털이 보였고, 그 끝에 여보 계가 쓰러져 경련을 일으키고 있었다. 몰래 들어온 고양이를 피해 도망 다니다 여기저기 물린 듯했다.

준규는 여보 계를 품에 안고 미친 듯이 동물병원으로 뛰었다. 갈라파고스 도마뱀은 이번에도 비싼 검사를 진행하고 비싼 주사를 놓고는 준규를 진정시키며 말했다.

—당장 수술해야 합니다. 돈이 좀 들 것 같은데……. 동물은 의료보험이 안 되는 거 아시죠?

—얼마나 들까요?

—대략 삼사십만 원 정도? 정확한 비용은 집도를 해봐야 알겠습니다만…….

—돈 걱정은 마시고요. 수술하면 살 수 있는 거죠? 선생님, 제발.

—그게, 미리 수납을 해주셔야 하는데……. 아버님을 못 믿는 건 아닌데, 수술만 맡기고 안 오시는 분들이 더러 있어서요.

갈라파고스 도마뱀이 눈짓하자 간호사가 준규를 카운터로 안내했다. 돈을 내란 소리였다. 준규는 논이 없었다. 신용불량자라 그 흔한 신용카드도 쓸 수 없었다.

—급히 오느라 카드를 두고 와서…… 금방 가져올게요. 제발 살려만 주세요, 네?

청진기를 귀에 꽂고 여보 계의 날개를 펼쳐 이리저리 더듬던 갈라파고스 도마뱀이 심각하게 준규를 바라보며 말했다.

—아버님, 시간이 촉박합니다. 일단 집도는 준비할 테니 전화 주십시오.

—예, 선생님. 꼭 살려주십시오, 꼭.

옥탑방으로 뛰어간 준규는 방 안을 헤집듯 뒤졌다. 어디에도 돈이 없었다. 마지막 남은 돈을 전부 현 선생의 조의금으로 낸 것이 떠올랐다. 준규는 그대로 방바닥에 주저앉았다. 그러곤 다시 벌떡 일어나 법룡에게 전화를 걸었다. 놈은 전화를 받지 않았다.

준규는 곧장 법룡의 반지하로 달려가 부술 듯이 문을 발로 찼다. 취한 법룡이 비틀대며 문을 열어주었다. 법룡은 몇 년 전 준규와 담근 매실주를 까서 마시던 중인 듯했다. 준규는 다짜고짜 법룡의 멱살을 잡아 쥐었다.

—돈 내놔, 새끼야! 내 돈 30만 원 당장 내놓으라고!

—아, 그거? 잠깐만.

엉덩이 뒷주머니를 뒤지던 법룡이 방귀를 뿡 뀌더니 손바닥에 모아 준규 얼굴에 먹였다.

—옜다, 30만 원. 가서 치킨이나 좀 튀겨 와라. 남는 건, 너 과자 사 먹고.

부들부들 핏대를 세운 준규를 보며 법룡이 낄낄거렸다. 속이 뒤집힌 준규는 법룡에게 주먹을 날렸다. 법룡이 방바닥에 나뒹굴었다. 준규는 법룡의 옷장과 서랍을 마구 뒤엎으며 돈을 찾았다. 똑같은 '통계에도 잡히지 않는 실업자'지만, 감독보다 더 가난한 시나리오 작가에게 돈이 있을 리 없었다. 돈을 찾아 방 안을 기어다니는 준규를 보고 법룡이 미친 듯이 웃어댔다.

준규는 법룡의 돼지 저금통을 낚아채 옆구리에 끼고 나가며 욕을 퍼부었다.

—니가 이래서 안 되는 거야. 믿음이 없는데 그게 사람 새끼냐?

반지하를 박차고 나온 준규는 골목에서 법룡의 저금통을 뜯었다. 여보 계의 수술비로는 턱없이 모자랐다. 준규는 동네의 단골 편의점, 문방구, 과일가게를 돌며 절박하게 돈을 꾸기 시작했다. 누구도 도와주지 않았다.

전화가 왔다. 갈라파고스 도마뱀이었다.

—아버님, 수술 어떡할까요? 아기가 몹시 힘들어하고 있어요.

—아니, 여태 수술을 안 하면 어떡합니까? 지금 돈 들고 가는 중이거든요. 빨리 시작하시라고요.

—확실히 오시는 거죠, 아버님?

—아, 그렇다니까요!

전화를 끊은 준규는 주인집으로 뛰었다. 자존심이고 뭐고 주인집 아줌마에게라도 손을 벌릴 수밖에 없었다.

—갑자기 돈이 왜, 얼마나 필요한데? 제대로 말을 해야 알지.

다그치는 주인집 아줌마와 험악하게 노려보는 일수 가방 앞에서 준규는 절로 주눅이 들었다. 졸아든 목소리가 기어들듯 입을 오물거렸다.

—그게 저기, 우리 여보 계가 지금 너무…….

—아, 크게 좀 말해, 크게! 지금 너무, 뭐?

—지금…… 제 닭이…….

—뭐? 닭?

—아니, 치…… 치…… 친구가…… 지금 너무…….

—지금 치킨이 너무 먹고 싶다고?

울먹대는 준규가 답답한지 뒤에서 듣고만 있던 일수 가방이 주인집 아줌마를 밀쳐냈다. 그러곤 기필코 대답을 듣고야 말겠다는 듯 준규 입가에 귀를 갖다 대며 물었다.

—형한테 말해, 괜찮아. 치킨? 어떤 거? 후라이드? 양념?

—아뇨, 친구가, 친구가 지금 병원에 있어요. 당장 수술을 받아야 하는데 돈이 없어요. 돈이. 으흐흐…….

준규가 끝내 울음을 터뜨렸다. 일수 가방이 일수 가방을 열곤 선뜻 뭉칫돈을 건네주었다. 그의 생각지도 못한 행동에 신체 포기 각서라도 쓰게 되는 건가 싶었지만, 당장은 다른 생각을 할 여유가 없었다. 돈을 받아 쥔 준규는 곧바로 동물병원을 향해 뛰었다.

병원에 들어서자 갈라파고스 도마뱀이 녹색 수술복을 막 벗고 있었다. 그는 안 그래도 전화하려던 참이었다며 잠시 숨을 고른 뒤, 침통한 목소리로 말했다.

—최선을 다했습니다만, 여보 게가 그만 무지개다리를…….

준규는 수술대로 달려갔다. 여기저기 닭털이 뽑힌 채 누운 여보 게의 조그만 혀가 한껏 벌려진 부리 밖으로 흘러나와 있었다.

—여보게…… 여보게…….

준규가 여보 게를 흔들어 불렀다. 녀석은 미동도 하지 않았다. 준규는 성계가 되지 못하고 중닭인 채로 생을 마감한 여보 게가 애처로워 한없이 쓰다듬었다. 눈물이 저절로 줄줄 흘렀다.

—죄송합니다. CPR도 하고, 인공호흡도 해봤습니다만…….

갈라파고스 도마뱀의 중얼거리는 목소리는 더 이상 준규에게 들리지 않았다. 싸늘히 죽은 여보 계만 보였다.

◇

법룡은 깜깜해진 천장을 멍하니 보며 반지하 바닥에 누워 있었다. 준규에게 얻어맞고 뻗은 그 자세 그대로였다.

—불쌍한 새끼. 돈 30만 원도 없는 거지 새끼. 믿음도 없는 새끼. 뭘 해도 안 되는 새끼…….

자신에게 하는 것인지, 준규에게 하는 것인지 모를 혼잣말을 읊조리던 법룡이 자리에서 부스스 일어났다. 방 안은 어두웠다. 환기창으로 새어 들어오는 빛이 전부였다. 비척비척 걷던 법룡이 방구석의 먼지 쌓인 원고 뭉치를 끌어내 한곳에 모으기 시작했다. 다 모아서 쌓아보니 부피와 높이가 꽤 됐다. 프린트된 그것들은 법룡이 그동안 써왔던, 아무도 찾아가지 않은 여러 시나리오의 무덤이었다.

법룡은 난잡한 책상 위를 팔로 밀어 비웠다. 스탠드 등을 켠 법룡은 의자에 앉아 깨끗한 A4 한 장을 꺼냈다. 그리고 뭔가를 쓰기 시작했다.

같은 시간 준규는 여보 계를 아롱이와 병아리들의 묘지 옆에 묻고 있었다. '여보 계'를 적은 막대 아이스크림 손잡이로 십자가를 세우는 그의 손이 분노로 덜덜 떨렸다.

—여법룡…… 네놈이 내 돈만 갚았어도…….

여보 계의 묘비를 부릅뜬 눈으로 바라보던 준규가 자리에서 몸을 일으켰다. 그러곤 조금의 망설임도 없이 법룡의 반지하를 향해 성큼성큼 야산을 내려갔다. 당장이라도 법룡을 때려죽일 기세였다. 하지만 참기로 했다. 대신 놈의 면전에 대고 그동안 참고 참아온 한마디를 쏠 것이다. 그리고 그와의 인연을 완전히 끝낼 생각이었다.

계단 아래 법룡의 반지하 문은 잠겨 있었다. 안에서 비치는 희미한 스탠드 불빛. 분명 인기척이 느껴지는데 법룡은 열어주지 않았다. 감정을 누르며 문을 열라고 두드렸지만, 대답조차 없었다. 준규의 화가 끝내 폭발했다. 계단을 한달음에 뛰어올라 밖으로 나온 준규는 건물을 빙 돌아 반지하 환기창을 발로 부쉈다.

박살 난 환기창을 턱걸이 하듯 붙잡고 내려온 준규는 아무것이나 손에 잡히는 대로 안으로 집어 던졌다. 날아간 전기밥통이 벽에 부딪혀 누런 밥을 뱉으며 장판 위에 흩어졌다.

—여법룡, 이 새끼! 넌 오늘 내 손에 죽는다!

소리치며 안으로 뛰어든 준규가 놀라 그 자리에 멈춰 섰다. 시나리오 뭉치를 밟고 올라선 법룡이 천장에 목을 맨 채 버둥대고 있었다.

—이런, 미친놈!

새파랗게 질린 준규가 정신없이 밧줄을 풀고 법룡을 끌어내려 벽에 기대 앉혔다. 책상 위에는 유서가 놓여 있었다. 술이 덜 깬 법룡은 왜 자길 살렸냐며 준규를 탓했다. 준규도 법룡을 향해 마구 욕을 해댔다.

—이 양심도 없는 새끼야. 하다 하다 이제 나한테서 조의금까지 뜯어내려 해? 이러고도 니가 인간이냐? 엉!

한참을 서로 때리고 욕설을 퍼붓던 둘은 지쳐 그대로 바닥에 드러누웠다. 사위가 고요했다. 상미가 새 배터리로 교체한 시계의 초침 소리가 크게 들릴 정도였다. 꼬르륵. 조용한 반지하에 종일 굶은 법룡의 달라붙은 뱃가죽 소리가 울려 퍼졌다. 준규가 부스스 자리에서 일어났다. 또 죽으려 할지 몰라 법룡이 목을 맸던 줄로 그를 꽁꽁 묶어놓고 밖으로 나왔다.

얼마나 지났을까. 잠깐 잠이 들었던 법룡이 눈을 떴을 땐 반지하 안은 깨끗이 치워져 있었다. 벽에 부딪힌 전기밥통과 누런 밥이 흩어져 있던 장판 위는 뭘로 닦았는지, 밥을 끌어모으다 저절로 닦였는지 반질반질 윤까지 났다. 그리고 줄에 묶여 있는 그의 앞에 밥상이 차려져 있었다.

밥상 위에 놓인 멀건 닭죽에서는 더운 김이 솟아오르고 있었다. 준규는 법룡의 밧줄을 풀어준 뒤 수저를 건넸다. 꼬르륵. 뱃소리를 흘리며 법룡이 수저를 받아 들었다.

—웬 거야?

—……여보 계.

—?

뜬금없는 소리에 준규를 잠시 바라보던 법룡이 겸연쩍게 물었다.

—어, 그래, 여보게. ……이게 웬 건가?

—아, 좀! 닥치고 그냥 좀 처먹어! 치킨 사 오라며, 새끼야!

—물에 빠뜨린 건 치킨이 아니지.

—아오, 진짜! 이 닭대가리 새끼!

화난 준규가 법룡을 향해 손을 번쩍 치켜들었다. 법룡이 번개같이 두 팔로 얼굴을 막았다. 준규는 들었던 손으로 조그만 닭다리를 집어 법룡의 밥 위에 올려주었다.

—먹어라. 먹으면 다 좋아진다.

법룡은 대꾸 없이 닭다리를 뜯었다. 맛있었다. 고개를 뒤로 젖히고 닭다리 살점을 입 안에 욱여넣던 법룡의 어깨가 들썩이더니, 이내 꺽꺽대기 시작했다. 시나리오 낱장이 어지러이 흩어진 방 안에서 오랜 두 친구는 서로 울음을 숨기며 꾸역꾸역 닭죽을 먹었다. 나머지 닭다리를, 정확히는 여보 계의 남은 한쪽 다리를 법룡에게 넘긴 준규는 기름기 묻은 손가락을 쫍 빨았다.

법룡의 박살 난 반지하 창밖과

아롱이와 병아리들의 무덤과

파헤쳐져 쓰러진 여보 계의 묘비 위로

막 다시 차오르는 초승달이 뜨고 있었다.

심사평

정해연(소설가)

올해 응모작은 SF 작품이 압도적인 수로 많았습니다. 그다음은 드라마 작품이 주를 이뤘고, 로맨스와 미스터리 스릴러 작품 수가 적어 다양성 면에서 아쉬운 마음이 있었습니다. 물론 장르에 연연하지 않고 단편소설만의 재미와 감동을 주는 작품, 전체적인 완성도가 뛰어난 작품을 객관적인 시선으로 추리고 열띤 심사를 통해 상대적으로 높은 수준을 가진 다섯 작품을 뽑았습니다.

「야구규칙서 8장 '심판원에 대한 일반 지시'」「울다」「인간다운 여름」「too much love will kill you」「여보, 계(Hey, chicken!)」 이렇게 다섯 작품이 수상의 영광을 안았습니다.

「야구규칙서 8장 '심판원에 대한 일반 지시'」는 AI가 심판으로 활동하는 야구의 세계를 그린 작품입니다. 소재가 참신하고 서사가 물 흐르듯 자연스러운 점이 독자로 하여금 작품에 몰입할 수 있게 하였습니다. 이 작품은 후반부가 강점이었습니다. 후반부에서 반전으로 그린 부분이 스릴을 높여 밀도 있는 재미를 선사했습니다. 전반부에서는 굳이 필요치 않은 설명이 과도하게 그려지면서 이야기가 루즈

해진다는 단점은 있었으나 조금만 재정비한다면 훨씬 더 완성도 높고 재미있는 작품이 될 거라는 가능성이 보였습니다.

「울다」는 환경이 오염되면서 바다의 모든 생물이 사라진 뒤의 마지막 해녀인 할머니와 해저 기지를 세우기 위해 만들어진 로봇 '울다'의 이야기입니다. 이야기는 전반적으로 아주 따뜻합니다. 밀도 높은 문장 실력이 독자의 몰입을 돕습니다. 인공지능화되는 세상 속에서 인간이 점점 기계적으로 변하고, 오히려 기계가 인간적으로 보이는 대비가 좋았습니다. 마지막까지 이야기를 진행하는 힘이 있고 결말이 따뜻하고 깔끔하여 높은 점수를 줄 수밖에 없는 작품이었습니다.

「인간다운 여름」은 로봇을 사랑하게 된 친구 '유리'를 위해 주인공 '지나'가 휴머노이드 시스템을 해킹해 로봇 '도현'의 연애 기능을 활성화시킨다는 이야기입니다. 그리고 지나는 두 사람의 이야기를 다큐멘터리로 제작해보자고 제안하면서 사건의 중심에 섭니다. 설정 자체가 재미있는 작품이었습니다. 에피소드 역시 풍성하였고 마지막에 준비된 반전은 놀라움을 넘어 씁쓸함을 주었습니다. AI를 둘러싼 인간들이 그 여름 정말로 '인간'다울 수 있는지 작품 안에서 확인해보시면 좋겠습니다.

「too much love will kill you」는 좀비로 인한 대재난이 끝난 이후 여전히 남아 있는 좀비들을 피하며 인간이 살아가고 있는 세계를 그렸습니다. 좀비에 피해를 당하면서도 사회는 유지되어야 하며 인간은 서로를 도와가면서 살아야 합니다. 그럼에도 좀비에게 물렸다 살아난 사람들을 증오하는 사람들이 있고, 그 증오 속에서 사랑 역시 존재합니다. 이 모든 코드를 놓치지 않고 한 작품 안에 자연스럽게 녹여낸 작가의 실력에 감탄합니다. 또한 복선을 잘 사용할 줄 아는 점이 전문 작가의 솜씨가 아닌가 하는 생각이 들게 하였습니다. 마지막까지 짠하고 서글픔을 유지한 맺음이었습니다. 단점을 찾을 수 없이 완성도가 높은 작품이었습니다.

「여보, 계(Hey, chicken!)」는 캐릭터가 아주 잘 살아 있는 작품이었습니다. 돈 한 푼 없는 빈털터리 감독 '준규'는 여자친구의 배신과 함께 모든 희망을 잃은 상태에서 우연히 병아리 '여보 계'를 만나 다시 한번 꿈을 꾸는 이야기를 담고 있습니다. 단정한 문장과 유쾌한 이야기의 흐름으로 흡입력이 상당한 작품이었습니다. 조금 더 여보 계와의 우정 이야기가 진하게 나온다면 좋았을 것 같다는 아쉬움은 남지만 작가가 이야기 구성의 묘미를 잘 알고 있고 에피소드를 잘 쓴다는 점에서 충분히 이야기의 밀도를 높일 수 있을 것이라는 가능성이 보였습니다.

이번 공모전에 아쉬운 점이 있다면 자신의 세계관을 단지 설명식으로만 늘어놓는 작품, 개연성이 없거나 톤 앤 매너의 일관성이 없고 문장력이 부족한 작품이 많았다는 점입니다. 단편은 쓰기가 참 어렵습니다. 짧은 분량 안에 기승전결이 있어야 하고 살아 있는 캐릭터를 창조해야 하고 결말에 의미를 담아야 합니다. 그런 부분에 대한 고민 없이 쓰인 작품은 완성도가 떨어질 수밖에 없음을 꼭 말씀드리고 싶습니다. 더 좋은 글이 많이 응모되어 심사위원들의 머리가 복잡해지는 즐거움을 꼭 주셨으면 좋겠습니다.

이야기를 완성하는 것은 한 걸음을 크게 떼는 일입니다. 글을 쓰는 모든 사람이 작가가 될 수는 없지만, 글을 완성한 사람만이 작가가 될 수 있습니다. 처음보다 글을 완성한 지금이 더욱 높은 실력을 갖추고 계실 거라 믿어 의심치 않습니다. 이번에는 아쉽게 명단에 들지 못하였더라도, 머지않은 시일 내에 좋은 작품으로 여러 독자분을 만나게 되시기를 진심으로 기원합니다.

심사평

차무진(소설가)

잘 아시다시피 예술에 등급이나 순위를 논할 수 없습니다. 하나, 공모전 특성상 심사자는 세상에 알리고 싶은 작품을 골라야 하는 부득불연(不得不然)의 처지에 있습니다. 모든 작품이 재미있었던 것은 아니지만 모든 작품이 매력적이었다는 건 사실입니다. 그래서 힘들었습니다. 흔히 장르문학은 '재미가 없으면 의미가 없다'고들 말합니다. 옳은 말이고 그것이 대중 서사 콘텐츠의 전부일지도 모릅니다. 하지만 '재미'라는 단어에도 많은 요소가 숨어 있습니다. 기발한 아이디어, 정교한 플롯, 매력적인 캐릭터, 잘 짜인 반선반이 과연 '재미'라고 할 수 있는지는 생각해봐야 할 문제입니다. '작가가 무엇을 말하기 위해 이런 매력적인 서사를 만들었는가' 그리고 '읽는 이는 이 재미난 서사를 접한 후 무엇을 생각해야 하는가'가 중요할 것입니다. 그래서 저는 어느 응모작이 '재미'와 '휴머니티'를 함께 보유하고 있는지를 중점적으로 살폈습니다. '예술은 그 자체가 목적이 아니다. 예술은 인간성(휴머니티)을 포함하는 수단이다'라고 말한 음악가 무소륵스키를 믿고서 말입니다.

「야구규칙서 8장 '심판원에 대한 일반 지시'」는 응모작 중 휴머니티가 가장 강화된 작품이었습니다. 작가는 야구라는 소재를 사용해서 인간에 대한 경외를 생각하게 했습니다. '인간은 아름답다. 나는 그것을 믿는다.' 작가는 작품에서 이렇게 외치고 있습니다. 야구는 그저 도구일 뿐이고, 틀일 뿐입니다. 주제는 '무엇이 진짜 인간다움'인가일 것입니다. 주제와 소재가 다소 낯설었지만 재미를 놓치지 않았습니다. 단정한 문장, 사실적인 대사, 눈에 보이는 듯한 행동 묘사가 마치 영화를 보는 듯했습니다. 재미란 이렇게 잘 직조된 서사를 맞이할 때 기포처럼 발생하는 것이기도 합니다. 이야기를 밀고 가는 힘이 단단하기에 야구를 좋아하는 독자뿐 아니라 그렇지 않은 독자의 마음도 충분히 사로잡으리라 확신합니다. 이런 실력이라면 야구가 아닌 그 어떤 소재로도 옳고 그름에 관한 이야기를 재미를 보장하면서 펼칠 수 있으리라 생각했고, 저는 그런 작가에게 경외심을 가지게 되었습니다.

「울다」는 참으로 아름다운 소설이었습니다. 단편 부문 응모작 중 SF가 많은 비율을 차지하고 있는데, 그중 가장 돋보였습니다. 작품은 로봇 '울다'에게 바다에 관한 정보를 알려주는 해녀 할머니 '순향'의 이야기입니다. 로봇과 인간이 나누는 흔한 교감이 주제가 아니라 '자연과 바다'가 주제였습니다. 그 점이 심사위원들 눈에 들어왔습니다. 「울다」는 치유와 미래를 이야기하고 있습니다. 둘은 서로 바라는 것이 있습니다. 울다는 순향에게 자유를, 순향은 울다에게 죽은 언니가 있는 곳을 투영하지요. 순향은 결행합니다. 울다를 자유롭게 해주는 것인데, 그렇게 하는 것이 언니를 그리워하는 자신을 치유하는 방법임을 알았기 때문입니다. 바닷속에서 순향이 울다와 헤엄치는 장면은 눈을 감고 그려보면 실로 아름답기 그지없습니다.

「인간다운 여름」은 모든 게 만족스러웠습니다. 안드로이드 서사의 정형에서 벗어난 서정이 엿보여 좋았습니다. 안드로이드, 즉 인간형 로봇 서사는 흔히 인간이 되고 싶은 로봇의 감정과 그것을 허하려는 인간, 또는 그것을 외면하려는 인간의 이야기를 다룹니다. 하지만 이 작품은 달랐습니다. 로봇이 서로 사랑하는 이야기입니다. 몹시 신선한 전개였고 불쾌하지도 건조하지도 않았습니다. 오히려 그들 모습에서 진짜 인간미를 느낄 수 있었습니다. 설명하지 말고 보여라, 라는 작법의 룰이 고스란히 적용되기도 했습니다. 많은 SF 작품들이 작가가 아이디어 근간이 되는 설정을 독자에게 알리기 위해 세계관을 장황하게 설명하곤 하는데, 이 작품은 그런 것 없이도 세계관이 자연스럽게 나타나 있습니다. 등장인물의 수도 마음에 들고요.

「too much love will kill you」의 배경은 바이러스와 총기가 등장하는 근미래지만 너무도 현실 같은 이야기처럼 느껴져 몸서리쳤습니다. 좀비 바이러스 감염자와 치료자의 설정, 코로나 시국을 연상하는 좀비 시국의 모습, 인물 간 외로움이 적나라해서 좋았습니다. 총기를 사용하지 않는 우리나라에서 총알이 튀기는 이야기를 접할 때면 늘 낯설었는데, 이 작품은 전혀 그런 생각이 들지 않았습니다. 상황들이 너무도 사실적이어서 그런 것일까요. 캐릭터 감정 묘사, 행동 묘사, 배경 서술도 유난스럽지도 않게 잘 잡혀 있었고요. 좋은 선택을 받을 만했습니다.

「여보, 계(Hey, chicken!)」는 눈물 없이는 볼 수 없는 청승 루저들의 이야기입니다. 억지 설정을 주입하고 그 설정에서 휴머니티를 끌어내려는 드라마 신파는 저리 가라! 이 작품에 등장하는 캐릭터들은 단 한 명도 억지스럽지 않았고 감정이 오소소 살아 있었습니다. 게다가 배를 잡게 하는 네이밍 감각까지, 정말이지 탁월했습니다. 드라마 서사는 흐름입니다. 인물의 감정이 행동을 낳고 그 행동이 다시 새로운 감정을 만들어 클라이맥스에 이르게 해야 합니다. 이 작품은 행동 결과를 낳는 과정들이 엇나가지 않고 잘 연결되어 있습니다. 생활감이 물씬 풍기는 이 슬프고 웃긴 이야기를 영화로 보고 싶습니다. 세상의 모든 제작사 PD님들에게 당장이라도 이 작품을 읽어보라고 권하고 싶은 마음뿐입니다.

이렇게 2023 제10회 교보문고 스토리 공모전 단편 부분 작품들이 선정되었습니다. 「젠더 전쟁 레크」「카니발」「범죄요건 성립 불가」「장숫 마을에서」 같은 작품들이 선정되지 못한 것은 결코 수준이 낮아서가 아니었습니다. 개인적으로 이 작품을 쓰신 작가님들의 향후 활동이 더 기대됩니다.

예심과 본심 그리고 최종심을 거치면서 아쉬운 점도 있었습니다. 오타와 비문을 확인하지 않았거나 대사체로 점철된 문장으로 이야기를 풀어가는 작품들이 제법 눈에 들어왔습니다. 오류 없는 우리말로 작품이 구성되어야 하는 것은 기본입니다. 적어도 비문만은 확인해주세요. 그래서 심사위원을 포함한 읽는 이가 근사한 내용을 더 잘 이해할 수 있도록 해주세요.

공모전에서 좋은 성과를 내지 못하면 며칠은 '자기 마음 상함'에 사로잡히게 됩니다. 작품에 투여한 공력이 길면 길수록 더욱 그러합니다. 외람되이 드리는 말씀이지만 그 '자기 마음 상함'이라는 상태를 거두지 말고 한동안 두시길 바랍니다. 저는 그 속에 분명 어떤 빛이 있다고 믿습니다. 이야기가 성장할 수 있는 빛 말이지요. 한 점의 빛만 있다면 언젠가 태양을 만들 수도 있을 겁니다. 응모자님 모두의 발아래 길이 있기를.

2023 제10회
교보문고 스토리공모전
단편 수상작품집

초판 1쇄 발행 2023년 4월 5일
초판 2쇄 발행 2023년 5월 12일

지은이 강솟뿔 고반하 김단한 이승훈 함서경
펴낸이 안병현
본부장 이승은 **총괄** 박동옥 **편집장** 박윤희
책임편집 정수향 김정은 **디자인** 박지은
마케팅 신대섭 배태욱 김수연 **제작** 조화연

펴낸곳 주식회사 교보문고
등록 제406-2008-000090호(2008년 12월 5일)
주소 경기도 파주시 문발로 249
전화 대표전화 1544-1900 **주문** 02)3156-3665 **팩스** 0502)987-5725
ISBN 979-11-5909-849-9 (03810)
책 값은 표지에 있습니다.

• 이 책의 내용에 대한 재사용은 저작권자와 교보문고의 서면 동의를 받아야만 가능합니다.
• 잘못된 책은 구입하신 곳에서 바꾸어 드립니다.